講談社文庫

幻影城市

柳 広司

講談社

幻影城市

プロローグ

誰彼時《たそがれどき》。
夕日に照らされた路地で何人かの子供たちが手をつなぎ、輪になって歌っている。

かーごめ、かごめ
かーごの中の鳥は、いついつ出やる……

歌とともに、ゆっくりと輪が回る。
輪の中心にしゃがんでいるのはオカッパ頭の少女だ。両手で顔を覆《おお》い、目をつぶっている。

夜明けの晩に、鶴と亀がすーべった
うしろの正面だぁーれ……

歌がやみ、輪の動きがとまる。

輪の中にしゃがんだ少女が、両手で顔を覆ったまま声をあげた。


——ソーイチくん！


ドキドキしながら耳を澄ます。

ところが、どうしたことだろう、何の反応も返ってこなかった。「あたり！」も「はずれ！」もない。

不思議に思い、目を開けてその場に立ち上がった。

みんなが遊戯《ゆうぎ》を中断し、ぽかんとした顔で同じ方向を見つめている。

振り返ると、路地の入口に黒い人影が立っていた。

大人だ。変な格好をした大人。全身黒ずくめ。頭の上に妙な形の黒い帽子を乗せ、肩から黒マント、目の辺りを黒いマスクで覆っている。まるで——。

黒マントの怪人。

その怪人に向かって、遊び仲間の少年が一人、まっすぐに歩み寄っている。まるで催眠術にでもかかったように、怪人に向かってゆっくりと一歩、いま一歩と近づいていく。

——行っちゃだめ！　逃げて！

少女は叫ぼうとするが、なぜか声にならない。

怪人が、カラスが羽を広げるように黒マントを広げた。

少年の姿がマントにすっぽりと包み込まれる。

怪人がふたたびマントを翻《ひるがえ》したとき、少年の姿はどこにも見えなくなっていた。

子供たちが目と口を大きく開けて見守るなか、黒マントの怪人の姿が夕闇《ゆうやみ》に溶け込むように薄れ、見えなくなる。

我に返った子供たちが、口々に消えた少年の名前を叫びながら駆け出した。

路地から大通りに出て、きょろきょろと左右を見回す。

だが、いくら探しても、黒マントの怪人は——そして、消えた少年の姿もまた——夕焼け空に立ちのぼった煙のように跡形もなく消え失せ、どこにも見つけることができなかった。

1

カァーット！

その一言で、凍りついていた空気がふたたび動きはじめた。

「次はシーン2、カット6、『敵味方となった恋人が戦場で再会する』の場面です。大道具さん、セットの変更お願いします！」

助監督らしき人物の指示が飛ぶ。と同時に、大勢の人間がいっせいに動き出した。

「あっ、そこ気をつけて」

「馬鹿！　你做什麼《ニーツオシエンマ》！」

「不是那個《ブシナゲ》、是那辺那個《シナベンナゲ》。そうそう、それ」

「こっち、こっち。早く持って来い！」

「快點《クワイデイエン》！」

「そこ、慎重にな！」

「小心《シャオシン》！」

混沌《こんとん》と喧噪《けんそう》。日本語と中国語がごちゃまぜに飛び交って何だかよくわからない。

さっきまでのピンと張り詰めていた静寂《せいじゃく》な空気が嘘《うそ》のようだ。

朝比奈英一《あさひなえいいち》は、ふうとひとつ息をついた。

ドアを入ったところでちょうど撮影が始まり、その場を動かないよう指示された。正確には、撮影スタッフの一人に「しっ！」と恐い顔で囁《ささや》かれた。万一くしゃみでもしようものなら、息の根ごと止められそうな感じだった。

息を詰めて遠巻きに眺《なが》めていたが、今なら動いても息の根を止められることはなさそうだ。床に張り巡らされた何本ものケーブルに足を引っかけないよう足下に気をつけながら、慎重に撮影現場に近づいた。

スタッフによるセットの変更作業は続いていた。誰もが忙しそうだ。とても声をかけられる雰囲気ではない。

そんな中、撮影用の大型カメラの脇に一人、何をするでもなく所在なげにひっそりと立っている影のような人物に気がついた。小柄な細身の体にゆったりとした黒い筒袖のシャツ。黒ズボン。阿弥陀《あみだ》にかぶった黒い鳥打ち帽。全身黒ずくめ。ちょっと異様な感じがする。

「……すみません」

左右を見回し、仕方なく黒い服の人物に声をかけた。が、相手は聞こえたようすもない。息を吸い、今度は怒鳴るように大声をあげた。

「あの！　すみません！」

黒い服の人物がもの憂《う》げに振り返った。

大きな黒いサングラスをかけ、唇の端に火のついていない煙草《タバコ》をくわえている。

「すみません、ちょっとお訊《き》きしたいのですが……」

と言いかけて、英一は途中で言葉を呑み込んだ。

全身黒ずくめの相手は、よく見れば女性——しかも若い女性だ。が、それにしては反応がはかばかしくない。中国人だろうか？　と思い、〝日本語、わかりますか〟は何と言ったか思い出そうとしていると、相手はいらいらしたように煙草を唇から離して先を促《うなが》した。

「何か用？」

「えっ？　あっ、そうだ。桐谷《きりたに》監督さんは、どちらに？」

相手は、サングラスを指先で少し押し下げ、上目づかいに英一をジロリと眺めた。

「いま取り込み中。売り込みなら後にしてくれる」

「違います、役者志望じゃありません」

英一は慌てて体の前で大きく手を振った。

色白で目鼻のはっきりした顔立ちのせいか、英一はこれまでも何度か役者志望と間違われたことがある。売れない役者が役をもらうために直接監督に売り込みに来た、とまた勘違いされたのだろう。

英一は軽く目を細めるようにして相手を観察し、お得意の推理を巡らせた。

若い女性はたぶん桐谷監督の秘書か何かで、席を外した監督が戻るまで手持ち無沙《ぶさ》汰《た》で待っている――そんなところだ。

英一は急いで自己紹介した。

「朝比奈英一。先日こちらの脚本部に着任した者です。桐谷監督から新作シナリオの件で来るようにと伝言を受け取りました。今日はこちらのスタジオで撮影中だと聞いたものですから……」

ああ、と黒い服の女は気のない顔でうなずいた。火のついていない煙草を唇の端にくわえ直し、傍《かたわ》らのデスクに置いてあった冊子を無造作に取って、英一に放り投げた。

危うく受け止めた冊子は、見れば英一が提出した新作のシナリオだ。

「なにをするんです！」

「書き直し」

「えっ？」

「耳が悪いの？　書き直しって言ったのよ」

黒ずくめの女はそう言うと眉《まゆ》を寄せ、さも軽蔑《けいべつ》したように唇をへの字に曲げた。

「〝若い女が、貧乏苦学生だったいいなずけの若い男を捨てて、金持ちの中年男と結婚する。若い男は絶望し、復讐《ふくしゅう》を誓《ちか》う。彼は学問の道を捨て、高利貸の手代になり、手段かまわず大金を手に入れる。やがて金持ちとなった男が、かつてのいいなずけの娘の前に現れる。彼の目的は自分を捨てた女への復讐だった〟」

黒ずくめの女は目を上げ、英一をじろりと見た。

「なに、これ？『金色夜叉《こんじきやしゃ》』の二番煎《せん》じ、へたな焼き直しじゃない。こんなやっつけ仕事で、あなた、どんな映画を作ろうっていうの？」

監督の秘書だか何だか知らないが、言いたい放題だ。英一は唇を尖《とが》らせ、相手の言い掛かりに反論を試みた。

「『金色夜叉』は日本では大変な人気を博しました。新聞小説はもとより、舞台でも連日の大入りだったのです。良いものは良い。これは万国不変の真理です。こちらでも映画化すれば、きっとうまくいくと思います」

「日本では大変な人気、舞台でも連日の大入り、ですって」

女は呆《あき》れたように呟《つぶや》き、ついでにかみしめ過ぎて吸い口がぐちゃぐちゃになった煙草を吐き出した。ひとつ息を吸い込み、それから低い声で英一に尋《たず》ねた。

「あなた、いま自分がどこにいるかわかっているの？」

「えっ、それはどういう意味……」

「あなたが立っているこの場所が、いったいどこなのかと聞いているのよ。そんなこともわからないの、この薄ら馬鹿。さっさと答えて。さあ」

英一は首をすくめた。何だかとんでもない女に声をかけてしまったようだ。

ひそかに左右を見回したが、みんな忙しそうで、救いの手はどこからも差し伸べられそうになかった。仕方がない。英一は覚悟を決め、相手の質問に答えた。

「僕がいま立っているこの場所は、満州国新京特別市《まんしゅうこくしんきょうとくべつし》、満州映画協会《まんしゅうえいがきょうかい》敷地内に作られた特設第三スタジオ……」

少し考えて、付け足した。

「撮影中のカメラの脇、です」

なるほど、と黒ずくめの女は頷《うなず》いた。

「それで、わたしたちはそこで何をしているのかしら？」

「何って、映画を……」

「そう映画を撮っているのよね」

女は唇の端を皮肉な形に吊り上げて言った。

「で、その映画を観るのは誰？　観客は？　わたしたちはいったい誰に観てもらう映画を作っているの」

「それは、その、もちろん、現地《ここ》満州国の人たちに……」

「へえ。それじゃあ聞くけど、あなたのその脚本。例えば、23ページ。シーン13の3」

慌ててページを捲《めく》った。

「白砂青松《はくしゃせいしょう》。月の美しい夜、海岸を散歩する若い男女。男に問い詰められた女が裏切りを告げる。絶望した男は『来年の今月今夜、ぼくの涙できっとこの月を曇らせてみせる』と啖呵《たんか》をきり、取りすがる娘の肩を蹴飛ばしてその場を立ち去る。波の音が女のすすり泣きに嫋々《じょうじょう》と重なる」

早口に言った女の言葉を聞いて、英一は混乱した。

有名な決め台詞《ぜりふ》はともかく、書いた当人さえうろ覚えのト書をはじめ、シーン番号、ページ番号まで、この女はすっかり頭に入れているというのか？

「何で蹴るの」

「えっ？　それは、だから……」

「日本では男が女を殴ることも一種の愛情表現で、殴られた女が殴った男の強さや思いの深さに感激して、改めて愛に目覚めるといった場面が当たり前のように作られているけど、そんなのは日本国内だけで通じる表現だから。中国や満州の人たち、あるいは欧米でも、殴られた相手に惚れるなんてことはあり得ない。そんなのは二重の屈辱だと思われるのがオチだわ。そんな映画をいったい誰が観に来るのかしら？」

「でも、それなら……そうだ！　蹴るのはやめて、歌を捧げて立ち去るというのはどうでしょう？　そうしたら……」

「だから、例えばって言ったでしょ！」

女はぴしゃりと言った。

「全部！　一事が万事よ。それとも、わたしにこの脚本のダメな点を片っ端から全部指摘させるつもり？　そもそもあなたの発想は、日本人が作って日本人が観る為の映画にしかなっていない。こんな脚本が使えるかどうか、ちょっと考えればわかりそうなものじゃない。ボツよ、ボツ。最初から書き直し。用件はそれだけだから」

そっぽを向き、それきり知らぬ顔だ。英一は突き返された脚本を握り締め、唇をかんだ。

監督の秘書だかなんだか知らないが、初対面の見ず知らずの女からここまで徹底的にこき下ろされる筋合いはない。

勇気を振り絞って尋ねた。

「いまのは、本当に桐谷監督のご意見ですか」

「なに？　どういうこと？」

女は振り返り、眉を寄せた。すぐに、蠅《はえ》でも追うように手をひらひらさせ、

「さっさと行って。すぐに新しい脚本に取り掛かった方がいいわよ」

「僕には、あなたがいまおっしゃった言葉が、桐谷監督のご意見だとは思えません」

英一はそう言って、一歩前に踏み出した。

「せめて監督に直接お会いして、ご挨拶《あいさつ》をさせて下さい。桐谷監督が戻られるまで、ここでお待ちします」

「それなら待つ必要はないわ」

女は気のないようすで新しい紙巻き煙草を口にくわえると――相変わらず火はつけないまま――またそっぽを向いてしまった。

「わたしだから」

「わたし？　というと？」

「わたしが桐谷サカエ。この映画の監督よ」

「あなたが、桐谷サカエ……監督？」

英一は混乱して目をしばたたいた。

「しかし……、僕はまたてっきり、その……」

「やれやれ。女の映画監督にびっくりしているようじゃ、独創的な脚本はとても期待できそうにないわね」

女は肩をすくめ、皮肉な口調で、わざと聞こえるように呟いた。

「ま、なんでもいいわ。一週間以内に新しい脚本を書いてもってきて。今度は少しはまともな脚本を頼むわよ」

「一週間以内、ですか？　しかし……」

「できなければ馘《くび》。例外はなし。それだけの話だから」

そこに妙な詰め襟《えり》風の服を着た若い男が、額に汗を浮かべながら駆け込んできた。

「桐谷監督、準備が整いました！」

声に聞き覚えがあった。さっき撮影現場全体に大声で指示を出した助監督だ。とすると、この女は本当に――。

「ご苦労様」

桐谷監督が鷹揚《おうよう》に頷いた。

「それじゃ、はじめましょう」

「シーン2、カット6、『敵味方となった恋人が戦場で再会する』。行きます。ライトアップ！」

「カメラはまだ回さないで」

「カメラ・ストップです。演技よーい！」

助監督が打ち鳴らすカチンコの音とともに、英一は撮影スタジオからほうり出された。

2

英一が満州国首都、新京に到着したのは三日前——。

日本式に言えば昭和十七年、満州では康徳九年の六月二日ということになる。

海に面した国際都市大連《だいれん》を朝出発した夢の超特急「あじあ号」は、一望千里の大平原を最高時速百十キロで驀進《ばくしん》し、新京駅到着は当日の午後四時。感覚としてはあっと言う間だ。「いざ新天地《しんてんち》へ」との一種悲壮な覚悟で日本を出てきた英一にとっては、何だか拍子抜けするほどの呆気《あっけ》なさであった。

新京駅に降り立った英一を出迎えたのは、プラットホームに響き渡る大鈴の音だった。

ガラン、ガラン。ガラン、ガラン……。

日本式のかん高い汽笛の音ではなく、大鈴を鳴らして列車到着を知らせるやり方一つにも大陸風の悠長《ゆうちょう》さが感じられた。

プラットホームは、乗降客と見送り、出迎え、その他大勢の人たちでごった返していた。

日本語と中国語が入り交じり、会話はひどく声高。何しろ大変な喧噪《けんそう》だ。見ていると、挨拶に頭を下げる者たちは日本語を、洋服を着て握手の手を差し出す者はたいてい中国語を話している。そのほかにも支那《しな》服を着て拱手《きょうしゅ》の礼をする者、朝鮮人らしき人々、白系ロシア人、満州で協和会服と呼ばれる妙な詰め襟風の服を着た国籍不詳の者たちも少なくない。

そんな中でも、杉綾織《ヘリンボン》りの三つ揃《ぞろ》いの洋服に中折れ帽、いかにもお坊ちゃん風の新来の旅行者はひときわ目立つ存在なのだろう、強引に荷物運びを志願する苦力《クーリー》たちが英一目がけていっせいに押し寄せてきた。

「行李没有《シンリーメイヨウ》！　不需要《ブーシューヤオ》！」

荷物ない。手助けいらない。

英一は道中で覚え立ての中国語を怒鳴りながら、人込みを押しのけ押しのけ、やっとの思いで構内を抜け出した。

駅前広場に立ち、ようやく息をついた。

梅雨のない大陸は最も良い季節だ。澄んだ空気が心地よい。

帽子のつばを上げ、左右を見回した。

目の前に、日本の感覚ではちょっと考えられない幅広の大通りがどこまでも真っすぐに伸びていた。大通りの両脇には大陸特有の楊柳《やなぎ》の巨木が林立し、白い綿毛を飛ばしている。

大通りのはるか先に広大な広場。その大広場の向こうにも道はまだ続いているようだ。左斜め前に見える石造りの建物は、噂《うわさ》に高い〝新京ヤマトホテル〟だろう。右手には赤煉瓦《あかれんが》の教会堂が見える……。

背後にゴーッという轟音《ごうおん》が聞こえ、見上げると、軍用機が編隊を組んで飛び過ぎて行った。

しばらく空を見上げ、青空に飛行機雲がたなびく様をぽかんと眺めていた。

「旦那《だんな》。荷物は」

すぐ耳元で尋ねられて、英一は我に返った。

荷馬車が旅行者の荷物を積み込んでいる。

質問に、英一は無言で首を振った。手提げ鞄《かばん》一つだ。馬車で運んでもらうまでもない。

手を伸ばし、大きな鈴をぶら下げた馬の首筋を軽く叩いて帽子を目深《まぶか》にかぶり直した。

目指すは満州映画協会。

もとより出迎えを期待できる身分ではなかった。

「なぜ遅れたのです」

案内された部屋のドアを開け、一歩中に入るなり正面から質問が飛んで来た。

尋ねた相手は巨大なデスクの向こう、窓際に立って背中を向けたままだ。

「はっ？」

英一はとっさに何を訊かれたのか理解できず、言葉に窮《きゅう》した。

「新京駅到着後、直《ただ》ちに満州映画協会理事長室で面接を受けるよう、指示されていたはずです」

男が振り向いた。

小柄な体にカーキ色の妙な詰め襟風の服（例の〝協和会服〟というやつだ）をぴたりと身につけ、高く額がはげ上がった丸顔に、細い銀縁丸眼鏡。眉間《みけん》には不機嫌そうなたてじわが二本くっきりと浮かんでいる。

「列車は新京駅に定刻に到着したと報告を受けています」

満州映画協会理事長甘粕正彦《あまかすまさひこ》氏はいささか甲高《かんだか》い声でそう言うと、ポケットから懐中時計を取り出し、文字盤を確認して続けた。

「私の計算では十五分の遅刻です」

「えっ？　あ、すみません」

英一はなりゆき上謝罪の言葉を口にしたものの、納得のいかぬ思いで眉を寄せた。列車は新京駅に定刻に到着？　計算では十五分の遅刻？　満州映画協会理事長ともあろう人物が、何だってそんな細かなことを一々チェックしているのだ？　それに、理事長らしからぬ、ばか丁寧な口調は——。

到着以来の、のんびりとした大陸気分がいっぺんに吹き飛んだ感じだった。

甘粕理事長は目を細め、英一をじっと観察していた。立ったまま、デスクの上に広げた書類に視線を落とし、早口に読み上げた。

「朝比奈英一。大正七年生まれ。京都の名門朝比奈家の長男。二十四歳。慶應義塾在学中に治安維持法違反容疑で検挙。釈放後、退学処分となる」

冷ややかな声の調子に、背筋がぞっとあわ立った。

脳裏《のうり》にいやな記憶が蘇《よみがえ》る。これは——面接というより、取り調べの雰囲気だ。

「共産主義《コミュニズム》。いわゆるアカ思想の信者、というわけですか」

甘粕理事長は相変らずばか丁寧な口調で尋ねた。

「以前はたしかにそうでした」

英一は仕方なく軽く首をすくめて答えた。

「ですが、いまは違います」

特高《とっこう》警察に指示されるまま転向声明書を書き、言われた通り何枚もの書類に署名した。勾留後わずか三日目のことだ。たった三日で、それまで自分が信じていたはずの思想をあっさり裏切った。あのときほど自分自身を信じられず、情けなく、惨《みじ》めに思ったことはない。

もっとも、釈放を告げられた瞬間、これでこの不潔でじめじめした留置場や、耳もとでたえまなく繰り返される恫喝《どうかつ》の声から解放されるのかと思うと、涙が出るほど嬉しかったのも事実だ。

身元引き受け人として京都から出て来た母親に、警察署の前で泣かれたのが一番こたえた。その場で母親にもう一度、今後は左翼運動には一切関わらないと約束させられた。

――金に苦労したことのないお坊ちゃんの火遊び。

結局はそういうことになるのか。

母親と連れ立って京都に帰る道すがら、英一は自分の体が空っぽになった気がしてならなかった。

京都に戻っても、英一には居場所が無かった。近所からは「朝比奈さんところのボンは東京でアコう染まってしもて、警察のお世話になってはったんやって」と囁く声が聞こえた。親父は英一を睨《にら》むばかりで一切口をきかず、年の離れた幼い弟や妹は英一を遠巻きにして近づこうともしなかった。

与えられた離れの部屋は、実際には体《てい》の良い座敷牢《ざしきろう》だった。いまさらどこかの大学に戻る気もなかった。といって、いくら転向したとはいえアカの前科者を雇《やと》ってくれるところもあるまい。

世間様が真珠湾攻撃と日米開戦の報道に感激と興奮でわきたつなか、英一は離れで一人何をすることもなくクサっていた。

いいかげん引きこもるのにも飽《あ》きたころ、思い出したのが映画関係の仕事だった。京都には大規模な映画の撮影所がある。英一は子供の頃からよく撮影所に忍び込んでは、大好きな映画作りの現場をわくわくしながら眺めていた。外の社会の常識などまるで気にするようすもなく、ひたすら映画作りに打ち込む野放図《のほうず》で破天荒《はてんこう》な、豪快な人たち。あの人たちなら、多少の前科など気にせず一緒に働かせてくれるのではないか？　そう思った。

つてを頼って話を聞きにいった映画関係の人たちは、しかし一様に難しい顔で首を横に振った。彼らは何も英一の前科を問題にしたのではない。そんなことは問題ではなかった。

「映画法いうものが出来ましてなぁ。それからは、なかなか……」

一九三九年に映画法が施行されて以来、脚本の事前検閲もさることながら、フィルムの割り当てが極端に制限された。

映画フィルムは、爆弾や火薬などの軍需品と原料を同じくする。〝軍事こそが国家の最優先事項である〟とする日本政府は、国内映画製作会社三社——大映、松竹、東宝——に対して生フィルムは月に六本、プリントも月三十本までという厳しい配給制限を課した。それまで年間五百本以上作られていた新作映画は激減し、映画関係者はほとんど失職状態だという。

「たまに作るいうても、軍の宣伝映画みたいなものばっかりやし」

英一が会いに行ったある年配の映画関係者は渋い顔でそう言った後、横をむいて「しょうむない」と、ぼそりと小声でつけたした。

そんなとき、母方の親戚の一人から耳寄りな話が持ち込まれた。

満州に新しく映画製作会社ができた。満州映画協会——通称〝満映〟。向こうに行けば映画の仕事はいくらでもある。あっちの偉い人に知り合いがいるので紹介してあげる、という。

なるほど〝新国家〟満州には日本の映画法は適用されない。

迷った末に、英一は決断した。

どうせ日本には居場所がないのだ。近所の人たちのひそひそ話にも、苦虫を嚙《か》み潰《つぶ》したような父親の顔にも、弟や妹の怯《おび》えたような顔を見るのにも、いいかげん飽きていた。何より、英一を心配しておろおろしている母親の姿をこれ以上見ているのに耐えられなかった。

「ほな、ちょっと行ってくるわ」

英一は母親に心配させないよう、つとめて明るい顔で家を出た。

「大丈夫。満州なんてすぐ近くや。新京までの切符が日本《こっち》で買えるくらいやで。何かあったらすぐ帰ってくるさかい、心配せんといて」

おろおろと涙を浮かべて、一人駅に見送りに来てくれた母親に笑顔で手を振り、列車に乗り込んだ。荷物は小さな手提げ鞄が一つ。もっとも、ちょっとそこまで出掛けてくるふうの旅装は、さんざん心配をかけてきた母親への英一なりの気遣いだった。本気で満州が「すぐ近く」と思っていたわけではない。

昨今日本国内で広く喧伝《けんでん》されている「どこまでも続く地平線。見はるかす処女地に見たこともないほど大きな赤い夕陽がゆっくりと沈んでいく」などといったステレオタイプの憧れはともかく、心中それなりに「新天地へ！」との決意も意気込みもあった。それなのに――。

いきなり「十五分の遅刻」と咎《とが》められては、急にスケールが小さくなった感じだ。

「私は転向というものを信じない男でしてね」

甘粕理事長が眉間にしわを寄せたまま、声のトーンをいくらか下げて言った。

「右でも左でも、一度ある思想に強く惹《ひ》かれた人間は、必ずや一生その傾向をもち続ける。言ってみればそれは、食べ物の好みのようなもので、他人にとやかく言われたくらいで変わるものではないのです」

やれやれ、英一はひそかにため息をついた。はるばる海を渡り、満州くんだりまでやって来たが、どうやら無駄足だったようだ。

「要するに、不採用ということですか？」

「不採用？」

甘粕理事長の顔に一瞬不思議そうな表情が浮かんだ。

「いえ、きみは採用ですよ。仮《かり》、ですがね」

「仮？」

「きみが現在、あるいは過去にどんな思想を奉じていようが、私にはまったく興味がありません。きみの食べ物の好みに興味がないのと同じです」

甘粕理事長はそう言うと、はじめて英一にまっすぐに目を向けた。

「私が興味があるのは、ここで使える人物であるか否かだけです。きみが有能であれば、それに見合った待遇で仕事をしてもらいます。もし無能であれば馘《くび》。いかなる例外も認めません。それだけの話ですよ」

そう言うと、最初からずっと上着のポケットにつっこんでいた右手を抜き出して、机の上に何かを乗せた。ごとり、と重量感のある音がして、反射的に目をむけた英一は思わず息を呑んだ。

机の上に置かれたのは、鈍色《にびいろ》に光る一丁の小型拳銃だった。

面接の間中、甘粕理事長はポケットの中で拳銃を握っていたというのか……。

唖然《あぜん》、とする英一を無視して、甘粕理事長は机の引き出しの一つに手をかけ、ゆっくりと引き開けた。

中から白い影が飛び出し、たちまち甘粕理事長の腕を駆け上がった。

次の瞬間、理事長の肩の上に顔を出したのは、驚いたことに小さな白ネズミだった。白くつややかな毛並みに、特徴的な赤い目。長いしっぽ。鼻をひくつかせ、しきりにひげを震わせている。

「五分経《た》ちました」

甘粕理事長は英一には目もくれず、肩に上がった白ネズミに別の引き出しから取り出した餌《えさ》を与えながら言った。

「面接時間は終了です。寮に部屋を用意しました。具体的な仕事内容は、現場の人間と相談してください。所属は桐谷《きりたに》組です」

手を上げ、部屋を出ていくよう促した。

回れ右をして、ドアノブに手をかけたところで、背後から声をかけられた。

「ああ、そうだ。あとひとつだけ」

振り返ると、甘粕理事長が相変わらず肩に乗ったネズミに目を細めながら、

「われわれは国策映画を作っているわけではありません。観て面白い映画。観客を喜ばせる映画。それが最優先事項です。その点をくれぐれも間違えないように。せいぜい頑張ってください。期待していますよ」

そう言って、最後にちらりと英一に視線を向けた。

3

それが三日前。

理事長室を辞し、毛足の長い赤い絨毯《じゅうたん》を敷き詰めた廊下を逃げるように歩き出した後も、英一の脳裏から甘粕理事長の二つの目が消えてくれなかった。

最後に向けられたあの目。ばか丁寧な口調とは裏腹に、照明のかげんなのか、銀縁丸眼鏡の奥で一瞬ぎらりと光った二つの目がいつまでもついてくるような気がして、英一は冷たい汗をかいた。あれは人殺しの目だ。そう思った。

だが、甘粕理事長が怖いからといって、日本に泣いて帰るわけにはいかない。子供

ではないのだ。

本館受付で渡された地図を頼りに独身寮に向かい（満映の広い敷地内にはそんなものまであった）、入り口付近でうろうろとしていると、三階の窓からひょいと顔を出した人物に声をかけられた。

「おっ、新入りか」

英一が黙って頷くと、窓から顔を出した人物は建物内を振り返って、

「おーい、新入りが来たぞ！」

と大声を上げた。と、たちまち中からわらわらと人が出てきて、みんなで英一を部屋に案内してくれる（相部屋だった）、洗面所や浴室などの使用ルールを教えてくれる、そのまま建物内の集会場に連れていかれて（酒とつまみが用意されていた）、あれよあれよと言う間に宴会が始まった。一応「新入りの歓迎会」ということだが、そんなものは口実なのは明らかで、皆で酒を飲み、仕事の愚痴《ぐち》や、満州の気候に対する泣き言（カメラが使えなくなるほど冬は寒いらしい）、内地での映画業界への締め付けの厳しさや、満映、はては甘粕理事長への文句や悪口が飛び交ううちに、なんだかわけの分からない席になった。

英一は最初こそ呆気にとられたものの、すぐに懐かしい気がしてきた。

満映独身寮は、英一が子供の頃よく遊びに行っていた京都の映画撮影所の雰囲気そ

のままだった。戦争が始まって以来、内地ではすっかりしょぼくれてしまった賑やかで、野放図で、豪快な、かつての映画作りの雰囲気が、満映《ここ》にはまだ残っている。その事実を知って、英一はすっかり嬉しくなった。

英一は率先してお得意の宴会芸を披露し、自ら場を盛り上げようと張り切った――はずなのだが、満州の飲み慣れない酒のせいか、甘粕理事長との面談に緊張し過ぎたせいか、あるいは旅の疲れもあったのだろう、途中から記憶が怪しく、気がついた時には自分の部屋のベッドに寝かされていた。翌朝は完全な二日酔いで、聞けば、宴会の最後には英一はすっかり上機嫌の千鳥足で、足下の定かならぬ英一を何人かで担ぐようにして部屋に運んできたのだという。

「歓迎会にしちゃ、ま、悪くない活躍だったよ」

とは同室氏の発言で、全然覚えていない英一としては恐縮するばかりだった。

英一は顔を洗い、その足で満映事務局に赴いた。予《あらかじ》め指示されていた通り、日本で書いてきた自作の脚本を何本か提出して、結果を待つことにした。

それきり何の音沙汰もなく、仕方なく、部屋でごろごろしていたところへメモが届けられた。

〝桐谷監督からシナリオの件で伝言有り。至急第三スタジオに。〟

慌ててベッドから跳び起き、洗面所の鏡で身だしなみを確認して第三スタジオに走ってきた。

——その挙げ句がこのざまだ。

英一は深々とため息をついた。

監督本人を秘書だか何だかと思い込んだせいで、取り返しのつかない事態を招いてしまった、ような気がする。たしかに桐谷監督を男性だと勝手に思い込んだ自分が悪い。だが、日本では女性の映画監督など見たことも聞いたこともない。間違うのは当然ではないか……。

ふいに、頭の上から声をかけられた。

「何してます朝比奈さん？　元気ないごようすね」

英一が顔を上げると、すぐ目の前に、丸顔、小太りの、背の低い若い男が、両手でお盆をもって立っていた。

お盆の上には湯気《ゆげ》の立つ深皿が乗っている。

撮影スタジオからほうり出された後、英一はどうやら無意識に満映本館一階の食堂にふらふらとまよい込み、手近な椅子《いす》を引き寄せてぼんやりしていたらしい。

「ご一緒してよろしいか。それとも、ここ、もうすぐ誰か来ますか」

「えっ？　あっ、いや。誰も来ないよ。どうぞ」

反射的に向かいの椅子を手で勧めた。そのあとで、相手が上っぱりのポケットにシナリオを丸めて突っこんでいるのを認めて、ようやく誰なのか思い出した。

やはり満映敷地内にある脚本部養成所に籍を置く中国人学生の一人で、名前はたしか陳文《ちんぶん》。糸のように細い目。目尻の下がったにこにこ顔。顔の中心に鎮座した団子っ鼻ともあいまって、いかにも人の良さそうな雰囲気を醸《かも》し出している。

所属はたしか同じ「桐谷組」——映画の現場では監督名に「組」をつけて呼ぶ慣習《ならわし》がある——だったはずだ。

陳文は向かいの椅子に座り、お盆をテーブルの上に置いた。湯気の立つ深皿から独特の香辛料の香りが立ちのぼる。麵《めん》も日本のうどんやそばとは違っているようだ。

見るとはなしに眺めていると、陳文はにこりと笑って英一に尋ねた。

「朝比奈さん、何食べましたか」

「あー、いや。そういえば、今日はまだ何も食べてないな」

「食べてない？　何も？」

陳文は箸《はし》をもったままポカンと口を開け、信じられないといった顔で細い目をしばたたいた。

「朝比奈さん、それ変です。ここ満映の食堂。食べるもの、なんでもあります。全部タダ。食べないと元気出ない。吃飯吃飯《チーハンチーハン》。ワタシ、何かとってきます。何いいですか」

早速《さっそく》立ち上がりかけた陳文を、英一は慌《あわ》てて引き留めた。

「ありがとう。でも、今はちょっと食べる気がしなくって……」

吃飯《チーハン》。

食事にしましょう。

満州《こっち》に来て以来、間違いなく一番多く耳にした言葉だ。「腹が減っていてはロクなことがない」、あるいは「腹が減っていてはロクなことを思いつかない」。考え方としては基本的に賛成だったが、いまはとても食事をする気分ではなかった。

「何ありましたか。ご飯食べられなくなる、大変です。体の具合悪いですか。おなか痛いですか」

陳文が太い眉を八の字に寄せた心配そうな顔で、身を乗り出して尋ねてくる。

「参ったな……」

英一はいささか閉口して呟き、ひとさし指で耳の脇をぽりぽりと掻いた。

「まあ、食べてよ。そのあいだに説明するからさ」

そう言うと、陳文はほっとしたようすでようやく自分の食事に箸をつけた。

陳文が食べているあいだに、桐谷監督に脚本をボツにされ、犬でも追うように撮影スタジオをほうり出された顛末《てんまつ》をかいつまんで話した。

「自分では、けっこう自信があるつもりだったんだけどな」

英一は苦笑いして、小さく首を振った。

実を言えば、今回提出した脚本は、東京で大学生だった頃、親しい友人たちに読ませて好評を得た代物だった。文芸部に籍を置くある友人からは「お前、才能あるよ。こっちの道に進んだ方がいいぜ」と、いくらか悔《くや》しそうに言われたものだ。素人《しろうと》とはいえ、仮にも大学生。日本国を代表するインテリたちだ。彼らに好評だった脚本を、満州くんだりまで来てクソミソにけなされるとは思ってもみなかった。多少のダメ出しはあるかもしれないが、少し直せば使ってもらえるだろう——との思い込みは、にべもない拒絶と、一から書き直しという現実の前にもろくも砕け散った。

もっとも、よくよく検討してみれば、悔しいことに桐谷監督の指摘は一から十まで正しかった。要は、英一の考えが甘かったということだ。

一週間でまともな脚本を書いて来なければ馘《くび》。

頭ごなしにそう言われては、食欲のわきようもない……。

話せば話すほど、愚痴、もしくは泣き言にしかならなかった。

「そもそも、最初がいけなかったんだ」

英一は顔をしかめた。

「この脚本だって、話のもっていき方しだいでは、もう少し何とかなったかもしれない。まさか桐谷監督が若い女性で、しかもあんなつんけんした、取りつく島もない、無愛想な人だとは思ってもいなかったものだから……」

それまで真剣な顔で英一の言葉に耳を傾けていた陳文が、クスリと笑った。目顔で問い返すと、陳文が食べ終わって以来はじめて口を開いた。

「桐谷監督さん、愛想のない人。お世辞言わない人。朝比奈さんの言うとおりです」

「そうだろ？　そう思うよね。いくらなんでも若い女性があれじゃ……」

「でも、きれいな人」

きれい？

英一はふいをつかれて目をしばたたいた。

「きれいって……誰が？」

「桐谷監督さんですよ、もちろん。桐谷監督さんは女優さん以上にきれいな人。そう思いませんでしたか？」

訊かれて、英一は改めて対面した時の桐谷監督の容貌《ようぼう》を思い浮かべた。上から下まで真っ黒な服装で身を固めた、細身の若い女性。火のついていない紙巻き煙草を唇の端にきつくくわえている。それから――。

英一は首をひねった。

イライラしている無愛想な女性、という印象ばかりで、きれい、という言葉のもつ響きとはほど遠い。試しに、桐谷監督のいったいどこがきれいなのかと尋ねると、陳文は顔を赤くしながら一生懸命説明してくれた。何でも、唇の脇に二つ並んでいる小さなほくろがなんとも言えず色っぽいのだそうだ。

英一は肩をすくめた。こっちの人間の考えることは、やっぱりわからない。

ついでなので、桐谷監督についていろいろと陳文に尋ねることにした。

敵を知り、己を知らば百戦危うからず。

たしか中国《このくに》の古《いにしえ》の賢人がそんなことを言っていたはずだ。ここは一つ、敵（桐谷監督）の情報を集めるに如《し》くはない。

その結果、いくつかの事実が判明した。

桐谷監督は御年《おんとし》二十七歳。子供時代を横浜で過ごした後、父親の商売の関係でドイツに渡り、向こうに長く住んでいた。現地の学校を卒業後、ドイツの大手映画製作会社《ウーファ》に採用され、映画監督としての最新の知識と技術を修得。三年前に一家で日本に帰国したものの、日本では映画関係の仕事を得ることができず、満州映画協会の設立を知って単身満州に渡ってきた。

ドイツ語のみならず、英語、さらには中国語にも堪能《たんのう》。日本人監督には珍しく、現場では俳優や中国人スタッフに対して通訳を交えることなく直接指示を与えている。

というか、むしろ時々日本語の方で言葉につっかえていることがあるという。

好みの服の色は黒。撮影現場ではきまって全身黒ずくめのかっこうをしているため、ついたあだ名が「黒の女王」。吸っている煙草の銘柄は……。

〝きれいな人〟と評するだけあって、桐谷監督について陳文はなかなか饒舌《じょうぜつ》だった。

「桐谷監督さん、現場では大変厳しいです。何度もやり直しをさせられます。女優さんの中には泣き出す者もあります。けれど、監督さんはいつも正しいです。桐谷監督さんの言うとおり撮り直した映画、必ず良くなります。ほんと、不思議。まるで魔法です」

英一は相手に気づかれないよう、密《ひそ》かに苦笑した。

ドイツでは最近、レニ・リーフェンシュタールなる若い女性の映画監督が活躍しているという。彼女がナチス党の依頼で監督したベルリン・オリンピックの記録映画『オリンピア』二部作――『民族の祭典』及び『美の祭典』――は日本でも輸入公開され、一時期おおいに話題になった。英一もご多分にもれず観に行ったが、斬新《ざんしん》かつ印象的に編集されたオリンピックの記録映画に息を呑み、いたく感心したものだ。うまく言えないが、そこには新しい映画の可能性が確かに存在している気がした。

リーフェンシュタールは、若い女性が映画監督として非凡《ひぼん》な映画を作れることを証明した。良い作品を作るために必要なのは優れた才能であって、年齢や性別などといった条件は二の次であることを世界に示したのだ。

振り返って、英一が知るかぎり、日本の撮影所では女性の監督を見たことがないし、そもそも女性映画監督が存在することすら誰も思いつかなかった。映画の撮影現場では、監督は一種の独裁者だ。監督の言うことは絶対だし、またそうでなければ良い映画は撮れない。だが、現実問題として、今の日本で女性の監督が映画を作るとなれば、役者やスタッフが彼女の指示に素直に従わず、現場に混乱が生じるのは火を見るより明らかだった。日本人は女性に命令されるのに慣れていない――結局は社会の価値観の問題ということになるのだろう。

だから彼女は単身満州に渡ってきたのだ、〝桐谷サカエ〟と名前を変えて。

本名は桐谷咲枝《さきえ》。

カタカナ書きにすることで中性的な印象にしたのは、いまだ男尊女卑《だんそんじょひ》の傾向が強い日本の映画関係者に見くびられないための方便だろう。監督名《ディレクターズ・ネーム》。小説家の筆名《ペンネーム》のようなものだ。

伝統も因習も存在しない新しい国〝満州〟。

ここでは若い女性の映画監督がいても不思議ではない。

桐谷サカエは満州映画協会でドイツ仕込みの技術と才能を見込まれ、唯一の女性、かつ最年少映画監督としてすでに何本もの映画を撮っている。

万事収まるところに収まったわけだ。めでたし、めでたし。

英一はやれやれと首を振った。

そういう事情は、できれば本人に会う前に教えてほしかった。〝撃沈〟された後でいくら情報を集めても仕方がない……。

思いついて、陳文に別のことを尋ねた。

「陳さんは、何で満映に入ったの」

「何で、ですか」

陳文はきょとんとした顔で目をしばたたいた。

「何でというのは、それはどういう意味でしょうか」

「こっちに来たら誰かに訊こうと思っていたんだけど……」

英一は左右を見回し、声をひそめて言った。

「満州は今年で建国十年。新京をぶらつけば、どこに行っても慶賀記念式典の準備でみんな大忙しだ。満州独立国。満州には国を治める皇帝もいるし、独自の法律もある。国として唯一持ってないのは自前の軍隊くらいだけど、これは日本の関東軍が委託を受けてこの国の治安を守っているから問題はない。——建前はそうだ」

英一はテーブルごしに身を乗り出し、顔を寄せて小声で尋ねた。

「陳さんは本当はどう思っているの？」

「本当は、ですか」

「ウーン、何と言えばいいのかな」

英一は腕を組み、慎重に言葉を選んで続けた。

「中国国民政府はいまも、満州の独立など決して認めないと言っているよね。英米をはじめとする諸外国も、まあ、だいたい同じような感じだ」

満州独立国。

と言えば聞こえはいいが、所詮《しょせん》は日本の関東軍が中国大陸に無理やり作り上げた傀《かい》儡《らい》国家だ。少なくとも、英一がかつて参加していた左翼の勉強会ではそんなふうに言われていた。

「その満州で映画を学ぶことについて、陳さんには何というか、その、抵抗はなかったのかなと思って……」

目を向けると、陳文は小さく首を振り、

「スミマセン。難しいこと、ワタシ、わからないです」そう言って肩をすくめた。

「ワタシ、映画大好きです。映画はじめて観たときビックリしました。映画観ると、ワクワクします。おなか痛いくらい笑います。時々泣きます。映画観た後、みんな元気になります。こんなことできるの、映画だけです」

にこりとした笑みを英一に向けた。

「ワタシ、映画作りたい、映画の勉強したいと思いました。でも、ワタシの家、お金ありません。満映の養成所なら、授業料もご飯も全部タダ。教材も文具もみんなタダです。養成所で勉強した後、満映に就職して映画作る仕事もできます。満映の給料、満州の他の会社と比べてとても良いです。いいことばかり。朝比奈さん、なんでワタシに抵抗あると思いますか？　ワタシにはわかりません」

「案外、そんなものなのかな」

英一は口の中で独りごちた。気を使って尋ねた英一の方が呆れるほどの屈託《くったく》のなさだ。

ところが、気がつくと、その屈託のないはずの陳文の顔が陰《かげ》り、太い眉が八の字に引き寄せられていた。

「どうかしたの」

「じつはワタシ、最近心配ごとあります」

陳文がため息をついて言った。

「とても心配。このままではご飯食べられません」

「ご飯食べられないって……いま食べてたけどね」

「ワタシの心配、桐谷監督さんのことです」

陳文は聞こえなかったように続けた。

「朝比奈さん、さっき桐谷監督さんに会いました。何か変に思いませんでしたか」

「何かって……。変といえば、全部変だったよ」

英一は肩をすくめた。あんなにつんけんしたエラそうな女ははじめてだ。日本じゃ、まずお目にかかれない。

あることに思い当たり、にやりと笑って陳文に尋ねた。

「ははあ。さては陳さんも彼女にこっぴどく叱《しか》られたな」

「朝比奈さん、なんでわかりますか」

陳文が目を丸くした。

「ワタシ、たったいま桐谷監督さんに大変きつく叱られました。ワタシが書いた脚本、使い物にならない。台詞のテンポが悪い。タイミングの遅さは致命的。映画好きなだけではダメ。やる気ないなら脚本書くのやめろ、言われました。叱られたこと何度もありますが、やめろと言われたの、はじめてです」

そう言って、しゅんとしたようにうなだれた。

英一は手を伸ばし、陳文の丸い肩を元気づけるように軽く叩いた。

「陳さんはきれいな人だと言ったけど、いくらきれいでも、いつもあんなにつんけんしている無愛想な女は、やっぱりどうかと思うよ。僕から陳さんにアドバイスだ。諦めた方がいい。陳さんにはもっとふさわしい、素敵な女性がそのうちきっと現れる。

だから……」

「朝比奈さん、何言っていますか」

陳文が顔を上げ、呆気に取られたように言った。

「不是不是《ブシブシ》。朝比奈さん、何か勘違いしています」

不是不是。

たしか〝違う違う〟だ。

いったい何が違うというのか?

「桐谷監督さん、少し前まであんなに怒りっぽい人ではなかったです」陳文が言った。「たしかに映画作る時はとても厳しい人。何度もやり直しさせられて、泣き出した女優さんあります。でも、ふだんはとても優しい人。中国人の俳優やスタッフにも人気あります。でも、最近はいつもイライラしている。みんな叱られる。朝比奈さんの脚本がボツにされたのも、きっとそのせい。没法子《メイファーズ》。桐谷監督さんイライラしているの、理由ありますから」

仕方ない《メイファージ》?

桐谷監督のあ、あ、あの態度が〝仕方ない〟?

脚本をボツにされたのもそのせい?

今度は英一が目をしばたたかせる番だった。

頭の後ろに手をやり、自分の髪の毛をくしゃくしゃにかきまぜた。いくら考えても陳文の言っている意味がさっぱりわからなかった。

両手を上げ、降参の意図を示した。

陳文がテーブルごしに身を乗り出した。

「これ、ここだけの話。秘密にお願いします」

左右をうかがい、英一の耳元で小声で囁いた。

——桐谷監督の撮影現場に、お化けが出るのです。

4

「お化けぇ？」

思わず反復した声が、変な具合に裏返った。

シーッ！

陳文が自分の唇に人差し指を当て、きょろきょろと左右を見回しながらテーブルを回って隣の席に移動してきた。

「ワタシ、ここだけの話、秘密言いました。朝比奈さん、大きな声ダメです」

「ごめん、ごめん。あんまりびっくりしたものだから、つい……」

首をすくめて謝り、相手に合わせて声をひそめた。

「お化けが出るって……。いったい何があったの？」

質問に、陳文はちょっと思案するようすだった。太い眉を寄せ、深刻そうな顔で事情を話してくれた。それによると——。

桐谷監督の撮影現場で最近不可解な出来事が頻発しているという。

はじめはささいな出来事だった。

例えば、作製したばかりの小道具がなぜか撮影直前になって急に壊れたり、なくなったりする。あるいは、背景の風景看板が撮影当日に別の場所に移動し、後ろ向きになっている——。

もっとも、その程度であれば大したことではない。小道具を急いで作り直す。看板をもとの位置に戻す。それで撮影再開だ。多少の遅れは出るが、予定が狂うこと自体は映画の現場ではよくあることだ。

異変はしかし、そのうち「よくあること」と言ってばかりもいられなくなった。

撮影中に突然大道具が倒れたり、誰も居ないはずの天井から物が落ちてくる。

そのたびに撮影は中断させられた。

いくら原因を調べても、誰かのせいだとは思えなかった。それどころか、いずれの事故の場合も現場に人がいた形跡すら見つからないのだ。

疑心暗鬼。

スタッフはお互いを疑い、撮影現場にいやな空気が流れた。

そんなとき、衣装担当の女性の一人が突然辞《や》めると言い出した。どうなだめても、頑《かたく》なに辞めたいと言うばかりだ。これ以上このスタジオで働くのは御免だという。理由を問いただすと、彼女は青い顔で妙なことを言った。

最近このスタジオで起きている異変は、お化けの仕業《しわざ》に違いない。このスタジオでは一本前に桐谷監督がお化けの映画を撮った。中国でも日本でも、お化けの映画を作る時は必ずお祓《はら》いをしてから撮影に入る習慣がある。ところが桐谷監督は「そんなのは迷信だ」と言って取り合わず、お祓いもしなかった。だからお化けが怒ったのだ。桐谷監督のせいで、このスタジオは呪《のろ》われている。このままではきっと、ここで働くわたしもお化けに取り殺される。その前にどうか辞めさせてほしい。少なくとも、これ以上このスタジオで働くのだけは絶対に嫌だ。

彼女は堰《せき》を切ったようにそう話したあと、わっと泣き出してしまった。

この話が広まると、スタッフの何人かが自分たちも辞めさせてほしいと申し出た。

彼らは、自分たちもこのスタジオでお化けを見た、これ以上怖い思いをするのはいやだと言う。ある者は物陰ですすり泣く女の声を聞いたと言い、闇に浮かぶ白い女の顔を見たという者もいた。黒い人影がどんどん近づいてきたかと思うと突然消えた。

はたまた、深夜、赤いランプを提《さ》げて廊下を彷徨《さまよ》う不気味な男が、このスタジオの前で姿を消すところをたしかに目撃したという者もいた。

何人かは説得されて残ったが、何人かは結局現場を去った。

いずれにしても、お化け話が消えたわけではない。

現場の人間が妙なことで妙な具合に緊張していたのでは撮影がうまく進むはずもない。撮影現場ではちょっとしたミスが相次いで、予定が大幅に遅れている。

最近は、日が落ちてからのスタジオ仕事を誰もがいやがり、何かと口実を設けて休もうとする。それもまた撮影遅れの原因となっていた。だから、桐谷監督はこのところいつもイライラしている。みんなを叱り飛ばす。現場の雰囲気がさらに悪くなる。悪循環。

陳文のいささかまとまりのない話をまとめると、ざっとこんな感じであった。

さっき撮影スタジオを訪ねた際、現場のスタッフが異様にピリピリしていた――くしゃみ一つで殺されかねない勢いだったのは、なるほど裏にそういう事情があったのだ。

もともと映画の撮影現場にお化けや幽霊話はつきものだ。英一も子供のころ、京都の撮影現場に遊びに行くたびに映画関係の大人たちからさんざんその手の話を聞かされた。彼らの話しっぷりはじつに巧《たく》みで、しばしば「ほら、そこ！」と背後を指さされて英一はその場に飛び上がり、泣きべそをかいたものだ。

幽霊やお化けとは、要するに〝目に見えないものたち〟のことだ。強烈な光を扱う映画の撮影現場では、人の目は容易に眩《くら》まされる。その上、撮影したフィルムにはさまざまな理由で〝目に見えないもの〟がしばしば写り込む。撮影現場がお化けや幽霊話と相性がいいゆえんだ。だが、当然のことながら、幽霊話と本物の幽霊は別ものである――。

待てよ。

英一は伸ばしたひとさし指をこめかみに押し当てた。

さっき陳文は「朝比奈さんの脚本がボツにされたのも、きっとそのせい」と言った。逆に言えば、お化けの話がなくなれば脚本はボツにならないということか？　何かおかしい気もするが、理屈は合っている。やってみる価値はある。

「あのさ、陳さん」

英一は指を曲げ、こめかみ辺りをぽりぽりと掻きながら言った。

「いまの話、たぶんだけど、お化けは関係ないと思うよ」

「お化けは、関係ない？」

陳文はポカンと口を開けた。

「朝比奈さん、言っている意味わかりません。お化け見た人たくさんいます。不思議なことぃっぱい。みんな怖がっています」

「あー、それがぜんぶ合理的に説明できるんだよね」

「まずは、撮影中に突然大道具が倒れてきたり、誰もいないはずの天井から物が落ちてくる謎からいってみようか」

英一はそう言って左右を見回し、「ま、いいか」と口の中で呟いて、突き返されたばかりの台本をテーブルの上に裏返しに置いた。

「必要なのは、細くて丈夫な黒い紐《ひも》と、小さな固定滑車だ」

胸ポケットから万年筆を取り出し、台本の白い裏表紙にさらさらと幾つか図を書いた。

「こんなふうにあらかじめ仕掛けをしておけば、あとはタイミングを見てこっそり紐の端を引っ張るだけで、誰もいないはずの天井から物を落としたり、撮影中に大道具を倒したりすることが可能だ——。ほら、スタジオで使う大道具はたいてい、見かけは重そうでも、実際は張りぼてのごく軽いものだろう?　動かすのに大して力はいらないからね」

台本の裏表紙に書いた図を、よく見えるよう陳文の前に置いた。

「こうして、ここをこうすれば……」

陳文は細い目をしばたたかせて、英一と目の前の解説図を交互に眺めている。

「近づいてきた人影が突然消えるのは、光と影の簡単なトリックだと思う。ここに光源を置いて、ここが観察者。で、ここが投影場所、と」

台本の裏表紙に三点を書き記した。

「この位置関係だと、光源に向かって遠ざかっていく人物の影が、観察者の目にはどんどん大きくなってくるように見える。実際には遠ざかっている人影が、まるで近づいて来るように錯覚《さっかく》するんだ。当然、近づいてきたはずの人影は、光源を通り過ぎると突然姿を消す。ちょっとした勘違いだけど、実際に目にすると意外に驚く。黄昏《たそがれ》時の町角で、子供たちが『お化けが来た』と言って騒いでいるのは、たいていこの手の見間違いだ」

「でも……。それじゃ、小道具が壊れたり、背景看板が裏返しになるのも、お化け関係ないですか？」

「それは、だって、さっき陳さんが自分で言ったじゃないか。そのくらいは、映画の現場では〝よくあること〟だよ」

英一は万年筆を投げ出すと、椅子の背にもたれて頭の後ろで手を組んだ。

「たぶん、今回のお化け騒動は、原因と結果がそもそも逆なんだと思う」

「逆？　朝比奈さん、なに逆言いますか」

「さっき陳さんの話を聞いていて思ったんだけど、話の順番は本当はこうだったんじゃないのかな？　きっかけは、同じスタジオで桐谷監督が一本前にお化け映画を撮ったこと。そのとき桐谷監督はしきたりを無視してお祓《はら》いをしなかった。そこに妙なことが起きた。普段だったら、笑ってすませるようなささいなことだ。ところが、スタッフの側に元々お化けが出るはずだという思いこみがあった。だから、異変はすべてお化けのせいになった。たとえば、すきま風の音が〝物陰ですすり泣く女の声〟に聞こえたり、壁に掛けたお面が〝闇に浮かぶ白い女の顔〟に見えた」

「アイヤ！」

陳文は細い目を丸くして声をあげた。

「ワタシ、思いつきもしませんでした。朝比奈さん、すごく頭のいい人。びっくりです！」

「ん？　そうかな？　ま、それほどでもないんだけど……」

褒《ほ》められて、英一は口ごもった。

陳文相手に説明したことは、実を言えば自分の頭で考えたことではない。いずれも映画撮影現場で昔からある古典的なイタズラだ。

京都の映画撮影所のおじさんたちは、外から気の合わない監督や役者が来ると、示し合わせて様々なイタズラを仕掛けた。そのやり方を、英一は子供のころに教えてもらっていたのだ。

「ボン、よお覚えときぃや」

撮影所のおじさんは英一に片目をつむって言った。

「エエかっこしいの監督の現場には、きまってお化けが邪魔しに出てくるもんや」

人間の考えることは、どこでもたいして変わりないということだ。

今回の一連のお化け騒ぎはおそらく、何事もドイツ式にやろうとする桐谷監督に反感を抱いたスタッフが仕掛けたイタズラだろう。

とはいえ、手品のネタをあえて観客に明かす必要はない。

英一は鼻をこすり、得意げな顔を作ってみせた。

指を折って数えていた陳文が、首をかしげ、訝《いぶか》しげに口を開いた。

「朝比奈さん。まだひとつ、お化けが残っています」

「ん？　どういうこと」

「赤いランプを提げた不気味な男がスタジオの前で急に消えるのを見た人、何人もいます。みんな一番怖がっているの、赤ランプのお化けです。朝比奈さん、赤ランプのお化けも誰かのイタズラ言いますか？」

「ははあ。その謎《なぞ》が残っていたか」

英一は頭の後ろで腕を組み、天井を見上げて、うんと唸《うな》った。この手の謎解きは、お化けがひとつでも残れば意味がない。

そう言えば、と英一は思いついて口を開いた。

「以前、日本で『満映の撮影所は音響環境が悪すぎて音付き映画《トーキー》を作れない』っていう噂を聞いたことがあるんだけど、実際にはトーキー撮ってるよね？　僕が知っている満映の新作劇映画は全部トーキーだ。そもそもこの御時世、トーキーを撮れない撮影所なんて新しく作る意味がない。なんでそんな噂が流れたんだろう？」

「アイヤ。その噂、単なる噂でないです。撮影所が出来た当初は本当のこと。ワタシも聞いたことあります」

陳文は何度もうなずいて言った。

「ここの撮影所できてすぐ来た音響関係の人たち、みんな頭を抱えたそうです。『第一スタジオで鉄骨を叩くと、第四スタジオでカーンという音が聞こえた』と言います」

「なるほど、それじゃトーキーは無理だな」英一は苦笑した。

「でも、その後、甘粕理事長さん来て、撮影所を大きく改良しました。それから音響《ひび》かなくなりました。いまでは没問題《メイウエンテイ》。何の問題もありません」

ふーん、と英一は額に手を当て、目を細めてしばらく考えた。

パチン、とひとつ指を鳴らし、身を乗り出して陳文に訊ねた。

「撮影所全体の見取図って、どこに行けば見られるかな?」

5

白亜の威容を誇る鉄筋コンクリート三階建ての満映本館と六棟の巨大な撮影スタジオ棟。その隙間に埋もれるように、平屋ながらいかにも頑強そうな建物が一棟、ほかから独立した形で建っている。

「……ここか」

英一は灰色のペンキが分厚く塗られた鉄製の扉の前に立って呟いた。

そろそろ陽が翳《かげ》り、黄昏《たそがれ》時の薄闇が広がりはじめる時刻だ。辺りには、気のせいか、何やら生臭い匂いがただよっている——。

「朝比奈さん、ホ、ホントに、ここ、調べるつもりですか?」

陳文が英一の背後から顔を覗《のぞ》かせ、前方を窺《うかが》いながら訊ねた。声が震えている。

「せめて、明日、明るい時に、した方が良くありませんか」

英一は苦笑し、首を振った。一週間以内に脚本がパスしなければ馘になる。明日などと悠長なことを言っている場合ではなかった。何としても早々にお化けの謎を解き、桐谷監督に機嫌よくなってもらう以外、ボツから逃れる方法はない——。

何か間違っている気もするが、乗りかかった舟という諺《ことわざ》もある。ひとまずはこの方針でいくまでだ。英一は振り返って陳文に言った。

「ここまで案内してくれてありがとう。助かったよ。ここから先は一人でも大丈夫だから、陳さんは帰っていいよ」

「アイヤ、とんでもない！」

陳文は勢いよく首を振った。

「一人、良くないです。朝比奈さんに何かあったら、ワタシも困ります」

「何かあったらって……。何もないさ」

英一は自分に言い聞かせるようにそう言って、目の前の扉に手をかけた。

鍵はかかっていなかった。

重い鉄製の扉を引き開けると、薄暗い建物の中からフィルム独特の脂《あぶら》っこい匂いが流れ出た——さっきから感じていた〝生臭い匂い〟の正体だ。

四方をコンクリートの壁に囲まれた窓のない建物内部はひどく空気が澱《よど》んでいる。もっとも、この建物の名称が「フィルム倉庫」である以上、辺りにフィルムの匂いがただよっていること自体は何の不思議もない……。

「すみません、誰かいませんか！」

森閑《しんかん》とした建物の中に向かって声をかけた。

耳を澄ませたが、返事はなかった。

天井まで届きそうな高い棚が何列も立ち並んでいる。棚には何十何百ものフィルムを入れた丸缶がきちんと整理して収められ、その棚の間を奥の闇に向かって細い通路が伸びていた。

「お邪魔します」

そう断って、建物の中に足を踏み入れた。

フィルムは湿気《しつけ》を嫌う。開け放しにしておくわけにはいかないので、背後で重い鉄扉を閉めた。

ギィ、バタン、と嫌な音とともに、闇が二人を包みこんだ。

頼りは、持参した小型の懐中電灯の明かりひとつきりだ。

懐中電灯を持った英一が先に立ち、陳文がへっぴり腰で後に続いた。

棚やフィルム缶に体をぶつけないよう、慎重に狭い通路の間を先に進む。

「あ、朝比奈さん、や、やっぱり今日は、ヤ、ヤメにしませんか」

陳文が震える声で提案した。

「黙って入る、良くない思います。明日、出直しましょう」

「黙ってじゃないさ。入口で一応断ってから入ったよ。ん？」

英一は足を止め、懐中電灯の明かりをさっと上に向けた。パイプが剝《む》き出しになった天井に一瞬影が走る。

ひっ、と陳文が小さく悲鳴を上げた。

「な、な、何です？」

「いや、何でもない。たぶん、気のせいだ」

英一は首をすくめ、ふたたび歩きだした。

「アイヤ！　朝比奈さん。待って……おいていかないで！」

陳文が泣きそうな声をあげ、手を伸ばして英一の腰の辺りをしっかりと握ってついてきた。

「たぶん、このあたりだな……」

英一は通路の奥で足を止め、独り言を呟いた。

懐中電灯の明かりを壁に向ける。

壁に手を当て、指先を滑らせた。

「あった！」

英一は闇の中で笑みを浮かべた。同じ色のペンキで塗られているので、ちょっと見ではわからないが、コンクリートの壁の一角が四角く切り取られ、代わりに鉄製の扉が取り付けられていた。大人なら腰を屈《かが》めなければ通り抜けられない、くぐり戸ほどの小さな扉だ。

指先を扉の縁に沿って走らせると、案の定、取手らしきものが見つかった。

取手に指を掛け、扉を開けようと試みた。が、押しても引いてもびくともしない。

どうやら鍵が掛かっている感じだ。

「何用だ」

ふいに背後から声をかけられ、英一はその場に飛び上がった。

振り返ると、懐中電灯の白い光の輪の中に鶴のように痩《や》せた老人が立っていた。青い長袖シャツの上に茶色のチョッキ様のものを羽織り、頭の上にはつばのない妙な丸帽子。皺《しわ》だらけの長い顔には一癖も二癖もありそうな表情が浮かんでいる。いや、そんなことはともかく――。

英一はゴクリとひとつ唾を呑み込んだ。

すぐ背後に立っているのに、声をかけられるまで気がつかなかった。近づいてくる気配が、まるで感じられなかった。

「何用だ」

老人はもう一度同じことを訊ねた。薄い唇の端に嘲《あざけ》るような笑みが浮かんでいる。

「えっ、あっ、すみません……あの……じつは、僕たち……何というか、その……」

とっさに説明の言葉が出てこなかった。

「最近の若い奴はまともに口もきけんのか」

老人は二人をじろりと睨みつけて言った。

「こんな連中が世界を相手に戦争をおっぱじめたというんだから、愚《おろ》かにもほどがある。とても勝ち戦《いくさ》になるとは思えんな。ほれ、何をしている。友人が困っておるみたいだぞ。早く手を貸してやらんかい」

はっとして横を見れば、陳文が床に尻餅をつき、腰が抜けたように動けないでいた。

手を差し出して陳文を助け起こす。ふり返った英一は、老人が腰からたくさんの鍵を束にしてぶら下げているのに気がついた。

改めて自己紹介をしたうえで、この場所を訪れた理由——最近撮影所にお化けが出るという噂を老人に告げた。

「ここに来れば、赤ランプを提げてさまよう男の幽霊の謎が解けるのではないかと思ったのです」

それから、思い切って訊ねた。

「この扉の鍵をお持ちですね？」

英一の問いに、老人は目をつむって顎《あご》をひねった。

「ふむ、わしとしたことが。うっかりしていたわい。以後はもう少し気をつけねばな」

　片目を開け、腰にぶら下げた鍵束をじゃらつかせた。

「二人とも満映関係者と言ったな。ならば、わしがこの扉の鍵を持っているかどうか、あんたたちに教えるわけにはいかん。いや、いずれにしてもダメだ。あんたたちにこの扉を開けるわけにはいかん。少なくとも、わしの目の黒いうちはダメだ。悪く思うな。そういう契約なんでな」

　老人は謎のような言葉を呟いた後、自分は渡口大學《とぐちだいがく》であると名乗り、目を細めて英一の顔を覗き込んだ。

「見なれん顔だな？」

　肩をすくめ、三日前に来たばかりだと英一が答えると、渡口老人の目に愉快そうな色が浮かんだ。

「ほう。たった三日でこの扉の存在に気づくとはたいした探偵だ。いったいどんな手掛かりをもとに推理してきたのか、わしにも教えてもらえんかな？」

「推理したというか……」

　英一は首をすくめ、結局、正直に答えた。

「思い出したのです。以前にも赤ランプを提げてさまようお化けに会ったことがあるのを」

陳文から赤ランプの男の幽霊話を聞かされた時、英一は妙な既視感を覚えた。

以前、どこかで赤いランプを提げた男のお化けに出会ったことがある？

あれは……たしかそう、子供の頃、近所の映画撮影所に遊びに行った時のことだ。誰彼時《たそがれ》、撮影所にこっそり忍び込んだ英一は、迷路のように入り組んだ建物の中で迷子になった。薄暗い廊下を一人さまよい歩くうちに、いつの間にか地下の倉庫に迷い込んでいた。そして、そのとき出会ったのだ。赤ランプを提げたお化けに。

廊下の角を曲がった瞬間、いきなり目の前に赤いランプが突き出された。顔を上げ、赤い光に照らし出された恐ろしい男の顔を見た瞬間、英一はわっと叫んでその場にへたり込み、そのまま大声で泣き出してしまった。

一騒動があり、真相が明らかになってみれば、相手はもちろんお化けなどではなかった。英一も良く知っている撮影所のおじさんが、赤いランプを提げていただけだったのだ。

「やれやれ。お化け扱いとはな。自分じゃ、まだ死んではおらんつもりだったんだが」

顔見知りのおじさんは禿《は》げ上がった頭をなでながら苦笑していた。

赤い光のランプは現像前のフィルムを感光させないためのものだった。

つらつらと過去を思い出すうちに、脳裏に閃《ひらめ》くことがあった。

〝物陰ですすり泣く女の声〟が透き間風の音の聞き間違いで、〝次第に大きくなる人影が消える異変〟が光源に向かって遠ざかっていく人物。〝闇に浮かぶ白い女の顔〟が壁にかかったお面だとしたら――。

陳文に訊くと、撮影所全体の見取り図は本館玄関近くの壁に掲示してあるという。早速その場所に移動し、見取り図を眺めているうちに、英一は自分の推理が正しいことを確信した。

赤ランプは本来、現像室、もしくは撮映前フィルムを保管するフィルム倉庫で使うものだ。満映撮影所には見取り図面には記載されていない秘密の通路や扉が存在する。そうでなければ、現像室やフィルム倉庫で使う赤ランプを持った人物が撮影スタジオの廊下を歩いていたり、そこから急に姿を消すはずがない。

真相を確かめるべく、英一は陳文に頼んでひとまずフィルム倉庫に案内してもらった。その結果、背後から不意に声をかけられ、暗闇の中、その場に飛び上がるはめになった――。

と英一がここまでたどりついた推理の道筋を話す間に、渡口老人はどこからか赤いランプを取り出して明かりを灯した。

暗闇の中、赤い光に下から照らし出された老人の長い顔は何やら凄《すさ》まじく、英一は内心、これならお化けと見間違えられても仕方がない、と納得したくらいだ。

英一の話をひととおり聞き終えると、渡口老人は顎先を指でひねり、にやりと笑って呟いた。

「なるほど。推理したというよりは、勘を頼りに、たまたまたどりついたという感じじゃな」

「いや、僕はあくまで論理的思考の、必然的帰結に導かれてですね……」

「ここをどう思うかね」

渡口老人が唐突に訊ねた。

ここ？

英一は眉を寄せた。まさか、フィルム倉庫について訊かれているわけではあるまい。

「満映撮影所のことですか」

老人はやっぱり顎をひねりながら、にやにやと笑っている。

英一は肩をすくめ、仕方なく答えた。

「立派な撮影所、だと思いますよ。少なくとも日本では、これほど立派な撮影所を見たことがありません」

三年前、満州国首都・新京市に完成した満映撮影所は一万三千坪を超える広大な敷地内に、本館事務所をはじめとして、それぞれが独立した六棟の撮影スタジオ（いずれも一棟百坪以上。日本ではちょっと考えられない広さである）、さらには大道具作業室やフィルム現像施設にまで、世界中から買い集めた最新鋭の機械や設備が導入されている。

満映が〝東洋一の映画撮影所〟と呼ばれる所以《ゆえん》である。

新京に到着した当日、英一は街の南西、洪熙街《こうきがい》沿いに広がる満映の撮影所を一望して呆気にとられた。しばらくその場に足を止めて眺めていたおかげで時間に遅れ、甘粕理事長に嫌みを言われるはめになったくらいだ。

広大な大平原の中に忽然《こつぜん》とそびえ立つ絢爛豪華《けんらんごうか》な建物。鉄筋煉瓦造りの美麗な満映撮影所は、あたかも魔法の宮殿のごとく……。

いや、どちらかと言えば、大手銀行の本店のように見えた。

――ここは本当に映画作りを目的とした建物なのだろうか？

辺りを見回し、何度も首を捻《ひね》った。

英一が思い描く映画撮影所とは、どこかイメージがずれていたのだ。

そのせいか、満映に到着して以来、英一は時折妙な気配を背中に感じることがあった。映画製作現場特有の、きらびやかで、破天荒な雰囲気とはまったく異質の、無機的で冷ややかな気配だ。陳文から〝お化け話〟を聞かされた時は、むしろほっとしたくらいだった。お化け話なら撮影所に付き物だ。英一は子供の頃に仕入れたお化けネタを陳文に披露した。そして、最後に残った赤ランプのお化けの謎を解くべく、この場所にたどり着いた――。

「立派な撮影所、ね」

老人は相変わらず顎先をひねりながら呟いた。

「朝比奈さん、と言ったかな。せっかくだが、あんたが次になすべきことは、回れ右をして、ただちにここから出て行くことだ」

えっ？

話の急展開についていけず、英一は目をしばたたいた。

「ここから先は映画関係者は立ち入り禁止だ。この扉のことは映画関係者は誰も知らないことになっている。ここを出たら、めったなことは話さない方がいい。その方が、あんたの身のためだ」

ここから先は映画関係者は立ち入り禁止？

めったなことは話さない方が、身のため？

英一はわけがわからず、左右を見回し訊ねた。

「だって、ここフィルム倉庫ですよね？　そもそも映画関係者以外の人は入ってこないんじゃ……」

「満映には夜の顔がある」

老人は顔を伏せたまま低い声で呟いた。

「秘密を知った者は地獄から生きて帰れない――そういうことだ」

「地獄から、生きて帰れないって……」

英一は唖然として呟いた。気を取り直し、もう少し食い下がろうとしたところ、いきなり後ろに引っぱられて危うく舌を噛みそうになった。

振り返ると、陳文がひきつった顔で英一のシャツの腰の辺りをつかんでいた。

「朝比奈さん……やめましょう。もう戻りましょうよ」

そう言って、どんどん引っ張って行く。

「陳さん、待って。もう少しだけ聞きたいことが……」

陳文は聞く耳を持たない。凄《すご》い力だ。

たちまち元の入口の扉の前まで引っ張っていかれた。

陳文が重い鉄扉を押し開けると、新鮮な空気がどっと流れ込んできた。表はいつの間にかすっかり暗くなっている。

「アイヤ！　お邪魔さまでした！」

外に飛び出た陳文が振り返って、日本式にぺこりと頭を下げた。英一は陳文に無理やり連れ出された形になり、扉の外でたたらを踏んだ。

顔を上げると、渡口老人が扉を押さえて隙間から顔を覗かせていた。

手にした赤ランプの光に照らし出された渡口老人の姿はぞっとするほど恐ろしい。英一はごくりと一つ唾を呑み込み、閉まりかけている扉に向かって思い切って声をかけた。

「あとひとつ……ひとつだけ教えて下さい」

扉の動きが止まった。

「渡口さんは、甘粕理事長とはどういうご関係なのです」

満映撮影所内にありながら〝映画関係者は誰も知らない〟という秘密扉の管理を任されているのだ。甘粕理事長からよほどの信頼を受けているか、それとも逆に老人の方が甘粕理事長によほど心酔しているのか。

「甘粕正彦はわしにとっては命の恩人じゃよ。何しろ奴は、わしを地獄から救い上げてくれたのだからな。――表向きはそうなっている」

表向きは？

含みのある言い方に、英一は眉をよせた。

「本当はどうなのです。表向きではない、本当のところは？」

そうさなあ、と片手で顎をひねった渡口老人の口元に一瞬ちらりと凄まじい笑みが浮かんだ。

「奴とわしとは不倶戴天《ふぐたいてん》の敵《かたき》同士さ」

老人はそう言うと、英一の鼻先で重い鉄扉をぴたりと閉ざした。次の瞬間、すべての問いを拒絶するように内側から鍵をかける鈍い音が聞こえた。

6

悪夢にうなされ、夜中に何度もとび起きた。扉を開けると、暗がりに痩せた男が一人、赤いランプを提げて立っている。男が振り返ると、目も鼻もないのっぺらぼう。そんな夢を見てはとび起きるのくりかえしだ。

朝方ようやく夢のない眠りにウトウトしかけたところ、騒々しく部屋に入ってきた人物に叩《たた》き起こされた。

「朝だ、飯を食いにいくぞ！」

はれぼったい瞼《まぶた》を押し開けると、満面の笑みを浮かべた四角い髭面《ひげづら》がすぐ目の前にあった。

「勘弁してくださいよ、山野《やまの》井《い》さん……」

英一は寝返りを打ち、シーツをつかんで頭からひっかぶった。

山野井啓太《けいた》は満映独身寮の相方で、英一が満映に来て最初に親しくなった人物だ。歓迎会で酔っ払った英一を部屋に連れ帰ってくれた人物でもある。

まな板のようなのっぺりとした四角い顔。顔の周囲をもしゃもしゃの黒い髭が縁取り、骨太の体も全体的に四角い印象だ。一見山男風の二十八歳。英一より四歳年上だ。山男並の体力と、困難を困難とも思わず笑い飛ばす明るい性格。現場での使いっ走りの小僧からはじめて、見よう見まねで映画作りを学んだ根っからの映画人で、ある意味、古いタイプの〝活動屋《カツドウヤ》〟といえる。

「早く行かないと、うまいものはみんな食われちまうぞ！」

勢いよくシーツをひっぱがされて、英一は渋々上体を起こした。

「今日は朝飯はいいです。山野井さん一人で行ってください」

「なんだ、二日酔いか？」

「いえ、そういうわけではないのですが……」

顔をしかめ、目を上げると、山野井は太い腕を組み、じっと返事を待っているようすだ。英一はため息をつき、仕方なく、昨夕陳文と一緒にフィルム倉庫を訪ねた顚末を話した。もっとも、「めったなことは話さない方がいい。その方が、あんたの身のためだ」と言われたことを思いだして、秘密扉のことは伏せた。

聞き終えると、山野井はニヤリと笑ってうなずいた。

「なるほど。渡口さんに会ったのか。それで悪夢にうなされていたというわけだ」

「……渡口老人を、ご存じなんですか？」

「もちろん。渡口さんとは仲良くさせてもらっている」

山野井はニヤニヤと笑いながら言った。

「いい人だよ。映画にも詳しいしな」

仲良く？　あの渡口老人が、いい人？

「えー、つまりそれは、どういう……」話についていけず、英一は目を白黒させた。

「話は後だ」山野井は英一に顎をしゃくって言った。「その前に飯を食いに行こう。チーハン、チーハン。腹がへっては話もできぬ」

わけのわからぬまま引っ張っていかれた食堂は、朝飯を食べに来た者たちで混み合っていた。お盆を手にいったん人込みの間に姿を消した山野井は、すぐに舌打ちをして戻ってきた。

「ほら見ろ、言わんこっちゃない。今日の肉料理はもう品切れだとよ」

「朝っぱらから、肉ですか」

英一はげんなりして言った。

「飯は食えるときに食っておくもんだ。そうでなくちゃ、いざというときに役に立たないぞ。お前も食え。俺は食うぞ。いただきます！」

山野井は大声でそう宣言して、お盆に乗せた食事に手を合わせた。見れば、肉料理こそないものの、魚にお粥《かゆ》、野菜の炒め物など、どれも優に二人分はある。見ているだけでおなかが一杯になりそうだ。英一は苦笑し、一応山野井の手前、パンとコーヒーをとって来た。驚いたことに、パンもコーヒーも本物だった。内地では大豆《だいず》やドングリを煎《い》って粉にした代用コーヒーが出回りはじめて久しい。日本国内ではなかなか手に入らない代物だ。英一は香り高い本物のコーヒーをかきまぜながら、隣で大皿に取り組んでいる山野井に尋ねた。

「昨日は巡回映写ですよね？　今回はどこまで行っていたのです？」

「うーん、なんて村だったかな」

山野井は箸を止めて少し考え、が、すぐに「忘れた」と言って食事に戻った。

「何しろ、ハルピンからトラックで片道二時間ちょっとくらいの村だ」

「ハルピンから、トラックで二時間ちょっと？」

英一は呆れて手を止めた。逆算すると、徹夜移動で戻って来たことになる。それでこの食欲、この元気とは。

「大変でしたね。疲れていませんか？」

「全然。昨日なんか近いもんだよ。以前、おんぼろトラックの荷台に乗って内蒙古《うちもうこ》まで行かされた時は、さすがにくたびれたけどな」

山野井は箸を止めずに器用に肩をすくめてみせた。

《巡回映写》は、満映独自の特殊な上映形態である。

広大な満州全土に常設の映画館はわずか百五十五館。しかも、そのほとんどは満鉄沿線都市に集中している。つまり、それ以外の地域に住むこの国のほとんどの人々は、そもそも映画という形態《メディア》に触れる機会さえないのが現状だ。

そこで満映では、映画館のない地方にも映画を普及させるべく、特殊な上映形態を考案した。満映社員が映写機とフィルム、さらにはポスター、ホームライトなど必要機材一式をかついで映画館のない地方農村を巡回し、そこで映画上映会を行うのである。

とは言え、この試みは容易なものではなかった。

満州国内の交通はいまだ恐ろしく不便だ。鉄道沿線を回るのはまだしも、鉄道の便のない地方では道なき道をトラックに何時間も——時には何日も——揺られ、場合によっては大八車《だいはち》に機材を乗せて運ばなければならない。道路はあってなきが如《ごと》く、宿泊施設も劣悪、もしくは不備。野宿を強いられることも少なくなかった。

苦労は筆舌に尽くしがたい。結果、現場叩き上げの活動屋、言い換えれば学歴のない山野井のような人物に押しつけられがちだ。大学に行っただけでいきなりシナリオを書かせてもらえる英一などは、ある意味〝お坊ちゃん〟——恵まれた存在なのだ。

「それでどうなんです、巡回映画会の手ごたえは？　観客は満映映画を喜んで観てくれているのですか」

英一の質問を、山野井は一言で切って捨てた。食事の手を止め、顔を上げ、虚空《こくう》を見つめて、太い眉を寄せた。

「巡回映写に行ってつくづく感じるんだが、新京や奉天《ほうてん》、ハルピンなんて都市は、この満州という大海の中のちっぽけな島みたいなものだ」

山野井はそう言って右手にもった箸先でいくつかの点を示した。

「あとの地域は全部海。見渡すかぎりの水平線だ」

箸先でぐるりと円を描いてみせる。

「で、このちっぽけな島以外に住む人たちは、映画なんてこれまで一度も観たことがない。そんな人たちにこっちから押しかけて上映会を開いたところで、こっちが望むような観方をしてくれるはずがない。彼らは、せっかく映画上映がはじまっても光の出る映写機の方を不思議そうに眺めていたり、昨日の上映会では映写が終わっても誰も帰ろうとしないので、不思議に思って尋ねると『さっき見たべっぴんさんは、いつになったら挨拶に出てくるんだ』と逆に詰め寄られるありさまだ。戦争映画なんか観せられた日には、敵味方どっちの飛行機が撃ち落とされても、みんな手を打って大喜びしている。映画は単に観客が喜べばいいってもんじゃないだろう。良くも悪くも、作り手の意図が伝わるものでなくちゃならないはずだ」

「だめだね」

山野井は言葉を切り、肩をすくめた。

「俺に言わせりゃ、そもそも順番が逆なんだよ」

「順番が逆、ですか？」

「考えてもみろよ。映画なんてものは本来、国家なり都市での安定した生活があって、しかるべき後に作られるのがスジってもんだろう。ところがこの満州ときたら、国家としては生まれたばかり、その未熟な国のところどころに大海に浮かぶ島のような人工都市が無理やり、点々とでっち上げられたのが現状だ。で、その生まれたばかりの国が主導で作った会社の映画を観せて回って、映画文化を根付かせようというんだ。——俺に言わせれば、まるきり順番が逆だよ。映画をバカにしているとしか思えないね」

「聞いていいですか」思いついて尋ねた。

「なんだ」

「山野井さん、もしかして満映がお嫌いですか」

「嫌いだね。満映も、満州も、関東軍も、甘粕理事長も、みんな大嫌いだ」

あー、と英一は天井を振り仰いだ。それは、ここではあまり大きな声で言わない方がいいと思う。

「それならなぜ、山野井さんは満映に来たのです？」

そりゃお前、と山野井は逆に呆れたように答えた。

「映画の仕事をしたいからに決まってる。それ以外に理由があるか？」

英一は眉を寄せ、少し考えて、なるほど、と一応うなずいた。

昨年末の日米開戦後、日本国内では民間の映画会社は実質的に消滅した。大政翼賛の名のもとに〝大日本映画協会〟（通称〝日映〟）に統合、一本化されたのだ。

この時点で、日本の映画人の選択肢は二つに限定された。つまり、日映に入って南方に行き、軍のお先棒をかつぐ記録映画を撮るか、さもなければ兵隊として軍に徴用されるか、いずれかを選べというわけだ。

「俺はどうしても映画を作る仕事を続けたかった」山野井は口のなかで食べ物を咀嚼《そしやく》しながら言った。「それも、軍の記録映画なんかじゃない、みんなが観て楽しめる劇映画を作りたかった。ところが、日本にいたんじゃ、どうしたって思うような映画は作れそうにない。そこで俺は満州に来て、満映で映画の仕事を続けることにした。以上だ」

「でも、嫌いなんですよね」

英一は眉を寄せて尋ねた。

「映画をバカにしているとしか思えない。さっきそうおっしゃいませんでしたっけ」

「言ったよ、そのとおりだ」

山野井は頭をかいて答えた。

「嫌いな満州、嫌いな満映で、嫌いな甘粕理事長に言われたとおりの映画を作る。しかし、だ。いくら言われたとおり作っても、出来た映画が言われたとおりのものになるとは限らない。それが映画作りの面白さでもあり、怖いところでもある。ま、そういうことだ」

山野井は髭面でニヤリと笑い、英一に片目をつむってみせた。

7

「何？」

桐谷監督がじろりと目を上げ、どすの効いた低い声で尋ねた。

「何でもないです！」

英一は慌てて背筋を伸ばした。

桐谷監督は監督専用椅子《ディレクターズチェア》の脇に立った英一の顔を斜《はす》に見上げ、もう一度尋ねた。

「さっきから、何なの？　わたしの顔に何かついてる」

「いえ、何もついていません！」

英一は直立不動の姿勢で、正面の壁を向いて答えた。

桐谷サカエ監督は一瞬きつく目を細め、ふん、と一つ鼻を鳴らすと、ふたたび手にした冊子に目を落とした。ページが猛烈な勢いで捲られていく。

やれやれ。ホント、勘弁してよ。

英一は気づかれないよう、そっと息をついた。

桐谷監督が手にしているのは、英一が提出した何本かの作品のプロットだ。いくつかは冒頭をシナリオに起こしてある。

最初の自信作、『金色夜叉』を元ネタにしたシナリオをにべもなく突き返された後、陳文とのお化け騒ぎを挟んで寮に戻った英一は、日本から持ってきた手提げ鞄を引っ繰り返し、以前に書きためた作品のプロット及びシナリオをもう一度、一晩かけて自分なりにじっくり吟味《ぎんみ》し直した。

日本から持参した原稿のほとんどは、京都の自宅の離れに引きこもって……というか、実際には押し込められていたころで、何もすることのないひまに飽かせて書いたものだ。

改めて読み返してみると、案外、出来は悪くない気がした。

赤ランプのお化けの謎は結局解けなかった。桐谷監督の機嫌は悪いままということだ。かと言って、渡口老人にもう一度会いに行くのはまっぴらだった。

よし、こうなったら方針変更、質より量作戦だ。シナリオをひとつずつ提出するのではなく、プロットをまとめて見せる。いくら桐谷監督の機嫌が悪くても、ひとつくらいは気に入るだろう。映画作りの現場では監督の判断が絶対だ。所属は桐谷組。甘粕理事長もそう言っていた。裏返せば、桐谷監督が気に入りさえすれば馘にはならないということだ。理屈は合っている。

英一は日本で書き溜めた作品をすべて引っつかみ、鞄に突っ込んで、意気揚々と桐谷監督のもとに向かった。

事務所で確認すると、桐谷監督はその日も引き続き第三スタジオで映画を撮っているという。

英一が訪ねた時、撮影はちょうど休憩時間だった。カメラの脇に置いた監督専用椅子に座った桐谷監督はひどく疲れているように見えた。やはり例のお化け騒ぎのせいで撮影が順調に進んでいないのだろう。

英一は恐る恐る桐谷監督に近づくと、意を決して鞄ごと差し出した。

「すみません。時間がある時に目を通して下さい」

そう言って踵《きびす》を返して帰ろうとしたところ、

「いま読むから」

と桐谷監督は英一を引きとめ、その場で待機するよう命じた。桐谷監督は鞄の中の書類を全部取り出し、たちまちもの凄い勢いで頁をめくりはじめた。

英一は監督専用椅子の脇に立たされたまま、しばらくポカンと口を開けて、桐谷監督を眺めていた。いや、最初は、

——本当にちゃんと読んでくれているのかしらん？

と、疑いの目で見ていたのだが、途中から妙なことになった。

軽く結ばれた桐谷監督の形の良い唇の脇にある二つのほくろから目が離せなくなったのだ。

「桐谷監督さん、とてもきれいな人。まるで女優さんみたい。とくに唇の脇のほくろがたいへん色っぽいです」

陳文が昨日、顔を赤くしながら熱っぽく語った言葉が頭の中に浮かんだ。

改めて眺めれば、桐谷監督の伏せた睫《まつげ》は、意外にもびっくりするほど長かった。色白の端整な顔立ち。切れ長の目。いや、そんなことより……。

きつく目を閉じた。

——陳文が悪いんだ。

英一は心の中で毒づいた。

——陳さんがあんなこと言うから。

「ダメ。一からやり直し」

えっ？

「全然ダメ。これは全部なし」

目を開けると、すぐ鼻先に突き出された紙の束が見えた。英一は半ば無意識に紙の束を受け取った後で、ハッと我に返って訊ねた。

「えっ？　ダメって？　これ、全部、ですか」

「そう言ったでしょ」

桐谷監督が冷ややかな口調で言った。

「全部ボツ。一から新しく書き直して。期限は一週間。あと六日ね」

そう言うと、桐谷監督は英一の存在など早くも忘れたかのように、現在撮影中の映画の台本に目を落としている。

英一はひとつ大きく息を吸いこみ、思い切って訊ねた。

「理由を教えてもらえないでしょうか」

「何？　何ですって」

桐谷監督が顔を上げた。英一がまだそこにいたことに驚いたようすだ。

「僕の作品のいったいどこがダメなのか、理由を教えてください」

英一はできるだけ強気に見えるよう胸を張った。

「理由もなしに、全部ボツや一から書き直しと言われるのには正直納得がいきません。第一、書き直すにしても、ボツになった理由がわからないと書き直しようがない。僕の作品のいったいどこがダメなのか、何がいけないのか、具体的に指摘してもらえないでしょうか」

桐谷監督は眉を寄せ、薄い唇をきつく引き結んだ。右手の指先で鉛筆を器用にくるくると回していたが、その鉛筆をぴたりと持ち直して、口を開いた。

「いいわ。そこまで言うなら教えてあげる」

目を細め、英一の顔に視線をすえて言った。

「あなた、さっきここでわたしに声をかけるのに何て言った？『すみません』よね？ 何回言った？ 二回？ 三回？ 満州《こっち》の人はそんな簡単に謝らない。あなたが書いてきたような脚本で撮った映画が、こっちの観客に何て呼ばれているか知ってる？ 対不起《ドイブーチー》映画。スミマセン映画よ。映画に出てくる登場人物はみんな、愛想笑いとお辞儀ばかり。お互いにしょっちゅう謝りながら、ぺこぺこと頭を下げている。こっちの観客はそのようすがおかしいと言って笑ってばかりいて、肝心のストーリーを追うどころじゃない。あなたの発想は、日本人が作って日本人が観るための映画にしかなっていない。物語以前の問題だわ」

英一は相手の剣幕にたじたじとなりながらも、何とか反論を試みた。

「たしかに、前回の『金色夜叉』の女性を足蹴にするシーン同様、こっちの人たちには理解しづらい台詞や場面があるのは認めます。満州の事情を詳しく知らないまま、日本で書いたシナリオですからね。細部に手を入れて書き直す必要がある。それはわかります。ですが……」

「ひとつ忠告させてもらっていいかしら」

桐谷監督が、英一の言葉を途中で遮《さえぎ》った。

「あなたが今回持ってきたのは、みんな男女の機微《きび》を描いたメロドラマばかりよね」

「えっ？　メロドラマ？　そういえば、まあ、そうですが……」

「あなたが書く恋愛には、まったく魅力が感じられない」

桐谷監督は氷のような冷ややかな声で言った。

「メロドラマにしては台詞がベタすぎる。まるで絵に描いた餅《もち》を食べさせられている感じだわ」

うっ、と呻《うめ》いたきり、英一は続けるべき言葉を見失なった。

ベタすぎる、とは満映内でしばしば耳にする業界用語だ。元々〝ベタ一面〟の意味から、照明が強く当たりすぎて画面に陰影が出ないこと、あるいは背景看板の色に濃淡が乏しいことをいったらしい。転じて、演出や演技に工夫がない、面白みがない、通り一遍、紋切り型等の意味に使われている。しかし、まさか自分が自信をもって書いてきた台詞を評して「ベタすぎる」と言われるとは思ってもいなかった。

「このさいだから、はっきり言うわね」桐谷監督は遠慮会釈なく続けた。「ひとには向き不向きがある。わたしが見るかぎり、あなたにメロドラマは向いていない。別のテーマを探すことね」

英一はあんぐりと口を開けた。頭の中が真っ白だった。

真っ向から自信を打ち砕かれた、だけではない。

桐谷監督の言葉は、事実上、英一への失業宣告を意味していたのだ。

創立五年。

ここまで満映が製作した映画で〝ヒット作〟と呼べるものは李香蘭《りこうらん》と長谷川一夫《はせがわかずお》のダブルスターを使った、一連の〝大陸メロドラマ物〟だけだ。

三年前、満映と東宝の提携作品として製作された『白蘭の歌《びやくらん》』は、それまで「大陸物は当たらない」といわれ続けてきたジンクスを見事に覆《くつがえ》し、日本国内で大ヒットした。長谷川一夫・李香蘭ペアは、その後も『支那《しな》の夜』『熱砂の誓ひ』で立て続けに共演。いずれの映画も、日本で驚異的な興行成績を記録している。

ことにこの三作でヒロインの中国娘を演じた李香蘭は、ダニエル・ダリュー似といわれるエキゾチックな容貌と甘い歌声、さらには彼女の謎めいた経歴ともあいまって、熱狂的なファンを獲得。映画の中で彼女が歌った『何日君再来《ホウルウチユンツアイライ》』『蘇州夜曲《そしゆうやきよく》』も日本で大人気となった。

きわめつけは、昨年二月、東京丸の内にある日劇において「日満親善」の名目で開かれた『歌ふ李香蘭』のショーイベントだ。会場には、李香蘭を一目見ようと数千人のファンが押し寄せ、切符を求めるファンと主催者の間で劇場周辺は一時騒然となった。警察官二十数名、騎馬警官までが出動してなお騒ぎは収まらず、ついには警察が消火用ホースで放水して追い払うという事態にまで発展したほどだ。

満映の看板女優・李香蘭は今では日本や上海での映画製作にひっぱりだこで、ここしばらく満映を離れている。英一はいまだ実物にお目にかかれていなかった。

一方のスター、長谷川一夫は、言わずと知れた東宝の二枚目看板俳優である。

東洋一の最新設備を誇る満映で、ヒット作と呼べる作品がわずかかメロドラマ数本、しかも他社との提携作品ばかりというのは不思議といえば不思議な感じだが、結局は「立派な映画撮影所が立派な映画を作るわけではない」ということだ。

〝満映、即ち大陸メロドラマ物〟のイメージは拭《ぬぐ》いがたく、このところ満映では二匹目三匹目のドジョウを狙った大陸メロドラマ作品が立て続けに製作されていた。桐谷監督がいまスタジオ撮りしている映画も、その系列の作品のはずだ。

左翼の連中がいくら反動、プチブル等と非難しようが、大衆のメロドラマ好きは揺るがない。

満映で映画作りに関わることを決心して以来、英一は何とかメロドラマの極意を会得すべく様々な書物を読みあさり、かつ会得してきた――つもりだった。それなのにひとこと、向いていないとは。

呆然自失する英一の耳に、桐谷監督の容赦ない声が飛び込んできた。

「ヒロインに李香蘭をイメージしているみたいだけど、彼女は使えないわよ」

腹中の助平心まで見透かされたようで、たちまち顔が赤くなった。桐谷監督が目を上げ、紅白まだらに顔を染めた英一を見て呆れたように付け足した。

「言っておくけど、彼女が忙しいからじゃないわ。彼女は日本人。だから、こっちの観客が観る映画では使えないの」

「李香蘭が日本人？　それは、つまり、どういう……」

チッ、と桐谷監督が舌打ちする音が聞こえた。

「あなた知らなかったの？　じゃあ、ほかには黙っておいて。満映じゃ、表向きは一応秘密ということになっているから」

桐谷監督はそう言うと、手元の台本に目を落としたまま面倒くさそうに説明した。

日満合同製作映画において中国娘を演じた李香蘭は、たしかに日本国内で大変な人気を博した。日本の観客は李香蘭に中国を重ね見て、だからこそ、長谷川一夫演じる日本の青年と途中すったもんだありながらも、最後は心を通わせるメロドラマに喝采《かっさい》を送ったのだ。だが、中国人の観客には一目で彼女が中国人ではないとわかる。アメリカ映画で描かれる日本人像に日本の観客が違和感を覚えるのと同じように、李香蘭のちょっとした言葉遣いや仕草の間違いが、こっちの観客には気になって仕方がないのだという。

「だから、ヒロインに李香蘭を使った映画は、日本人には受けても、満州の観客には受け入れられない」

桐谷監督は台本のページをめくりながら、何でもないように続けた。

「わたしたちはここで日本人ではなく満州の人たちに観て楽しんでもらえる映画を作っている――甘粕理事長にもそう言われたはずよ。だからヒロインに李香蘭は使えない。そういう意味よ。そんなことより、そうだ」

と思い出したように、桐谷監督が台本から顔を上げた。その目には、これまでとは一転、英一に対する興味が浮かんでいる。

「聞いたわ。あなた、たいした探偵なんですって」

「探偵？　僕がですか」

何を言われたのか、とっさに見当がつかなかった。

「あなたが、このスタジオで起きたお化け騒ぎの謎を解いてくれたんでしょ？　違うの？」

「その件は……そう言われればたしかにそうなのですが……しかし、必ずしもそうとばかりは言えないような……」

「何言っているの？」

桐谷監督が眉を寄せた。

「お化け騒動の謎を、あなたが見事に解き明かした――。さっき陳さんがそう報告してくれたわよ。ごく些細《ささい》な手掛かりをもとに不可解な謎を見事に解き明かしたんですって。『朝比奈さんはまるで、かの名探偵シャーロック・ホームズ氏みたいでした』って、ずいぶん興奮したようすで話していたわ。スタッフもこれで少しは落ち着くでしょう。あなたにはお礼を言わないとね」

さてはと思い、左右を見回すと、スタジオの隅で小さくなってこちらを窺っている陳文の姿が視界に飛び込んできた。

このおしゃべりめ！

睨みつけると、陳文が亀のように首をすくめた。

「このスタジオのお化け騒動の謎だけじゃないんですってね」

桐谷監督は相変わらず感心したように続けた。

「陳さんから聞いたわ。あなたは満映に到着して早々、食堂や寮の部屋で、些細な手掛かりをもとに周囲の人たちの過去の職業や経歴を見事に推理してみせたそうじゃない。あなた自身がたいした名探偵ね」

ああ……。

開けたままの英一の口から、声とも音ともつかぬ代物《しろもの》が漏れ出た。

たしかに寮の歓迎会で英一は、ちょっとした手掛かりをもとに周囲の人たちの過去の職業や経歴を当ててみせた。周りからはひどく感心されたが、あれは実家に引きこもっていた時に、ひまつぶしにさんざん読みあさった探偵小説の引き写しだ。お化け騒動の謎を解いたのも、子供のころ遊びに行っていた近所の映画撮影所での見聞のおかげ。いずれにしても自分で〝推理〟したわけではない。所詮は宴会芸だ。そもそも赤ランプのお化けの謎は結局究明できなかった。何でもある程度は器用にこなせる。その代わり、なにごとも中途半端。英一の悪い癖だ。ことごとしく持ち上げられては赤面するばかりである。

腕を組み、片手を頬に添えていた桐谷監督が、何ごとか思いついたようすで独り言を呟いた。

「……そうか、どうせならこれを使わない手はないわね」

顔を上げ、英一に向かって言った。

「あなた、探偵物を書いてみない？」

「はあ。探偵物、ですか？」

「最近アメリカで流行《はや》っているそうよ。警察がお手上げの難事件を、民間の探偵が快《かい》刀乱麻《とうらんま》に解決する。あなたなら面白いものが書けるんじゃないかしら？」

「探偵物の映画なんて観たこともありません」

英一は首を振って言った。人気の映画といえば、何といってもメロドラマだ。

「第一、名探偵だなんて……何だか馬鹿げていますよ」

「そうかしら」

桐谷監督が英一に向かって目を細め、口もとに微かな笑みを浮かべた。

はじめて目にする桐谷監督の笑顔だ。

英一はふいに不吉な予感に襲われ、ぶるりとひとつ身を震わせた。


予感は、すぐに現実のものとなった。

「はっきり言って、あなたにメロドラマは向いていない。あなたが書くメロドラマは、どれも台詞がベタすぎる」

桐谷監督は英一に最後通牒《さいごつうちよう》を突きつけるように、先ほどの言葉を繰り返した。その後で「けれど、探偵物ならきっと面白い物が書けると思う」と断言した。

英一は唖然として口もきけなかった。とんだ独断と偏見だ。が、考えてみれば、英一が子供の頃から見てきた映画監督はいずれもこの手の人種だった。反論するだけ無駄である。

「次作は探偵物か。うん、悪くない。これで行きましょう」

桐谷監督は案の定、早速独り決めしたようすで呟いている。ふと顔をしかめた。

「ひとつ問題が残っていたわね」

目を細め、英一をじろじろと眺めた。

「あなたは満州の人たちの生活に無知過ぎる。言葉もだめ。どんな面白いストーリーも、登場人物が謝ってばかりの〝スミマセン映画〟じゃどうしようもない。困ったわね。この問題をどうしたものか……」

眉を寄せ、薄い下唇を噛んだ。

顔を上げ、左右を見回した桐谷監督の目が、さっきから首をすくめてこっちを窺っている陳文の上に止まった。

「陳さん！」

桐谷監督が手招きすると、陳文が躾《しつけ》の行き届いた犬がしっぽを振るように、いそいそと近づいてきた。

「二人とも聞いて。良い考えがある」

英一は仕方なく頷いた。聞きたくなくても無理やり聞かされるに違いない。

陳文は――最初から聞く気満々だ。

桐谷監督は、英一と陳文の顔を交互に見比べ、ある提案をした。

たしかに悪くない考えだった。

8

満州国の首都「新京《しんきょう》」は、文字どおり〝新しい京《みやこ》〟だ。計画的に整備されたアスファルト舗装の広い道路と、そこかしこに広がる緑の公園。市街地には合理的な集合住宅が建ち並んでいる。

大同広場と新京駅を結ぶ大同大街を陳文と肩をならべて歩きながら、英一は自分が見知らぬ場所に来たのだと改めて実感した。

建国十周年慶賀式典の準備中ということもあって、街は活気に溢《あふ》れていた。どこに行っても、楽隊の奏《かな》でる音楽が風に乗って聞こえてくる。

広い大通り沿いにはカフェーや食堂が軒《のき》を連ね、デパートの売り場には多様な品があふれている。聞くところによれば、この街には日本人向けの本格的な鮨屋《すしや》から、芸者《きれいどころ》を揃えた高級料亭まで存在するらしい。対米戦争が始まって以来、すっかり倹約一色、その日の食べ物にも窮しかねない昨今の日本国内とは比べものにならない豊かさだ。

十年前、この地は茫漠たる曠野《こうや》にまばらに人家が散らばるだけの田舎《いなか》町だった。英一が目にしているカフェーもデパートも広い道路も緑の公園も、すべて満州国建国後わずか十年の間につくられたということだ。いまでは主だった建物には最新式の冷暖房設備《セントラルヒーティング》が導入され、上下水道が整備、アジア初の〝水洗式トイレ〟が一般的な家庭にまで普及している。どこもかしこも目に入るものはピカピカ、小ぎれいで、何だかデパートの新製品売り場を歩いている気がしてくる。

そのピカピカの街を行き交うのは、さまざまな特徴的な服装をした、さまざまな顔付きの、さまざまな言語を話す人々だ。洋装・和装の日本人、満人、白系ロシア人、朝鮮人、その他、ちょっと見では出自のよくわからない多様な者たちが一堂に会し、広い通りを縦横に行き交うさまは一種壮観である。

目の前をさまざまな言語が大声で飛び交い、日本語以外はほとんどわからない英一は、聞いているだけで頭がぐらぐらする。

一瞬、ふわりと目が回り、英一は足を止めた。傍らの壁に手をつき、目を閉じると、耳元で交わされる意味不明の会話の内にいくつかの単語が泡のように浮かんできた。

五族協和。

王道楽土《おうどうらくど》。

大東亜共栄圏《だいとうあきょうえいけん》。

………。

いずれも満州国建国十周年慶祝式典の宣伝文句《キャッチフレーズ》だ。

もちろん、実際に道を行き交う人々がそんなことを話しているはずはない。英一の耳が未知の音をつなぎあわせて勝手に意味を作っているだけだ。

アングロサクソン民族の暴挙からアジアを救う。満州国は占領国家ではなく、五族協和、王道楽土の理念の下に作られた新国家だ。大アジア主義こそが中国を亡国から救う。……何だかウソ臭い。

「朝比奈さん、どうしましたか？」

目を開けると、陳文が心配そうに覗き込んでいた。

「顔色わるいです。気分わるいですか？　疲れましたか？　少し休みますか？」

矢継ぎばやの質問に、英一は軽く手を振ってみせた。

「昨夜《ゆうべ》は桐谷監督に見せる資料をつくっていて、徹夜だったからね、ちょっと寝不足なだけだよ。それより時間がないんだろう？　急ごう」

角を曲がると、目の前がもう新京駅だった。

「二人で一緒にシナリオを書いてみてはどうかしら？」

それが、桐谷監督が英一と陳文に持ちかけた提案だった。

英一には面白い探偵物が書けそうだが、肝心の映画の観客——即《すなわ》ち満州の人々の生活習慣についてあまりにも知らなすぎる。一方、陳文が書くシナリオは、細部にこだわり過ぎて全体の作りがなっていない。何より、台詞のテンポが悪いのが致命的だ。

「このままでは二人とも、とても使い物にならない」

桐谷監督は当人たちを前に率直過ぎる表現で言った。

「でも、二人でお互いに足りないところを補い合えば、きっと良いものができると思うわ」

思わぬ提案に、英一は考え込んだ。

たしかに、満州のことは地元人である陳文に教えてもらうのが一番手っ取り早い。陳文と一緒にシナリオを練りあげれば、後で疑問点を確認するだけでなく、英一が気づかずにいる不自然な箇所も都度《つど》指摘してくれるだろう。

英一にとっては悪くない提案に思えた。一方、陳文にとってはどうか。

隣に並ぶ陳文を窺い見て、英一は肩をすくめた。

目尻が下がり、へらへら笑いが顔一杯に浮かんでいる。しっぽがあれば勢いよく振っていそうだ。桐谷監督の言うことなら、ひとまず何でも受け入れるつもりらしい。

そこへ助監督が現れ、桐谷監督に近づいて声をかけた。

「次の場面の撮影準備が整いました」

たちまち桐谷監督の顔が一変した。集中した鋭い目つきでセットを確認し、俳優たちに細かく立ち位置の指示を出している。

もはや英一たちのことなど視界に入っていないようすだ。

英一と陳文は顔を見合わせ、抜き足差し足、こっそりとその場を退散した。

かくして撮影スタジオを後にした英一は、早速、陳文とシナリオ作りに取り掛かろうとしたところ、陳文が急に「今日は都合が悪い。妹の落ち着き先が見つかるまでは忙しい」と言い出した。

妹?

英一は意味がわからず眉を寄せた。訊けば、陳文の妹が田舎から新京に出てくることになった。いわゆる出稼ぎだ。なるほど、それ自体は珍しい話ではない。この数年、新京には職を求めて多くの中国人が流れ込み、人口は増加の一途をたどっている。しかし、それにしてもだ。よりにもよってこのタイミングで出てこなくても良いではないか。あと六日。鹹がかかっている。

英一は天を仰ぎ、ならば、と一緒に出迎えにきた。陳文の妹の落ち着き先や勤め先を新京で見つけるには、日本人の英一が一緒の方が何かと信用が違うだろう。そう考えての行動だ。一刻も早く満足のいくシナリオを書き上げなければならない。そのためには陳文の手が空くことが必要だった。

駅前広場は列車の乗降客、見送り及び出迎えの者たち、彼ら相手の商売人、その他何をしているのかちょっと見当がつかない者たちで相変わらずごったがえしていた。

「間に合ったかな？」英一はポケットから懐中時計を取り出し、駅前の大時計と見比べて尋ねた。「妹さん、何時の列車だっけ」

「アイヤ。もう着いているはずなのですが……」

陳文は心配そうな顔できょろきょろと左右を見回している。

「あ、いました。あそこです！」

陳文が声をあげ、伸びをするように大きく手を振った。

陳文の視線を追った英一は、人込みのなかから姿を現した人物をひとめ見て、思わずえっ？　と声が出た。

振り返り、目をこすって陳文を見直した。

小太りの、いかにも人の良さそうな下膨《しもぶく》れの顔。開いているのか閉じているのか判然としない細い目は目尻が下がり、いつもニコニコ、ヘラヘラ笑っているように見える。顔の中心には団子っ鼻が鎮座し、下唇はいささかぽってりし過ぎだ。骨太のがっしりした体格だが、残念ながら早くも下っ腹が出はじめている。

見間違い、ではない。

しかし、だとしたら、いったいこれはどういうことなのか？

英一はゆっくりと向き直り、目の前に歩み出た小柄な人影に視線を注いだ。質素ながら清潔な感じの支那服。高い襟は李香蘭が映画の中で着て流行らせたものだ。襟の間から覗く細い首の上に、およそ人とは思えぬ小さな頭が乗っていた。漆黒《しっこく》の絹《きぬ》のような細い髪は頭の上で複雑に編《あ》み込まれ、白く輝く額を際立たせている。形良く整った弓なりの細い眉。何より印象的なのは、大きな黒眼がちの二つの目だ。朱を落としたような小ぶりの唇が微《かす》かな笑みをたたえている……。

小さな手荷物を陳文に渡した彼女は、兄と短く中国語で言葉を交わした後、英一に向き直った。

「ハジメマシテ、ワタシ、陳桂花《ちんけいか》と言イマス」

小鳥が囀《さえず》るがごとき可憐《かれん》な声に、英一は我に返った。道々、陳文から「妹は日本語、少しできます」と聞いていたが、なかなかどうしてたいしたものだ。

「兄がイツモ大変お世話になってます。今日はワザワザお出迎えいただき、アリガトございました」

「いやいや。お世話だなんて、そんな」

頭を下げた相手に、英一は慌てて手を振った。

「こちらこそ、お兄さんにはすっかりお世話になってばかりで……」

「へっ？　お兄さん？」

隣で陳文が呆気に取られたように呟いた。

「いやだな。何言っているんです、お兄さん」

英一は陳文の肩を親しげに叩いた。

「さて、と。桂花さんもきっと長旅でお疲れでしょう。ひとまずどこかでお茶にしましょうか。うん、そうだ、まずはお茶だな。陳さん……いや、お兄さん。このあたりでどこか品の良いカフェーを知りませんか」

陳文は、何が起きたのかわからぬ顔で唖然としている。

その横で桂花が顔を伏せてくすりと笑った。それだけで英一は有頂天《うちょうてん》になった。

五族が互いを兄弟とし、親類として愛し合っていこう。

さっきまであれほどウソ臭く思えた満州国建国の理念が、何だか急に美しい言葉に思えてきた。

世界がバラ色に輝きはじめた気がした。

9

陳文の案内で駅前広場に面した中国式のカフェーに入り、奥の円形のテーブルに三人で腰を下ろした。

派手な支那服に身を包んだ女性の店員が、お茶の用意をしてくれる。お茶をいれる美しい手つきを感心して見ていた英一は、気がついて手帳を取り出し、メモをとった。

〝満州式のお茶のいれ方。鉄製の小型の急須。湯飲みは日本のものよりずっと小ぶり。お茶をいれる前に、急須の上からお湯を回しかける。お茶をいれる手つきがたいへん美しい。〟

顔を上げると、桂花がメモを取る英一を不思議そうに眺めていた。

「あっ、これは気にしないで。勉強中なんだ」

英一はそう言って室内を見回し、引き続きメモを取った。

食器も家具も装飾も、日本のものとはやはりどこか雰囲気が異なっている。満州に来るまで日本を一歩も出たことがなく、また身近に中国人の知り合いもいなかった英一にとっては何もかもが新鮮な感じだった。

「勉強中？　何のことですか？」

口を開いた陳文を制して、英一は自ら桂花に説明した。

「僕たちはいま映画のシナリオを書いているんです。僕たちというのはつまり、お兄さんと僕のことだね。いい脚本を書くためには、満州のことを知らなくてはならない。だから、勉強中。何でも知りたい。えー、満州のことを」

——きみのことを。

と、最後にあやうく口にしかけて、英一はあわてて茶碗を持ち上げた。いれたばかりのお茶に口をつけた。

熱くて口の中を火傷《やけど》した。

ひとまず陳文と桂花に英一が書いたシナリオ——上着のポケットに入れていた——を検討してもらうことにした。桐谷監督には「全然ダメ。全部ボツ」とにべもなく言われたが、正直なところいまだ半信半疑だった。実際に地元人である陳文たちが読んで、どの程度違和感があるのか試してもらったのだ。

英一は温かい中国茶——〝独特の香り、日本茶とも紅茶とも異なる〟とメモ——をすすりながら、周囲を見回し、気づいた点を手帳に書き込んでいるふりをして待っていた。

横目でうかがうと、陳文が読んだ部分を訳して聞かせていた。桂花は兄ほどは日本語の読み書きができないらしい。

二人はシナリオを前に眉を寄せ、首を傾げては、しきりに首をひねっている。

英一は恐る恐る二人に訊ねた。

「どんな感じかな？」

二人は顔を見合わせ、気まずそうな表情を浮かべた。

「気を使わずに、はっきり言ってくれていいよ。僕のシナリオの、いったい何処《どこ》が不自然なんだろう？」

努めて明るくそう言うと、陳文が申し訳なさそうに口を開いた。

「例えば、お茶を出す場面ですが……」

「うん。お茶の出し方が間違っていたのは、さっき見てわかった」

英一は頷いて言った。

「ほかに何かあったかな？」

「何かある、と言うか……」

陳文は眉を寄せ、ページを捲りながら〝該当箇所〟を次々に指摘した。曰く、

召し使いの少女が女主人の腕を取る作法が間違っている。

中国の叩頭《こうとう》はこんな風にはしない。

登場人物の水の使い方がとても不自然。

顔の洗い方が違う。

それから……。

「オーケイ、オーケイ」

英一は両手を挙げ、降参の意を表した。

「了解。わかった。桐谷監督に言われたとおりだ。このシナリオは使い物にならな

い。ボツにしよう」

「スミマセン。朝比奈さん、もう一つだけ……」

陳文はそう言うと困惑した顔で振り返り、桂花に促されて諦めたように尋ねた。

「これ、メロドラマですよね？」

「書いた本人としては一応そのつもりだけど。どうして？」

「何と言うか、その、あまりメロドラマという感じがしないです」

陳文はそう言って、同意を求めるように妹を振り返った。桂花は——下を向いて困ったような顔をしている。

「うん。……それも、桐谷監督に言われたとおりだ」

バラ色に輝いていた世界が、早くも陰りはじめた気がする。

「桐谷監督には、あなたには男女の機微は書けない。メロドラマはやめて探偵物を書けって言われた」

英一は肩をすくめ、無理やり平気な顔をつくって言った。

「最近アメリカで流行っているんだそうだ。不可解な事件が起きる。そこに名探偵が出てきて、快刀乱麻難事件を解決するんだって。僕には何だか馬鹿げているような気がするんだけど……」

「面白そう」

振り返ると、桂花が顔を上げ、英一をまっすぐに見ていた。黒眼がちの大きな目がキラキラと輝いている。

「ワタシ、そういう映画観たいです」

「うん、そうだよね。じつは僕もそう思っていたところなんだ」

英一は桂花の言葉に力強く頷いた。

「それじゃ、今から探偵物のシナリオを一緒に作っていくとしよう。さて、どんなストーリーがいいかな。陳さん、何かいいアイデアはある？」

ふたたび振り返ると、陳文は――啞然とした顔で細い目をしばたたいていた。

「どうやら、お兄さんにはアイデアはないみたいだ」

桂花に視線を戻して言った。

「時間がない時は、叩き台になるアイデアが一つあれば助かるんだけど……」

頭の後ろに手をやり、顔をしかめて髪の毛をくしゃくしゃにかきまぜた。

「朝比奈さんは、これまでにどんな探偵小説を読みましたか？」

桂花が小首をかしげるようにして訊ねた。

「叩き台になるアイデア、その中から見つけられませんか？　朝比奈さんが読んだ小説の話、ワタシ、聞きたいです」

そう言ってニコリと笑った。

鼓動が高まる。

世界がふたたびバラ色に輝きはじめた感じだった。

請《こ》われるまま、英一は自分がこれまで読んできた色々な探偵小説のストーリーを桂花に話して聞かせた。

ポー、ドイル、チェスタトン、ルブラン……。

どれもアカ容疑で大学を追われ、自宅の離れに押し込められていた頃、ひまに飽かせて読みあさったものだ。

ソレカラ？　ソレカラ？

桂花は飽きる様子もなく、きらきらと目を輝かせて話を聞いてくれる。

あの時はほかにすることもないので、仕方なく手もとにある小説を片っ端から読んでいただけだが、世の中まったく何が役に立つかわからない。

英一は自分がまるで講談名人にでもなった錯覚をおぼえた。実際は桂花が聞き上手だったということだ。

そんな中、彼女が一番喜んだのは意外にも『怪人二十面相』のストーリーだった。

二十面相があるトリックを使って、国立博物館の宝物を残らず見事盗み出した顚末を紹介したときは手を打って喜んだくらいである。

英一は「へえ」と思った。

『怪人二十面相』は日本人作家、江戸川乱歩《えどがわらんぽ》が書いた子供向けの作品だ。乱歩がはじめての子供向け探偵小説として「少年倶楽部《くらぶ》」に『怪人二十面相』を連載していた当時、子供たちが雑誌の発売日を待ちかね、夢中になって読んでいる姿が日本のあちこちで見受けられたものだ。

ずいぶん昔のような気がするが、ほんの五、六年前の出来事である。

あれから日本の雰囲気はガラリと変わった。昨今の日本の子供たちの間からは『怪人二十面相』を楽しむ余裕が消えてしまった。あるいは、大人たちの間から、というべきか。子供向けの物語は兵隊・戦争物ばかりになり、乱歩自身、『二十面相』のシリーズを中断したままだ。

だが、〝新しい国〟満州の人たちには案外こんな物語が受けるのかもしれない。

英一は頭の後ろで手を組み、椅子の背にもたれて思案した。

『怪人二十面相』を叩き台にする？

怪人二十面相は大泥棒だ。「探偵物を」という桐谷監督の提案とは少し違う気もするが――。

ひょいと目を向けると、桂花の黒眼がちな大きな瞳とぶつかった。両手を胸の前で組み合わせ、英一をじっと見つめている。白い頬が微かに朱に染まっていた。

英一の頭の中から迷いが消えた。

「よし、陳さん。叩き台は『怪人二十面相』だ。これでいこう！」

勢いよく振り返った。

もう一つ良いアイデアが閃《ひらめ》いたのは、その時だ。

英一は思わずにんまりと笑みを浮かべた。


あれこれの手続きに思いのほか時間を取られ、引き上げるころには辺りはすっかり暗くなっていた。

「……本当に良かったですか、朝比奈さん」

肩を並べて歩きながら、陳文は暗がりに英一の顔を窺い、遠慮《えんりょ》がちに訊ねた。

「良かったって、何が」

英一は逆に星空に口笛でも吹きかねないほどの上機嫌だ。

「あっ、もしかして迷惑だったかな？」

「とんでもない。迷惑、とんでもないです！」

陳文は勢いよく手を振った。

「彼女の……桂花の泊まるホテルのお金を満映が出してくれるなんて、ウソみたいな話です」

ふふん、と英一は得意げに鼻を鳴らした。

あれから英一は満映に急いで戻り、事務局にかけあって、シナリオ執筆のためにホテルの一室を確保することを認めさせた。新京駅の南東一キロ、三方を道路に囲まれた通称〝三角地帯〟にあるホテルで、その名も「三角ホテル」。桂花はいまそのホテルに泊まっている。名前はともかく、部屋は清潔、広さも申し分ない。さらに、もう一点、満映事務局に認めさせた。

「三人でシナリオを書く」

英一はそう主張して、三人分の給料を出させることにまんまと成功したのだ。これで桂花に毎日会いに行ける。話もできる。なにしろ仕事だ。一方桂花も、これで慣れない土地で、慣れない仕事を急いで探す必要がなくなった。つまらない仕事なんかしなくていい。正式な住まいや仕事は、今回のシナリオ書きが終わるまでにゆっくり探せばいいのだ。

まさに一石二鳥。我ながらすばらしいアイデアだ。

英一がにやついているのには、もうひとつ理由がある。

満映との交渉結果を桂花に伝え、ホテルの部屋を引き上げる際、「サヨナラ」と言った英一に桂花は首を振った。そして「不是《ブシ》、サヨナラ。再見《ツァイツエン》」、にこりと笑ってそう言ったのだ。

——さよなら違いいます、また会いましょう。

文化の違いを教えてもらうのも、悪いことばかりではない。

「彼女に、映画の仕事できますかね」

陳文はまだ首をひねっている。

「それは大丈夫さ」

英一は相変わらずの上機嫌で請け合った。

「一人より二人、二人より三人。〝三人寄れば文殊《もんじゅ》の知恵〟って日本の諺もある。あれも元は中国の諺だっけ？　ともかく、女性の意見を取り入れた方がいいシナリオが出来るに決まっているさ。彼女がいやでなければ、ぜひ一緒に作業を進めよう。——そうだ！」

思いついて足を止めた。

「三人で一つのペンネームというのはどうかな？」

すっかり浮かれた英一の態度に陳文は無言で首を振り、ため息をついた。

大通りに出た。

日が落ちた後も、大変な賑《にぎ》わいだ。

大勢の人が肩を触れ合わんばかりの距離で行き交い、人だけでなく、荷馬車や馬、犬や猫、それらをかき分けるようにして時折軍用自動車が通り過ぎてゆく。

浮かれついでによそ見をして歩いていた英一は、突然、勢いよく背中を突き飛ばされた。たたらを踏み、建物と建物の間の細い路地に半ば倒れ込むように足を踏み入れて、危うく体勢を立て直した。

「こっちの人は乱暴だ。いやぁ、勉強になるなぁ」

なおもへらへら笑いながら呟いた英一は、顔を上げてふと動きを止めた。

「大丈夫ですか、朝比奈さん？」

「しっ！」

心配そうに声をかけてきた陳文を、英一は身振りで制した。

細い路地の奥に人影が見える。

黒いマントを羽織り、つばのある黒い帽子を目深にかぶった、小柄な男。顔の上半分を覆う黒い陰は黒いベネチアンマスク？　それとも大きな黒メガネだろうか。

全身黒ずくめ。まるで、さっきまで話していた『怪人二十面相』の物語の中から抜け出してきたような黒マントの怪人だ。

脳裏に、満州について内地で囁かれている不気味な噂が浮かんだ。

人工都市・新京に、人さらいが出るという。

時刻は決まって夜、もしくは黄昏時。まるで神隠しにあったように子供たちが姿を消す。路地で遊んでいた子供が突然頭から黒い布をかぶせられ、いずことも知れぬ場所につれ去られる。

てっきり、日が暮れても遊びに夢中でなかなか家に帰って来ない子供を脅《おど》すために、親たちがでっちあげた御伽話《おとぎばなし》だと思っていたのだが――。

黒マントの怪人が路地の奥の薄暗がりに立っている。横顔を向け、黒い支那服を着た若者二人と低い声で何か話をしているあの男は……しかし、まさか……？

通り過ぎる自動車のライトが路地の奥に射し込んだ。

視線が、黒マントの男の胸元に吸い寄せられた。

小さな白い点が見えた。しかも動いている。風にそよぐ一輪の花？　いや、違う。白い艶《つや》やかな毛なみと特徴的な赤い目。長いヒゲ。あれは――。

白ネズミだ。

英一は唖然として、路地の入り口に立ち尽くした。

甘粕理事長？

しかし、満映の理事長ともあろう人がこんな時間、こんな場所で、いったい何をしているのか。それに、あの妙なかっこうは？

その時、ふたたび自動車のライトが路地の奥を明るく照らし出した。

一瞬白い光に包まれた路地がまた闇に包まれた時、三人の男たちの姿はまるで漆黒の闇に溶けるようにどこにも見えなくなっていた。

10

大きな船だ。

黒塗りの船体。高いところにある煙突から白い煙が上がっている。

少女はすぐ目の前に停泊している船をポカンと見上げた。よそ行きの格好。片手にはお気に入りの人形をしっかりと抱えている。

少女の唇が一瞬何か呟くようにかすかに動き、すぐにまた一文字に堅く引き結ばれた。

言葉が見当たらなかった。

頭のなかにはただ白い空白がぽっかりと広がっているだけだ。

少女がひとことも話せなくなって、半年が過ぎた。

話したくないわけではない。何か話そうとしてもそれを表す言葉が見つからないのだ。

——強いショックを受けた場合、一時的に言葉を失うのはよくある症状です。

頭のなかで誰かが話す声が聞こえた。

しばらく前に両親に連れていかれたお医者さんの声だ。頭のなかの白い空白に、周りの人たちの話す言葉がそっくりそのまま入ってくる。

「通常は意識されませんが、人は言葉で世界を把握しているのです。ところが、強いショック、言い換えれば受け入れ難い事態に直面すると世界の受け入れを拒否して、言葉の方を手放す場合がある。とくに子供によく見られる症例です。

たしか、お友達を亡くされたのでしたね、仲の良かったお友達を。あれは……ひどい事件でした。あんな形で知り合いを失くせば、子供でなくとも心に傷を受けます。その結果、さまざまな問題が発生する。失語症は症例の一つに過ぎません。心理テストの結果、お嬢さんにはその他にも白と黒、輪の内側と外側といった記憶の反転現象が見られます。

えっ、なんです？　今後の治療方針と言われましても……。ああ、そうですか。いえ、このタイミングで外国に行くのはむしろ良いことかもしれません。環境を変えることで症状が改善、もしくは向こうの言葉を覚えることで別の形で世界と向き合うことになるでしょうから……」

何を言っているのか、さっぱり理解できなかった。少女にとっては、ただの音のつらなりに過ぎない。

長く船を見上げつづけていたせいで、さすがに首が痛くなってきた。

足下に目を落とした少女は、ふと、自分の靴に視線をひきつけられた。

新しく買ってもらった赤いエナメルの靴だ。

赤い色をじっと見つめるうちに、頭の奥底で何かが動きだす気配がした。

何だっけ？

少女は小首をかしげた。大事なことを忘れている気がした。絶対に忘れてはいけない大事な約束を。

恐る恐る暗闇に手を伸ばす。

もう少しで手が届く、と思った瞬間、頭の上から聞こえた声に現実に引き戻された。

「さっちゃん、なにしてるの！　ほら、早く。もうお船が出ちゃうわよ」

手を引かれてタラップを上りながら、少女は後ろ髪を引かれる思いで振り返った。

何か大事なものを置いてきてしまった。そんな気がした。

波止場《はとば》は、見送りに来た大勢の人たちで埋め尽くされている。手を振り、名前を呼んで、別れを惜《お》しむ人たち。ちぎれるように小旗が振られている。

その光景をなにげなく見回していた少女は、はっと息を呑んだ。

見送りの人々の背後、少し離れた場所に街灯が立っている。その柱のかげに、ちらりと黒い影が動いた。

息を詰め、目を凝らした。

間違いない、黒いマント姿の男が街灯の柱の陰にかくれるようにして、じっとこちらを窺っている――。

突如、少女の心の中に真っ黒な恐怖があふれ出した。

怖い、怖い。

怖い、怖い。

怖い、怖い。

それ以上は、もう何も考えられなかった。お気に入りの人形を強く抱き締め、顔をうずめた。顔を上げることも、きつく閉じた目を開けることもできなかった。

目を開ければ、そこに黒マントの怪人が立っている。黒マントに身を包み、目の辺りを黒いマスクで覆った怪人が柱の陰から姿を現し、夕暮れ時の波止場に立ってこっちをじっと見つめている。そんな光景が脳裏に浮かんで離れなかった。

頭がぼんやりとしてくる。

……どこからか歌が聞こえた。

赤い靴はいてた　女の子　異人さんにつれられて行っちゃった
横浜の埠頭《はとば》から　船に乗って　異人さんにつれられて行っちゃった

突然、空気を切り裂く鋭い音が歌声に取って代わった。

出航を知らせる汽笛だ。

船客たちがいっせいに歓声をあげる中、少女は糸が切れた操り人形のようにその場にくずおれた。

11

ペンネームは〝寛城子《カンジョウシ》〟に決まった。

寛城子とは、かつて曠野にポツンと存在する田舎町だったころの新京の古い名前で、いまも新京駅裏の一部の土地がその名前で呼ばれている。満映の最初の撮影所が作られたのがこの場所だ。もっとも〝撮影所〟とは名ばかりで、実際には古くて使えなくなった機関車倉庫であり、当時を知る人たちによると〝映画の撮影所としてはありとあらゆる不適当な性質を備えた建物〟だったらしい。

満映はその後、莫大な費用をかけて新京の南端に〝東洋一〟の広大な撮影所を築き上げた。

ま、いずれにしても最初は最初だ。記念すべき名前には違いない。

「満映の始まりを記念する地名〝寛城子〟こそ、僕たちの新しい試み――即ち三人一つのペンネームにふさわしい。真の意味での日満合同。満映の新たな歴史はここからはじまる。僕たちが満映の未来を作るんだ！」

とは、三角ホテルの一室で陳文と桂花を前に興奮気味に開陳された英一の主張で、後から考えると多少酔っ払っていた気もするが、桐谷監督の思いつきではじめられたこの試みは、現在満映が陥《おちい》っている行き詰まりを打破し、新たな可能性を生み出す大いなる実験であると思われた。

満映映画の多くが満州で〝当たらない〟のは、英一の分析によれば、満映が抱え込んでいる構造的欠陥、もしくは満映という存在の内在的矛盾によるものだった。

――あなたの脚本はどれも使えない。全部ボツ。

桐谷監督は、英一が差し出した脚本を一瞥《いちべつ》してにべもなくそう言った。

「あなたの発想は、日本人が観るための映画にしかなっていない。物語以前の問題だわ」

言われた瞬間はずいぶんへコんだものだが、改めて振り返れば、まったくもってそのとおり。その他の桐谷監督の指摘――愛想笑いと頭を下げてばかりの「スミマセン映画」――も、いちいちごもっともで、反論の余地はない。

だが、しかし、である。

桐谷監督の指摘は、英一が書いた脚本についてのみ当てはまるものではなかった。満映で映画を製作する場合、通常以下の手順が一般的だ。

一、満映に籍を置く日本人脚本家が企画をもとに脚本を書き、
二、その脚本を日本語の出来る中国人スタッフが翻訳、
三、日本語の脚本を読んだ日本人映画監督の指示の下、
四、中国人の助監督が現場のスタッフに演出を理解させ、
五、中国人の俳優がドラマを演じる。

現場では常に二つの言葉が飛び交い、言葉のニュアンスや仕草、ちょっとした習慣の違いからさまざまな混乱が生じる。

最初から無理があるのだ。

これでは出来あがった作品が、映画評論家、観客の双方から「アクションや会話がまったく日本的で不自然」や「演出に何のリアリティも感じられない」などと酷評されるのはやむをえない。

満映上層部も遅ればせながらこの無理に気づいたらしい。昨年「中国人の中に溶け込み、真の中国人を描くことのできる映画人を養成する」との理念を掲げて〝満映養

成所〟を設立。衣食住から学用品に至るまですべての費用を満映側が負担、卒業後は満映社員として採用するという破格の条件で、地元満州のみならず中国全土から広く人を募集している。

たとえば陳文はこの募集を見て応募してきた。……正直なところ、即戦力となりうる優秀な人材はなかなか集まって来ないのが現状らしい。

とはいえ、これは最初から予想されたことだ。

中国では古くから北は北京《ペキン》、南は上海《シャンハイ》が文化の中心地であり、映画人を志す者たちは北京、もしくは上海に向かう。文化的僻地《へきち》である新興国満州――しかも、日本人《がいこくじん》が実質支配している土地で、わざわざ映画を学ぼうとするのはよほど奇特な者か、もしくは陳文のように「お金はないが、何とかして映画作りにかかわりたい」という者たちだけだろう。

映画の理論と実技を教えるべく日本から雇われて来た何人かの講師たちも、言葉の通じない〝ずぶの素人〟相手に大分苦労しているようで、養成所から生え抜きの映画人が生まれるまでには、まだまだ時間がかかりそうだ。

そんな中、今回の桐谷監督の提案――日満合同での脚本作成――は、案外画期的な打開策になるのではないか？

というのが、英一の主張である。

ちなみに桐谷監督は、自ら中国語で現場スタッフに直接指示を出せる数少ない日本人だ。彼女だからこそ思いついた提案とも言えるかもしれない。

昨夜満映の寮に戻った後、英一は周囲にいる者たちに彼女の評判をそれとなく尋ねてみた。すると、

「映画監督としては悪くない」

と尋ねた相手は、まるで申し合わせたように一様に肩をすくめて答えた。

「彼女のシーンやカットのつなぎかたは、実に論理的で説得力がある。さすがドイツのウーファで学んだだけのことはあると思う。実にドイツ式、だがな」

ドイツ式。しつこいほど何度も確認された照明とカメラの配置。計算された露光。綿密なリハーサル。全体と細部への目配り。そういったことだ。

あるいは、

「たしかに彼女の画作りには妙なリアリティがある。彼女が一本前に撮った映画では、演技をする俳優の背後に薬草を煎じるヤカンをさりげなく映り込ませ、そのヤカンに悪霊避《よ》けの一本の箸を差し込むことで画面に不思議な説得力を醸《かも》し出していた。たぶん中国人スタッフの助言を取り入れただけだろうがね」

内容はともかく、彼らの口調を聞いてわかったのは、桐谷サカエ監督は満映の日本人スタッフの間であまり人気がないということだ。彼女がドイツで学び覚えた映画製

作の段取りが日本のやり方と異なるため、日本人スタッフとぶつかる場面が少なくないらしい。二十七歳という若さで監督の地位を手に入れた者へのやっかみもあるのだろう。

「ドイツ仕込みだか何だか知らないけど、女のくせにつんけんしすぎなんだよ。けっ、何が東洋のリーフェンシュタールだ」

と、わざと似非《えせ》ドイツ語風に舌を巻いて皮肉な口調で言う者もあった。

映画製作の現場では監督は独裁者だ。命令は絶対。上下関係は明白となる。察するに、元々日本で映画を作っていた者たちにとっては、若い女性の指示で働かされることと自体〝面白くないこと〟なのだ。

実際、ドイツ帰りの若い女性監督ということで、最初の頃は陰でいろいろなことを言われたらしい。「桐谷サカエは満映のお偉いさんの愛人だ」という噂がその最たるものだろう。だが、桐谷監督はそんな噂は完全に無視——というか、耳に入っていなかっただけかもしれないが——、撮った映画で実力を証明した。桐谷サカエにはカメラの目で的確に世界を切り取り、作品に仕上げる独特のセンスがある。今ではその事実を疑う者は誰もいない。たとえ〝好かれていない〟にせよ、だ。

一方で、中国人スタッフの間では、その冷ややかさ——つんけんしすぎ——にもかかわらず、桐谷監督は妙な人気があった。理由の一つは、彼女が中国語で直接指示を出せるからだ。その他にも、彼女がいつも一人でいて日本人同士でつるまないのも好ましく思われているらしい。もっとも最近は、例の〝お化け騒動〟のせいで映画の進行が遅れ、いつもイライラしていて、日中双方のスタッフから怖がられている——。

話の流れで中国人スタッフに人気がある他の日本人を尋ねたところ、意外な答えが返ってきた。

彼らは口を揃えて甘粕理事長の名前をあげたのだ。

「甘粕理事長って……あの甘粕理事長のことかい？」

「甘粕理事長、ほかにもいますか？」

「いや、ほかにはいないと思うけど……」

英一は口ごもり、混乱して顔をしかめた。

最初の面接の印象を思い出す限り、甘粕理事長が人に好かれる人物とはとても思えなかった。

何しろ第一声が「なぜ遅れたのです」だ。万事のんびりしたこの満州で、たかだか十五分の遅刻をあんなにねちっこく咎《とが》められるとは思わなかった。はるばる日本からやって来た英一の面接に費やした時間はわずか五分。最初から最後まで立ったままだ。その上、甘粕理事長は面接の間中ずっと懐に拳銃を忍ばせていた。

いやいや、と英一は首を振った。

やはりお近づきになりたい人物とは思えない。

念のため、人気の理由を尋ねてみた。

答えてくれたのは、桐谷監督の下で助監督を務める王亮《おうりよう》。色白、すっきりした目鼻立ちの、聡明そうな、長身細身の若者だ。桐谷監督同様語学に堪能で、日本語も上手である。

王さんによれば、設立当初、満映はおよそ映画製作会社の体《てい》をなしていなかったそうだ。初代理事長は名目だけでついに一度も社に姿を見せることがなく、それを言えば、当時の満映の日本人重役や部長連中もろくに仕事もせず、新京の高級料亭やバー、待ち合いに入り浸《びた》って、会社の金で遊んでいただけだったという。

状況が変わったのは二年半前。就任当日、誰よりも早く事務所に姿を現した満映新理事長甘粕正彦氏は、就任直後から多くの、そして抜本的な改革を次々に断行した。彼はまず重役や部長連中の経歴を調べ上げ、会社の金で遊んでいただけの者は馘、もしくは平社員に降格。同時に、現場スタッフや俳優の給与体系を大幅に見直した。

「それまでは、李香蘭や日本から来たゲスト俳優の給与は月に二百五十円。一方で、中国系の俳優や女優の月給はせいぜい十五円くらいでした。とても暮らしていけない額です」

王さんはそう言って肩をすくめた。

新理事長はそれまで無視されてきた現場の者たちの声を丁寧に拾い上げ、現場の人間が仕事をしやすくなるよう撮影所の改良に取り組んだ。巨費を投じて完成したばかりの撮影所の一部を取り壊し、作り直すことまであえて行った（入口が小さく、大型機材の搬出入ができなかった）。日本人と中国人との待遇格差を是正し、優秀な人間を抜擢する一方、無能な人間は容赦なく切り捨てた。

才能次第。例外は一切認めない。

ちなみに、甘粕理事長が時間にうるさいのは何も英一に対してだけではなく、満映社員全員に対してのことらしい。日本人中国人、役職の上下を問わず、時間厳守の方針は徹底していて、面会は必ず一人一回五分。会議は立ったまま行い、十五分以上遅刻した者は出直してくるよう命じられる。英一は〝出直し〟を命じられなかっただけありがたいということだ。

変わったのは満映内部だけではなかった。

甘粕が満映理事長就任直後、新京の街中で食事をしていた満映の中国人俳優の一人が日本人警官に逮捕・連行されるという事件が起きた。調べてみると、ちょっとした身振りの意味の違いによる誤解が原因で、双方言葉が通じないために事がこじれたらしい。

連行された先を聞いて、関係者は真っ青になった。

新京駅近く、大同大街に面した関東軍司令部。コンクリート製の頑強な三階建ビルの屋根に天守閣を配した建物で、恐るべきはその趣味の悪さだけではない。どんな理由にせよ、一度連れて行かれた中国人は生きては出てこられないと噂される人外魔境《じんがいまきょう》だ。

満映の社員らがおろおろする中、知らせを聞いた甘粕理事長は秘書に命じて一本の電話をかけさせた。しばらくすると、関東軍司令部――人外魔境――に連行された当の中国人俳優が、キョトンとした顔で満映に戻ってきたのだ。

「甘粕理事長は、電話一本で関東軍司令部から中国人俳優を釈放させました。そんなことができるのは、この満州で、甘粕理事長ただ一人です」

王さんはひどく感心したようすで首を振った。

甘粕理事長が何者なのか、英一にはちょっと見当がつきかねた。

英一が直《じか》に言葉を交わしたのは、到着当日、理事長室で面接を受けた時だけだ。あの時の印象は、ひとことで言えば〝最悪〟だった。十五分の遅刻をばか丁寧な口調でねちっこく咎めただけでは飽き足らず、「私は転向というものを信じない。左翼思想を奉じた人間は一生その傾向をもち続ける」などと嫌みたらしく文句を言う。てっきり不採用かと思えば、すでに寮に部屋を用意してある、配属先も決まっていると言って手回しの良いところを見せつける。話をしている間、相手の目を見ない。

そもそも、面接の間中、懐に拳銃を忍ばせている人物を信用しろという方が無理だ。人を信じない男が人に好かれるはずがない。

ところが、満映の中国人スタッフの間では人気があるという。確かに、〝泣く子も黙る〟関東軍を電話一本で動かす、逮捕者を釈放させることができるのは、満州広しといえども、甘粕理事長くらいなものだろう。

一方、昨日英一が街中で偶然見かけた一件はどうだ？　ひとけのない暗い路地の奥で、黒マントに身を包み、つばのある黒い帽子と黒マスク、あるいは大きな黒メガネで目もとを隠した謎の男が、支那服姿の若者たちと人目をはばかるようすで話しこんでいた。闇に溶けるように忽然と姿を消した三人の内、黒マントの男は確かに甘粕理事長だった。だが、満映理事長ともあろう人物が、正体を隠していったい何をこそこそと動き回っているのか。あれは本当に甘粕理事長だったのか……。

「まるで二十面相だ」

英一は思わず口に出して呟いた。

桂花が振り返り、もの問いたげな視線を向けた。英一は体の前で両手を広げ、顔を赤くして、何でもないと首を振った。

陳文と桂花の二人にはいま、三人一つのペンネーム〝寛城子〟の記念すべき第一作として昨夜英一が一気に書き上げた作品原案を検討してもらっているところだ。

　仮タイトルは『怪盗紳士』。たたき台は『怪人二十面相』である。

〝そのころ、東京中《とうきょうじゅう》の町という町、家という家では、ふたり以上《いじょう》の人が顔をあわせさえすれば、まるでお天気のあいさつでもするように、怪人《かいじん》「二十面相《めんそう》」のうわさをしていました。〟

　人口に遍《あまね》く膾炙《かいしゃ》した有名な作品冒頭を目にすると、いやでもあの頃のことを思い出す。帰宅途中の子供たちが道を歩きながらむさぼるように本を読んでいた。いま振り返れば、嘘のようにのんびりした時代である。

〝どんなに明るい場所《ばしょ》で、どんなに近寄ってながめても、少しも変装とはわからない、まるでちがった人に見えるのだそうです。老人《ろうじん》にも若者《わかもの》にも、富豪《ふごう》にも乞食《こじき》にも、学者《がくしゃ》にも無頼漢《ぶらいかん》にも、いや、女にさえも、まったくその人になりきってしまうことができるといいます。……〟

　二十面相の特徴は、完璧な変装と一瞬の早変わりだ。二十面相を二十面相たらしめている超人的な能力は、しかし映画であれば容易に実現可能だった。

変装で〝まるでちがった人〟になる場面では実際に違う役者を使えばいい。一瞬の〝早変わり〟の場合は、いったんカメラを止め、異なる扮装をした別の人物を寸分違《たが》わぬ同じ位置に置いて撮影を再開すれば、観客の目には、登場人物が一瞬で〝早変わり〟したように見える。

声の変化には、吹き替え録音《アフレコ》というかっこうの手段が使える。

物語を舞台化する際にしばしば苦労する「早変わり」や「人物の入れ替え」が、映画ではいとも簡単にやってのけられるのだ。

これを使わない手はない。

探偵映画脚本のたたき台として『怪人二十面相』を選んだ桂花の判断はまったく正しい。実に先見の明がある。

英一はほれぼれとする思いで桂花の美しい横顔に視線を注いだ。桂花は、困ったように下を向いている。

検討の結果、英一が作成した原案をもとに今後の作業を進めていくことが決定した。

ここから具体的なプロット作りに入る。

「アイヤ。朝比奈さん、ホント、メロドラマがお好きですね」

陳文が企画書に目を落としたまま、呆れたように首を振って言った。

「まさか、怪人二十面相にメロドラマ的要素が入ってくるとは思いませんでした」

改めて指摘されると、いささか照れる。英一は軽く肩をすくめ、うなじをかいた。

原作をそのまま脚本にしても新味が出ない。

そこで英一は「幾つもの顔を持つ謎の怪盗紳士の正体は、実は男装の麗人だった」という設定を盛り込んだ。頭の中の配役では、正体不明の怪盗紳士には男装の李香蘭。彼女を追う探偵役に長谷川一夫だ。

お得意の大陸メロドラマ的要素を盛り込むことで、満映内での企画も通りやすくなるはずだ。

「二人は幼なじみだった、というのはどうですか？」

「おっ、いいね、いいね。その案、いただきだ」

桂花の提案に英一は大きく頷き、早速企画書に書き加えた。

さすが女性ならではの発想だ。桂花に参加してもらって本当によかった。この調子ならメロドラマ的要素が期待できるのではないだろうか？　いや、何と言うか、色んな意味で……。

「あの……朝比奈さん」陳文が横から口を挟んだ。

「何です、お兄さん」

勢いよく振り返ると、陳文はポカンと口を開けた。

「あー、いいです。何でもないです」

そう言って、サジを投げたように首を振った。


その日の作業を終えた後、近くのレストランで三人で食事。桂花をホテルに送り届け、そこでまたしばらく話し込んだので、英一が陳文と満映の寮に戻ったのは真夜中近い時間だった。

正面玄関を入り、石造りの廊下を少し進んだところで英一はふと足を止め、振り返って陳文と顔を見合わせた。

この時間、普段は明かりが消えているはずの大食堂に大勢の人が集まっている。不思議に思って食堂を覗くと、それだけの人が集まりながら食堂内は奇妙なまでに静かだった。陳文ではないが、せっかく食堂にいるというのに誰も何も食べていない。誰も口をきかず、不安そうに顔を見合わせている。

英一と陳文が入っていくと、大勢の顔が無言のまま、いっせいに二人に向けられた。

「どうしたの？」

英一は軽く首をすくめ、左右を見回して尋ねた。

食堂に集まった人たちは互いに目配せを交わすだけで、返事はない。

「えーっと、何かまずいことでも？」

もう一度尋ねて、ようやくどこからか掠《かす》れた声が返ってきた。

「……ペスト……だ」

「えっ？　いま、何て言ったの」

英一は声が聞こえた辺りに顔を向けて聞き返した。

そのとき、背後に乱暴な足音が聞こえた。

ぎょっとして振り返る。陸軍の軍服を着た一隊が食堂の出入り口に立ち塞がるかっこうで、ずらりと整列したところだった。

軍帽を目深に被った無表情な軍人たちの列の間から一人、大柄ながっしりとした体格、鼻の下に立派な髭を生やした男が一歩前に歩み出た。記章は陸軍少将。この一隊の指揮官だろう。だが、〝泣く子も黙る〟関東軍の少将殿が、満映にいったい何の用があって現れたのか。

男は食堂に居並ぶ満映職員をぐるりと見まわした。いつのまにか全員が立ち上がっている。

「先ほどこの建物内から疑似《ぎじ》ペストと思《おぼ》しき患者が出た」

発言内容に人々が凍りつく中、追い打ちをかけるように、野太い、重々しい声がこう宣言した。

「よって、この建物は全面封鎖。許可があるまでは何人《なんぴと》といえども外出禁止だ。もし試みる者があれば、その場で銃殺に処す！」

12

ペストには四種類ある。

即《すなわ》ち、腺ペスト、皮膚ペスト、眼ペスト、肺ペストの四種であるが、この内もっとも恐るべきは肺ペストである。空気感染によって肺を直接に冒《おか》す肺ペストにおいては、いわゆる感染爆発が発生する。もし仮に五十万都市であるこの新京で肺ペストが発生した場合、少なくとも数千から数万の死者が出るものと予想される。

…………。

い、い、もし仮に。

深夜の満映を恐怖震撼させたペスト騒ぎは、蓋《ふた》を開ければ現実の危機ではなかった。

長身巨軀、美髯《びぜん》を蓄えた陸軍少将は建物封鎖を命じた後、「違反者は銃殺に処す！」と宣言した。その後彼は、もったいぶった咳払いひとつを挟んで、凍りついた

ような満映の人々に対して、

「これはいざという時に備えた抜き打ち訓練である」

と明かしたのだ。

なんだ、人騒がせな、と顔を見合わせ、ほっと息をついた満映の者たちに対して、陸軍少将はもう一度活《かつ》を入れるように大声で指示を出した。

「諸君、しばらくそのままで！」

長身の陸軍少将が右手を上げると、それを合図に、彼の背後、一列に控えていた部下たちがいっせいに動き出した。幾人かが持参した映写機を卓上に設置し、別の者たちは前方の壁に大きなスクリーンを広げる。あるいは窓に分厚いカーテンを引いてまわる。誰ひとり口をきかない。無言のまま、一糸乱れぬ行動だ。

瞬《またた》く間に準備が整い、最後に部下の一人がスイッチをひねって食堂の明かりを消した。

闇に包まれた食堂内で、映写機の発する光がスクリーンを白く照らし出す。

陸軍少将の声が聞こえた。

「これは一九一八年、わが日本軍のシベリア出兵に際して、北満及びシベリアにかけて実際に猖獗《しょうけつ》を極めたペストの惨状である」

スクリーンには、広い建物内にペスト患者が続々と収容されてくる場面が映し出された。担架で運び込まれる初期患者。続いて、病魔が進み、手の施《ほどこ》しようがなくなった悲惨な容体の患者たち。苦悶《くもん》の顔。何本もの手が救いを求めて伸ばされる。痙攣《けいれん》する指先と、よじれた体。乾いた唇がうわ言を呟いている。ついに息絶え、黒く変色した死体。痩《や》せさらばえ、目も口も大きく開いたままの死体は、それがかつて人間であったとは思えない。埋葬《まいそう》が追いつかず、深く掘られた穴の中に死体が次々に投げ込まれていく。穴の中は既に死体で一杯だ。投げ込まれた死体の上から、消毒のためだろう、石灰らしき白い粉がスコップで投げかけられる……。

スクリーンに次々と映し出される陰惨な光景に、英一は途中何度も吐き気を覚えた。見回すと、集められた人々の顔にも一様にげんなりした表情が浮かんでいた。

壇上に立った陸軍少将が、映写場面をいちいち微に入り細を穿《うが》って解説するのも神経にこたえた。

「ペストに罹患《りかん》した場合、初期症状は全身の倦怠感《けんたいかん》に始まり、悪寒《おかん》、頭痛、嘔吐《おうと》、全身の筋肉痛。これに高熱が伴《ともな》う。その後、循環器系が強く侵されるに従って、心衰弱、意識混濁などが見られるようになる」

「これは、第三期ペスト患者の鼠蹊部《そけいぶ》の拡大写真である。リンパ節が侵され、皮下出血が見られる。典型的症例だ。ペストがかつて黒死病《こくしびょう》といわれ、恐れられていたのは、死者の皮膚にこの出血斑が黒く浮き上がるためである」

「次に、ペスト患者が死亡した場合、死体の取り扱いに関する注意点であるが……」

――とても聞いていられない。

英一は我慢ができなくなって、両手で耳をふさいだ。

「そこ、何をやっている！」

突然、壇上から陸軍少将の罵声《ばせい》が飛んだ。そのまま つかつかと歩み寄ってきて、耳をふさいだ英一の襟首をつかんで強引に引き上げた。

「その手を離せ！」

と耳元で怒鳴られた。英一は蛇に睨《にら》まれた蛙《かえる》の気分で、恐る恐る両手を耳から離した。無防備になった耳に、陸軍少将の大声が容赦なく注ぎ込まれた。

「貴様、そんなことでこの国が守れると思っているのか！」

殴られた、と錯覚したほどの声の大きさだった。耳の奥がキンと鳴り、すぐには何も聞こえなかった。

陸軍少将は襟首をつかんだまま英一の顔を間近から覗き込み、ニヤリと笑うと、椅子の上に投げ捨てるように手放した。

元の位置に戻り、何ごともなかったかのように講演を再開した。

「ペスト患者の死体の取り扱いには充分な注意が必要である。なぜならペスト菌は患者の死をもって死滅するわけではなく……」

英一は魂を抜き取られたように茫然と座っていた。耳の奥がいつまでも痛かった。

ようやく映写が終わり、ふたたび食堂の電灯がついた。

人々は皆まぶしそうに目を細め、ほっとしたように顔を見合わせている。だが、陸軍少将の演説はまだ終わりではなかった。

「諸君には、ペストが如何《いか》に恐るべき伝染病であるか理解してもらえたことと思う」

陸軍少将はそう言うと顔を突き出し、大きな目をぎょろつかせるようにして、一同をぐるりと見回した。

視線が、英一の上でぴたりと止まる。英一は仕方なく、無言でうなずいてみせた。

陸軍少将は満足げにあごを引き、それからようやく今回の訓練の趣旨を説明した。

曰《いわ》く、
二週間前、新京の北西六十キロほどの距離にある農安《のうあん》地区で真性ペスト患者が発生した。他日、もし仮に、この新京でペスト患者が発生した場合、我々は断固として戦い、蔓延《まんえん》を許さず、必ずや殲滅《せんめつ》せねばならない。その際、諸君にはいたずらに慌《あわ》てることなく、最大限の緊張感をもって対応してもらわなければならない。そのために今回、このような形で抜き打ちの訓練を行ったものである。云々《うんぬん》。

内容はともかく、政治家を思わせる押し付けがましい演説口調に英一はうんざりした。第一、訓練だか何だか知らないが、〝ペスト患者の悲惨な状況〟を、よりにもよって食堂で見せることはない。この食堂で食欲を覚えるには、さすがの陳文をもってしてもしばらく時間がかかるのではないか？

嫌がらせ、としか思えなかった。

——あの甘粕理事長が、こんな訓練をよく許可したものだな？

不思議に思って見回したが、食堂内に甘粕理事長の姿は見当たらなかった。

陸軍少将は演説の最後に、

「なお、本官は関東軍防疫《ぼうえき》給水部第七三一部隊長、陸軍軍医少将石井四郎《いしいしろう》である」

そう名乗ると、部下たちを引き連れ、持参した映写機ともどもさっさと引き上げていった。

深夜の食堂に残された満映の人々はしばらく気まずい感じでお互いの顔を窺っていたが、やがて一人、また一人と席をたって姿を消した。

皆、ひどく顔色が冴《さ》えなかった。

満映内の普段の気軽な雰囲気を考えれば、彼らの間から深夜に無謀な訓練を強行した石井少将、もしくは関東軍に対して悪口罵声、あるいは軽口《かるくち》の一つも出なかったのは不思議なくらいだ。逆に言えば、それほど石井少将の振るまいには、冗談や軽口を許さぬ不気味さが感じられたということだろう。

英一は与えられた満映の寮の部屋へと戻りながら、自分がいつのまにか背中にびっしょりと冷たい汗をかいていたことに気がついた。

気味の悪い夢の中にいるような感じだった。

早くベッドにもぐりこみたかった。目が覚めて、これが悪夢であってくれれば良いのにと思った。

13

悪夢にうなされた夜が明けると、別の悪夢が英一を待っていた。

またしても早朝、寮の部屋に戻ってきた山野井にたたき起こされ、無理やり食堂にひっぱっていかれたのだ。聞けば、今度はロケハンに遠出した先で車が動かなくなり、仕方がないので一晩がかりで歩いて帰ってきたという。

撮影現場に最適な場所を探して回る〝ロケハン〟は、山野井ら現場の人間に課せられた重要な任務のひとつだ。せっかく場所を確保しても監督のお眼鏡にかなわず、何度も出掛け直しになることもたびたびだ。

苦労の多い割りには報われることの少ない仕事で、時間も不規則になりがちである。もっとも、それを言えば、映画作りのほとんどは無駄すれすれの作業の連続なのだ。山野井を見ているかぎりでは、とりたてて苦にしているようでもなかった。そんなことより――。

「さっきの話をもう一度、聞かせてくれないか」

山野井は食べ終わった食器を脇に押しやり、英一に向き直って訊ねた。

「さっきの話って、まさか、昨夜の、ですか？」

英一は左右を見回し、声をひそめた。

「勘弁してくださいよ。あの話は、ここではちょっと……」

昨夜、この食堂でペストの悲惨な映像を見せられた。

山野井にたたき起こされたとき、英一は最初にそのことを告げた。だから、今日は食堂には行かない。朝飯に付き合うのは勘弁してほしい。そう懇願《こんがん》したのだ。

山野井は、だが、笑って相手にせず、結局無理やり食堂に引っ張ってこられた。

「飯は一人で食うより、誰かと食べた方がうまい」というのがその理由だったが、つき合わされる英一にしてみれば堪《たま》ったものではない。

来てみれば、食堂はさすがにいつもに比べて人が少なかった。山野井は競争相手がいないことに喜び、大量の食事を目の前に積み上げて片っ端から食いにかかった。

英一は形ばかりコーヒーだけ取ってきて、目を閉じ、鼻をつまんで、山野井の食事が終わるのを待った。昨夜の一件を頭に思い浮かべないよう、懸命に努めた。

しばらくして薄目を開けると、山野井が箸を置き、丸くなった腹を満足げになでていた。ほっとして席を立とうとしたところ、「さっきの話をもう一度、云々」と引き留められたのだ。

英一は首を振り、ため息をついた。ここで、もう一度繰り返すような話題ではない。少し考えればわかりそうなものだ。

「何も飯が不味《まず》くなるような話をしてくれと頼んでいるんじゃないさ」

山野井はおかしそうにニヤリと笑って言った。

「ほら、変な陸軍少将が来ていたと言っていただろう。でかい体をした髭の軍医。その男、自分で名前を言っていなかったか？」

名前？

英一は目を細め、思い出したくもない記憶をたどった。

「そういえばたしか、本官は関東軍防疫給水部、えー、何とか部隊長、陸軍軍医少将石井四郎であると……」

「やっぱりそうか！」

山野井はぴしゃりと自分の膝を打った。

「さっき話を聞いたときから、そんなことじゃないかと思っていたんだ。なるほどね。いかにもあの人のやりそうなことだ」

「あの人って……。えっ？　それじゃ、山野井さんのお知り合いだったんですか」

「お知り合い、というわけじゃないが同郷人でね。地元じゃ有名だよ、色んな意味でだが……」

山野井はそう言うと珍しく、不味い物を無理やり口の中に詰め込まれたような渋い顔になった。


千葉県山武郡千代田村《さんぶぐんちよだむら》。

山野井によれば、そこが二人の地元だという。

石井四郎は千代田村一帯を差配する地主の四男坊で、京都帝国大学医学部卒業後、幹部候補生として陸軍に入り、軍医としての道を進んだ。

幼いころから神童《しんどう》と謳《うた》われるほど勉強はよくできたそうだが、石井四郎が地元で有名なのはそのためではない。

「ケレン味たっぷりというか、自己演出過剰な人でね。子供の頃からよく突飛なことをしでかしては村中を驚かせていたらしい」

山野井はそう言うと唇の端を歪めて妙な笑い方をした。

大人になっても石井の性癖は変わらず、軍医就任直後には、参謀本部での会議の席上、人間の小便から作った塩だといってなめてみせたり、汚水からとったという清水を飲んでみせて居並ぶお偉方の度肝を抜いた。別の時は、講演会場にわざわざパラシュートで降りてきたこともあるという。

生まれついての騒動屋。

根っからのペテン師。

普通に考えればそうなのだが、恐ろしく頭が良いので、本人を前にすればみんな簡単に丸め込まれてしまう。実際、彼が軍医として開発した「石井式濾水器《ろすいき》」はいまや安全な飲料水の乏しい前線でなくてはならない品になっている。

「あの石井四郎が満州に渡って途方もないことを企《たくら》んでいるという話は、ずいぶん前に地元の人間から聞いていた。すっかり忘れていたが、さっき朝比奈から昨夜の話を聞いて、もしやと思ってね。だいたい、ペスト蔓延防止訓練のためとはいえ、深夜、予告もなしに突如建物一帯を封鎖して、悲惨なペスト映像を見せつけるような人間は、この満州広しといえども、あの人くらいしかいないさ。さすがは千代田村の石井四郎ここにあり、だ」

山野井の話を聞いて、英一は呆気にとられた。

なるほど言われてみれば、昨夜の一件は〝ケレン味たっぷり〟〝自己演出過剰〟だ。が、山野井に指摘されるまでそのことに気づかなかった。

〝本人を前にすればみんな簡単に丸め込まれてしまう。〟

まさにそのとおりである。

「何でも石井四郎は、しばらく前から地元の農家の次男坊三男坊にべらぼうな給与と破格の条件を提示して、彼らを大勢満州に連れてきているらしい。あまりに条件が良いので、最近じゃ一家の主人までが満州行きを希望して、このままじゃ村の担い手がいなくなるって、年寄り連中がぼやいているそうだ」

そう言って苦笑した山野井によれば、千代田村から満州に渡った若者たちは石井陸軍軍医少将の下、関東軍の極秘プロジェクトに関わっているという……。


「食堂でペスト映画上映会ね」

山野井はふくれた腹をさすりながら、独り言のように呟いた。

「甘粕と関東軍が犬猿の仲だとは聞いていたが、まさかそこまでやるとはな」

「甘粕理事長と関東軍が、犬猿の仲？」

英一は目をしばたたいた。

「そうなんですか？」

「お前、そんなことも知らずに満映で働いていたのか」

山野井は逆に呆れた顔になった。

「連中は、俺たちの見えない場所で実際に派手にドンパチやっている、という噂もあるくらいだぜ」

「実際にドンパチって？　えっ、でも？　冗談、ですよね」

「だから、噂だよ、噂」

山野井は軽く手を振った。

「本当のことなどわかるものか。だが、満映理事長という役職は、やりようによっちゃうま味の大きなポジションだ。それを民間人に奪われたとなれば、関東軍のなかには歯軋《はぎし》りしてる連中も少なくないさ。そもそも関東軍は、甘粕が満映理事長になることに強硬に反対していたんだ。急に承認したのは、甘粕が関東軍幹部の弱みを握ったから、という噂も囁かれている。本当に弱みを握られた形で満映理事長の座を持っていかれた、しかもその影響力がいまも続いているとなれば、関東軍の連中が反撃の機会を虎視眈々《こしたんたん》と窺っているとしても不思議じゃない。逆に甘粕の側からすれば、いつ寝首をかかれてもおかしくない状況だ。甘粕もそれは承知らしく、妙な護衛役が常についているし、自分でも決して拳銃を手放そうとしない」

「あっ、あーっ」

英一は思わず山野井の顔を指さした。

面接を受けたあのとき、甘粕理事長は最後にポケットから拳銃を取り出した。面接中も、見えない場所でずっと拳銃を握っていたのだ。

急いでその話をすると、山野井はニヤリと笑って言った。

「そいつはわざと見せつけられたんだ。初対面の人間はみんなやられる」

「わざと？　みんなに？　甘粕理事長は、何だってそんなことを……」

言いかけて、途中で自分で答えに思い当たった。甘粕理事長が、もし本当に関東軍と対立しているのなら、俺は常に警戒を怠《おこた》らない、簡単にはやられないぞ、とアピールするのは有効な手段だ。ちょうど、派手な色を身にまとうことで毒があることを周囲に警告する動植物と同じようなものだ。だが、それにしても——。

英一は眉をよせ、ウンと考え込んだ。

もうすぐ満州建国十周年。とはいえ、内外の治安は未だ安定していない。中国国民政府は諸外国をまきこんだ抵抗運動を展開しており、それとは別に紅軍、八路軍、新四軍などと呼ばれる抗日組織、さらにその他有象無象《うぞうむぞう》の数多の〝敵〟が存在するという。満州国の治安維持は関東軍に一任されている。言い換えれば、満州の武力は関東軍が独占しているのだ。関東軍の向こうを張って満州で生きていく。そんなことが現実に可能なのか？

「疲れる生き方だと思うぜ」

山野井は首を振った。

「誰かと会うときはもちろん、飯を食うときも酒を呑むときも、寝所でさえ、常に拳銃を持っていなければならないんだ。そんな生活、俺ならまっぴらだね。その上、心を許せる唯一の存在が〝ハク〟だけだとはな」

「ハク？」

「甘粕に会ったのなら、見ただろう」

山野井は自分の胸のあたりを二本の指で叩いてみせた。

「ああ、あの白ネズミ……」

「白いからハク。そのままだな。あのネズミが、甘粕の唯一の友達なんだとさ」唇をへの字に曲げ、肩をすくめた。「ま、甘粕は甘粕なりに何か理由があってやっているんだろうが、あんな生活を続けるくらいなら、いっそいまのうちに関東軍司令部に爆弾でも投げ込んだ方がましだ。俺なら、きっとそう考えるね。やれやれ。まったく面倒な話だぜ」

山野井はそう言うと、爪楊枝をくわえ、チョッと歯を鳴らした。

昨日の昼間ロケハンに出掛けるさい、山野井は正門で甘粕を乗せた黒塗りの車が出て行くのを見たらしい。

「見送りに出てきていた秘書に聞いたら、甘粕理事長は数日間留守にされますと言っていた」

山野井は別段興味もなさそうな顔でそう教えてくれた。

秘書に聞けば簡単に教えてくれるくらいだ、甘粕理事長の留守は秘密ではないということだ。一方で、昨夜の事務局の人間の慌てぶりから判断するかぎり、訓練は事前連絡なしに行われた可能性が高い。

つまり、関東軍防疫給水部石井四郎陸軍少将は、犬猿の仲である甘粕満映理事長の留守をわざわざ狙って満映に乗り込んできたということだ。そして、無断でペストの訓練を行った――。

彼らは何を企んでいるのか？

これからいったい何が起ころうとしているのだろう？

嵐を告げる黒い雲が地平線にわきあがるさまが一瞬脳裏に浮かび、すぐに消えた。

14

「面白そうじゃない、やってみたら」

桐谷監督のそっけない口調に、英一は詰めていた息をほっと吐き出した。

そっけない口調だろうが何だろうが、桐谷監督の口から初めて「ボツ」以外の言葉を聞けたのだ。緊張のために強《こわ》ばっていた体から、ようやく力が抜けた。

横を見ると、陳文はまだ首をすくめ、両方の耳に指を突っ込んで、きつく目を閉じている。

肘《ひじ》でつっつくと、陳文が目を開け、上目づかいに恐る恐る英一を見た。悲しげな顔をつくり、首を振ってみせると、陳文は愕然《がくぜん》としたように顎を落とした。すぐに、ニッと笑い、指で丸を作ってみせた。

陳文は混乱した顔で、監督専用椅子に座る桐谷監督を振り返った。

桐谷監督が無言で頷くのを見て、陳文は急に緊張の糸が切れたように傍らの折り畳み椅子にへなへなと腰を下ろした。

「陳さんの妹さんも加えて、三人一つのペンネームにしたのね。〝寛城子〟。悪くないわ」

桐谷監督が企画書に目を落として呟いた。

「〝夜毎《よごと》金持ち連中のもとに届けられる犯行予告状。差し出し主は《怪盗黒マント》。十二の顔を持つ変装の達人で、どんな不可能と思われる状況からも予告どおりに宝物を盗み出してしまう。怪盗を追うのは若き名探偵。じつは彼の幼なじみの少女こそが怪盗黒マントなのだが、探偵には知る由《よし》もない。彼女は、かつて父親を騙《だま》して財産を奪い、死に追いやった金持ち連中に復讐しているのだ。金持ちの依頼で宝物を警護する警察と名探偵を見事に出し抜き、怪盗黒マントはまたもや宝物をまんまと盗み出す。地団駄を踏んで悔しがる警察一同。だが、名探偵はまだ奥の手を残していた。若き名探偵を『先生』と慕う少年探偵団だ。宝物を盗み出した怪盗黒マントの後を追う少年探偵団。怪盗黒マントもまさか、少年たちが自分を監視しているとは思わない。少年探偵団の活躍により、怪盗黒マントの隠れ家の一つが発見される。地下室に秘蔵された宝物の数々。ついに、名探偵と怪盗が対決することになるのだが――〟

企画案をざっと読み上げてきた桐谷監督は、そこで首を傾げた。

「このラストは少しベタよね。検討の余地がありそうだわ。そうは思わない？」目を上げ、英一に尋ねた。

「それは……その……もちろんです！」

英一は無理にニコリと笑ってみせた。

「これはまだ叩き台の段階ですからね。細部はこれから詰めます。ラストも、もちろん、もっと……何というか……良くなります」

桐谷監督は目を細め、唇の端をかすかに歪めてフンと鼻を鳴らした。

「期待しているわよ。いいわ。それじゃ、大まかな筋立てはこれでいくとして……」

言いかけて、桐谷監督はふいに暗い目付きになった。

「これは提案なんだけど」

長い睫《まつげ》の下で目を伏せ、珍しく口ごもるように言った。

「この脚本に、子供がさらわれるシーンを入れられるかしら」

「子供が？」

「さらわれる？」

英一は陳文と顔を見合わせた。

「無理に、とは言わないわ」

「いえ、少年探偵団ですからね、何とかなるとは思いますが……」

「そう。じゃあお願いね」

桐谷監督はそっと息をつき、肩の荷を降ろしたようすで企画書を英一に返した。

「シナリオ作りに入る前に、最近の英米の探偵映画を何本か観ておいて。台詞作りの参考にするといいわ」

「最近の英米映画、ですか？」

英一は企画書を受け取りながら、あれこれ混乱した頭で呟いた。

「いったいどこに行けば、そんなものが観られるんです」

桐谷監督は、逆に理解できないといった顔で眉を寄せた。

「湖西会館《こせいかいかん》。知らないの？」

湖西会館は、満映裏の高台に建つ瀟洒《しょうしゃ》なクラブハウスだ。南湖の辺《ほとり》、遠く南嶺を望む風光明媚な一等地、もともとは新京市所有の土地だったが、甘粕理事長が新京市長を説いてクラブハウスを建てさせた。映写室兼宴会場。最初の計画では市長も使うことになっていたが、現実には甘粕満映理事長専有の社交クラブになっている。

「湖西会館は知っています。しかし……」

「会館に映写機を備えた試写室があるわ。鍵は、事務局に言って借りればいいから」

どうも質問の意図が通じていない。

そうじゃなくて、と英一は頭をかいて事情を説明した。


昭和十六年（一九四一）十二月八日の日米開戦と同時に、日本の映画館で上映中だったアメリカ及びイギリス映画はすべて打ち切りになった。以来、日本国内では、英米映画の上映は一切禁止。現時点で日本で観られる外国映画といえば、ドイツ映画かイタリア映画だけだ。

映画に限った話ではない。

日本では「敵性外国語を追放せよ！」、もしくは「英米主義を払拭せよ！」というスローガンが巷間、声高に叫ばれている。

映画雑誌「シナリオ」は「時代映画」に、ファッション雑誌の「スタイル」は「女性生活」へと誌名変更を余儀なくされた。理由はほかでもない、購読者の強い要望によってである。

その他の変化として、野球の試合は「引き分け禁止」となった。「引き分けなどという〝なあなあ主義〟は英米流の堕落《だらく》であり、日本男児たるもの勝負がつくまでとことん闘え」というのがその理由だ。ちなみに、ストライクは〝よし一本〟、ボールは〝一つ〟、ファウルは〝だめ〟、タイムは〝停止〟、三振は〝それまで〟、グラブは〝手袋〟、などと用語の言い換えが検討されているそうだ。

実家の離れに蟄居《ちっきょ》していたとき、英一はこの話を耳にして「酒席のゲームでそんなのがあったな」と大笑いしたものだ。が、世間様はしごく真面目に受け止めているらしく、英一も途中から笑うに笑えなくなった。

――最近の英米の探偵映画を何本か観ておいて。

桐谷監督は簡単に言うが、日本でもしそんな現場を誰かに見つかればたちまち国賊扱いだ。

英一が説明すると、桐谷監督は呆れたような顔になった。

どうやら、最近の日本の映画事情をご存じなかったらしい。

「監督？」

声をかけると、桐谷監督ははっとしたように口を閉じ、皮肉な形に唇を歪《ゆが》めて首を振った。

ばかばかしい、と吐き捨てるように小声で呟き、顔を上げて英一に向き直った。

「ここは日本じゃない。ありがたいことにね。満映では外国の映画はどんなものでも自由に観ることができる。言論の自由が保障されている。そう、ほかはともかく、その点は——少なくともその点だけは、あの男に感謝しなくっちゃならないわね」

最後は自分に言い聞かせるふうであった。

「二人とも、いつまでぼんやりしてるの」

桐谷監督は英一と陳文を見比べて言った。

「のんびりしている暇はないわよ。企画が通っただけで安心しないで。良い映画を作るためには一本でも多くの映画を観て勉強すること。学ぶことはたくさんあるわ。さ、行って！　行って！」

パチンと手を叩くと、陳文がバネ仕掛けの人形のように椅子から立ち上がった。

肩を並べて立ち去る英一と陳文の背中に、桐谷監督が最後に思い出したように声をかけた。

「外国映画のフィルムは倉庫にあるわ。管理人の渡口さんにお願いして、必要な分だけ貸し出してもらいなさい」

えっ？

突然後ろから殴られたような気がして、英一は足を止めた。

フィルム倉庫？　渡口さん？

陳文と顔を見合わせた。

ゆっくり振り返ると、桐谷監督はすでに撮影現場に向き直り、二人のことなどもうきれいさっぱり忘れたようすであった。

15

「……お邪魔、しまぁーす」

重い鉄製の扉を引き開け、恐る恐る中に向かって声をかけた。

生臭いフィルムの匂いがどっと押し寄せる。英一は扉の隙間に頭を差し入れ、左右を見回した。天井の明かりは消えたままだ。薄暗い屋内に人の気配は感じられなかった。

「渡口さん？　いらっしゃいませんか？」

もう一度声をかけた。陳文は、さっきから英一の背後に隠れ、シャツの背中の辺りをしっかり握って離さない。

「渡口さん……、あー、渡口老人？　先日お邪魔した朝比奈英一と陳文です。今日はお願いがあって来ました。あのー、渡口さ」

「何の用だ」

背後から声をかけられて、英一は飛び上がった。振り返ると、鶴のように痩せた老人がすぐ背後に立っていた。皺だらけの長い顔。青い長袖シャツに、茶色のチョッキ。頭にはつばのない妙な丸帽子。

前方にばかり気をとられていたとはいえ、老人が近づく気配にまるで気がつかなかった。横を見ると、陳文は地面に尻餅をつき、アワアワとわけのわからぬことを口走りながら腰を抜かしたように動けないでいる。これまた前回同様。繰り返しフィルムを見ているようだ。

「やれやれ、またお前さんたちか」

頭をかいて呟いた渡口老人は、しかし、前回とは雰囲気が違っていた。

あの化け物じみた、凄まじい気配が少しも感じられない。

英一は自分の目をこすり、改めて渡口老人を見直した。

なるほど前回は日没後、暗いフィルム倉庫の中で赤いランプがおどろおどろしい雰囲気を醸し出していた。一方、今日はまだ午前中、初夏の明るい陽光に照らし出された中庭での邂逅《かいこう》だ。雰囲気が違って見えるのは当然と言えば当然なのだが――。

「今日は何の用かね？」

渡口老人が尋ねた。やはり前回の脅しつけるような気配は感じられない。

「あっ。じつは、お借りしたい映画のフィルムがありまして……」

戸惑いながら答えると、渡口老人はすぐに万事承知の顔になった。英一の脇を抜け、自ら倉庫の鉄扉を引き開ける。振り返り、地面に尻餅をついたままの陳文を見て不思議そうに尋ねた。

「お前さん、いつまでそんな格好をしているんだね？　尻がすり切れちまうぞ。さ、来なさい。好きな映画を選ぶといい」

顎をしゃくり、二人に中に入るよう促した。

天井まで届く高いスチール製の棚に、フィルムを入れた丸い缶が整然と並んでいる。

棚の間の狭い通路を渡口老人の後について歩きながら、英一はきょろきょろと左右を見回した。

前回来た時は気づかなかったが、フィルム缶にはラベルが貼られ、小さな几帳面な字で、映画のタイトルと日本での公開年度、製作国がそれぞれ記してあった。

ざっと目を走らせると、

『メトロポリス』（一九二九　独）

『嘆きの天使』（一九三一　独）

『ル・ミリオン』（一九三二　仏）

といったところから順に、

『自由を我等に』（一九三二　仏）
『吸血鬼』（一九三二　独仏）
『會議は踊る』（一九三四　独）
『別れの曲』（一九三五　独仏）
『未完成交響楽』（一九三五　独墺）
『アラン』（一九三五　英）
『ミモザ館』（一九三六　仏）
などなど、有名どころの作品名が記されたフィルム缶がずらりと並んでいる。さらには『望郷』『歴史は夜作られる』『メリィ・ウィドウ』『オーケストラの少女』……。
一、二、三、と番号が振られているのは、作品が数缶に及ぶ長尺物だろう。英一が知らない作品名も数多く見受けられた。
通り過ぎながら、目についたタイトルを何げなく声に出して読みあげると、先に立って歩く渡口老人が製作国と日本公開年度を声に出してつけくわえた。

まさかと思い、聞いたこともないマイナー作品の題名をいくつか読み上げてみたが、やはりたちどころに返事が返ってきた。その間、老人は前を向いたまま、一度も振り返ることもない。

「まさか、全部覚えているのですか。ここに保管されている作品、全部？」

英一は唖然として、尋ねた。ぐるりと見回したが、倉庫内にいったいどれほどの数のフィルム缶が並んでいるのか見当がつかない。

「自分で書いたラベルだ。そのくらいはな」

渡口老人は何でもないように答えた。

「ここに保管されている作品なら、監督と出演俳優の名前、製作年くらいはソラで言えるさ」

「はは、冗談ですよね？」

英一は苦笑し、振り返って、後をついてきている陳文と顔を見合わせた。陳文もさすがに信じかねるといったように、引きつった顔に妙な笑みを浮かべている。

「ひとまず主演俳優だけでいいかね？」

渡口老人は歩きながら棚のフィルム缶を順に指さし、外国人俳優の名前を次々に口にした。

シャルル・ボワイエ、フレッド・アステア、モーリス・シュヴァリエ、ジャン・ギャバン……。

たっぷり棚一列分、主演俳優の名前を挙げてみせた後――それが正しい答えなのかどうかさえ英一には判断がつかなかったのだが、渡口老人は足を止め、芝居がかった身振りで振り返った。

老人は呆気に取られている二人の観客に体の前で両手を広げ、ニヤリと笑って言った。

「ざっとこんなものだ」


というわけで、渡口老人は前回とはまるで別人であった。

物腰は柔らかく、ユーモアがあり、映画に関する質問にはいちいち丁寧に答えてくれる。「ただちにここを出ていけ。あんたの身のためだ」などと怖い顔で脅しつけられたことが嘘のようだ。どこからどう見てもごく普通の管理人さん、映画好きの好々《こうこう》爺《や》としか思えない。特徴的な妙な服装と、一癖も二癖もありそうな皺だらけの長い顔がなければ、別人に入れ替わったのかと疑うところだ。

英一は首をかしげ、陳文と顔を見合わせた。が、理由はどうあれ、フィルムを借り出す相手としては〝今日の渡口老人〟の方がありがたい。

訪問の趣旨を告げると、渡口老人は顎をひねった。

「英米の探偵映画ねぇ。さて、どんなものがあったかな」

通路を移動し、奥の棚の前で足を止めた。

「最近イギリス映画では、彼が一押し監督だな」

老人は伸び上がるようにして、棚の中段辺りからフィルム缶を抜き出した。

「アルフレッド・ヒッチコック。実に面白い映画を撮る男だよ。本人が映画に出たがるのが玉に瑕《きず》だがな」

そう言いながら、横に立った英一の腕にフィルム缶を次々に積み上げていく。

『暗殺者の家』『間諜最後の日』『三十九夜』……。

ラベルを読み取るいとまもあらばこそ、の勢いだ。

「アメリカの探偵映画なら、こっちか」

老人は別の棚からフィルム缶をひょいひょいと抜き取り、今度は陳文の腕の上に乗せていった。横から辛うじて読み取れたラベルには『影なき男』『ガラスの鍵』『第三の影』『汚れた顔の天使』といった文字が並んでいる。

「ついでに、革命下のフランスから人間を盗み出す『紅はこべ』も観ておくか」

渡口老人は別のフィルムを英一が抱えた山の上に付け加えた。

「そうそう、『デッド・エンド』も観ておいたほうがいいな」

別の缶を棚から抜き取り、今度は陳文の腕の上に乗せた。

「この作品では不良少年たちがじつに魅力的に描かれている。それに、何と言っても、貧乏アパートが密集したセットでの追走シークエンスが圧巻だ。独特の縦の構図の画面作りを、ぜひ参考にするといい。ほかには、そうさな……」

「充分です！」

英一はたまらず声を上げた。山と積まれたフィルム缶の重みで腕が震え出している。

「今日はひとまずこんなところで。必要ならまた借りに来ますから」

「そうかい？　観ておいた方がいい作品はまだまだあるんだがな」

老人はいかにも残念そうだ。

「いえ、今日のところは、本当にもう……」

同意を求めて振り返ると、陳文の顔はすでにフィルム缶の山の陰に隠れて見えなくなっていた。


腕に抱えたフィルム缶を足下に降ろして、英一はようやくほっと息をついた。

倉庫入り口のコンクリートの床に、フィルム缶が幾列も積み上げられている。改めて確認するまでもなく、結構な作品数だ。観るだけで相当な時間がかかる。英一はやれやれとため息をついた。

いずれにせよ、とても腕に抱えて運んでいける量ではないので、陳文に台車を取りに行ってもらうことにした。

陳文が戻るまでの間、英一は渡口老人と二人、倉庫の入り口に座ってぼんやり待つことになった。

初夏の陽光に照らされた中庭の芝生の緑が目に眩しい。

聞こえるのは蟬《せみ》の声だけだ。

見上げれば、抜けるような青空に白い雲が薄くたなびいている。

――まるで映画のセットのようだな。

と考えて、英一は思わず苦笑した。映画作りに関わっていると、だんだん目に映るものすべてが作り物のように思えてくる。

振り返ると、渡口老人は目を細めるようにして、ぼんやりと遠くを眺めていた。皺だらけのその横顔からは、老人がいったい何を考えているのか見当もつかない。

英一は思いついて、満映内で囁かれている噂について渡口老人に尋ねてみた。

関東軍防疫給水部、石井四郎陸軍軍医少将による深夜のペスト訓練騒動。

あれ以来、満映内では「一件は、甘粕理事長が石井少将と組んで行ったことだ。二人は裏で手を組み、何事か企んでいる」という噂が広く囁かれていた。中庭や食堂で何人かが集まれば、決まってその話だ。中には「甘粕理事長と石井少将が密かに話し込む姿を見た」という者もあった。だが――。

「妙、なんですよね」

英一は頭の後ろに手をやり、髪の毛を掻《か》きまぜた。

「僕が聞いた話じゃ、甘粕理事長と関東軍は犬猿の仲のはずだった。ところが、いつの間にか、関東軍と甘粕理事長が手を組んだことになっている。しかも、そのことを誰も変に思っていないみたいなんです。『甘粕理事長の留守中にあんな訓練が行われたことこそ、彼らの間に密約があった証拠だ』と言う者もいるようですが……」

渡口老人がいつのまにか肩を震わせるようにして低く笑っていた。

「えっ、何がおかしいのです？」

「甘粕正彦が石井四郎と組む？　あの二人が一緒に何かを企んでいるだと。いやはや、とんだ笑い話だ」

老人はそう言うと、声を上げて、ひとしきり呵々《かか》と笑った。その後で英一に向き直り、相変わらず目元に笑みを浮かべたまま、有り得ない、と言下に否定した。

「朝比奈さん、といったかな。あんたの感覚は正しいよ。たしかに妙だ。その感覚に免じていいことを教えてやろう」

英一は何がなんだかわからず、ひとまず無言でうなずいた。

「甘粕正彦は、この地球上で満州以外どこにも行くあてのない男だ。良くも悪くも、甘粕にはもう満州しか残されていない。奴の身の置き場はここしかないんだ。だからこそ奴は、この満州をユートピアに造りあげようと必死になっている。もし仮に、こ、い、い、い、い、い、い、い、この先この国が消え去るようなことになれば、甘粕は必ずや進んでこの国と運命をともにするだろう。奴はそうするしかないんだ。その一点において、甘粕正彦は石井四郎のような満州浪人などとは決定的に違っている。逆に石井四郎は、そうさな、あの男の噂は昔から聞いているが――」

渡口老人はフンと鼻先で笑い、蠅でも追うように手を振って言った。

「奴はコウモリだ。昔から、昼と夜、敵と味方の間をヒラヒラと飛び回っては、どっちの側にも自分を売り込んでいる男だよ。自分じゃ上手くやっているつもりなんだろうが、いつか痛い目にあうさ。……いや、案外、あんな奴がこの先何があっても最後まで姑息《こそく》に生き延びていくのかもしれんがな。石井四郎は、ここを一つの通過点としか思っちゃいない。ほかの満州浪人と呼ばれる連中も同じことだ。後のない甘粕とは、そこが決定的に違う。甘粕は石井四郎のような連中を心底嫌っている。二人が手を組むなど、天地が引っ繰り返ってもありえんことさ」

英一は青空を見上げ、深夜のペスト訓練騒ぎの場面を頭の中に思い浮かべた。

するると、あの一件はやはり、甘粕理事長の留守を狙った不意打ちだったということか？

甘粕理事長不在の満映を襲った石井四郎少将、ひいては関東軍防疫給水部の狙いは何なのか。満映内に広がる噂とどう関係しているのか……。

「そう言えば、前に甘粕理事長には恩義があると言っていましたよね？」

英一は老人に向き直って訊ねた。

「命の恩人とか、地獄から救い上げてくれた、とか」

老人の表情は変わらない。

「その一方で、不倶戴天の敵同士――そうも言っていた。あれはどういう意味だったのです？」

渡口老人の目がぐるりと動き、そこに奇妙な光が浮かんだ。

「お前さん、アナーキズムがどんなものか知っているかね？」

無政府主義《アナーキズム》？

英一は眉を寄せ、慎重に答えた。

「たしか、ボウリングの球みたいな大きな爆弾を持ってうろうろしている、トレンチコートを着た、しみったれたロシア人のことですよね？」

英一の答えに、老人はニヤリと笑った。

「ま、お前さんの世代ならそんなものだろうさ」

「それで、アナーキズムと甘粕理事長の間にいったい何の関係があるのです？」

渡口老人は英一の目を正面から見つめ、低い静かな声で答えた。

「甘粕はわしの親友を殺したんだ。日本に本物のアナーキズムを広めるはずだった、大杉栄《おおすぎさかえ》をな」

16

主役は、李香蘭と長谷川一夫――。

というわけには、やはりいかなかった。

桐谷監督はああ言ったものの、もしかすると李香蘭が出演してくれるのではないか、と英一は内心少しは期待していたのだが、第一に、これは満州の観客向けの映画だったし、そもそも押しも押されもせぬ大スターの二人を海のものとも山のものとも知れぬポッと出の新人脚本家の作品に出演させることなど、満映はハナから考えてもくれなかったようだ。

決定を聞かされて英一はがっかりしたものの、すぐに気を取り直した。

自分たちが書いたシナリオが〝本物の映画〟になる。その興奮の方が大きかった。

英一と陳文、それに桂花、三人の合同ペンネームである〝寛城子〟の最初の脚本『怪盗紳士』の映画製作がいよいよ正式決定となり、満映内で配役のオーディションが行われることになった。

英一は思い切って、オーディションを見に来ないかと桂花にも声をかけた。

「折角《せっかく》だから満映を案内するよ」と、要はデートのお誘いだったのだが、彼女は恥ずかしがって来ようとはせず、結局、陳文と男二人、スタジオの隅に肩を寄せ、こそこそと隠れるようにして——別に隠れる理由はないのだが——見学するはめになったのは、残念至極な話であった。

オーディションに集まった大勢の中国人俳優の中から、桐谷監督が最終的に主役の「怪盗黒マント」役に選び出したのは、小柄ながらきびきびとした動きが印象的な、若手の中国人女優だった。子供の頃から武術をやっていて、実際に結構な使い手だという。

彼女なら男装しての活躍が似合いそうだ。李香蘭に、ちょっと雰囲気が似ている。もう一人の主役、怪盗黒マントを追う若き名探偵役には、背の高い細面の中国人俳優が選ばれた。絵に描いたような二枚目で、名探偵にしてはいささか頼りない感じもするが、そこは監督の演出次第だろう。

満州の首都・新京を舞台に繰り広げられる一大活劇。

街中でのロケ撮影も検討中だという。

その間にも、映画に必要な大道具や小道具、衣装や背景などが次々にできあがってくる……。

何もかも初めての経験に、英一はまるで夢の中にいるようだった。

いや、逆だ。

自分の夢が現実の中で演じられる。

夢見たものが、手に触れられるものとして現実化する。

それが映画なのだ。

そう考えると、そら恐ろしいような気がしてくる。

ただし、映画といえども夢見たことすべてが現実化するわけではなかった。

例えば、脚本では「神出鬼没の怪盗黒マントが関東軍を手玉にとる」予定だったが、その部分は満映検閲部から苦情が出て削除されることになった。

その外にもさまざまな、思いもかけぬ制約が映画の製作過程では発生する——。

英一は複雑な面持ちで、目の前で行われているオーディションに視線を向けた。

おおよその配役が決まり、あとは少年探偵団の団員たち、つまりは子役のオーディションを残すのみだった。

桐谷監督ほか映画製作関係者が見守る中、さっきから前方のステージに一人ずつ子供が歩み出て、決められた台詞と動作をくりかえしている。

英一は桐谷監督のうんざりした顔を目の端に認め、監督には気づかれないよう顔の反対側でこっそり苦笑した。

比較的順調に進んできたオーディションが、ここにきて停滞頓挫《とんざ》していた。

元気いっぱい、やかましいくらいに部屋の中をはしゃぎ回っている子供たちは、スポットライトを当てたステージに一人取り残され、オーディション用のカメラを向けられると、突然緊張し、ぐずる、泣く、硬直する、逃げ出す――いずれかの行動に出た。周囲の大人が、なだめ、すかし、時にはいくらか脅して、なんとか決められた台詞や動作を最後までやり通させるだけで精一杯、〝自然な演技〟など望むべくもなかった。が、これはある意味当然であり、今回のオーディションに集められた子供たちはまったくの素人。つまり、これまで一度も演技などしたことのない子供たちばかりなのだ。

満映に併設された俳優養成所では、子役の養成までは行っていない。

そこで、今度の作品で重要な役割を演じる少年探偵団の団員役として、新京の一般家庭から広く子役を募集した。その結果、今回集まったのは新京の裕福な家庭の子供たちが多く、それも子供たちが自分で希望したというよりは、子供を映画に出してみたいと考える親の都合で連れてこられた子供たちがほとんどだ。「満州語で演技のできる者に限る」との募集要項を無視して、日本語しか話すことのできない日本人家庭の子供たちも少なくなく、これでは桐谷監督の眉間のしわが次第に深くなっていくのも無理はなかった。

いつ、どんなとばっちりが飛んでくるかわからない。

英一は抜き足差し足、ひそかにオーディションが行われている部屋を抜け出した。

廊下に出て、足早に遠ざかりながら、今後の展開について思いを馳《は》せた。

少年探偵団役の子役が見つからなければ、撮影は始められない。選択肢としては、子役のオーディションをやり直すか、子役を使わないよう台本を書き換えるかだ。

もっとも、後の可能性については、英一はあまり心配していなかった。

——少年探偵団、なかんずく団長役の少年の存在がこの作品の肝《きも》になる。桐谷監督自身がそう主張しているのだ。

いまさら子役を使わない台本に書き直させられる可能性は少ない。子役オーディションをやり直すことになるはずだ。

そう考えて、英一はすぐにまた別の意味で顔をしかめた。

ただでさえスケジュールが押し気味だと聞いている。この時点で再度のオーディションとなれば一騒動。桐谷監督の機嫌がさらに悪くなるのは火を見るより明らかだ。

足を止め、肩越しに廊下を振り返った。

陳文は子役のオーディションというよりは桐谷監督を熱心に見ているようだったので、部屋に残してきた。

オーディション部屋のドアが開き、廊下伝いに桐谷監督の不機嫌そうな声が聞こえた。誰かが懸命にとりなしている。

英一は首をすくめ、見つからないよう足音を忍ばせながら廊下の角を曲がった。

どんな場合も犠牲の山羊《やぎ》は必要だ。

そう考えて、何かが頭にひっかかった。

い、い、い
犠牲の山羊？

最近どこかでその言葉を聞いた。ごく最近。どこでだ？

ある光景が目の前に浮かんだ。

初夏の明るい日差しに照らされた中庭の芝生の青。横に立つのは渡口老人だ。眩しそうに目を細めている。

「甘粕はわしの親友を殺したんだ。日本に本物のアナーキズムを広めるはずだった、大杉栄をな」

老人は低い静かな声でそう言った後、初夏の日差しが溢れる中庭の芝生に目をやりながら、

――犠牲の山羊だ。

独り言のように、そう呟いたのだ。

いったいどういう意味なのか？

尋ねようとしたその時、台車を取りに行っていた陳文が戻ってきた。タイミングを逸し、それきり言葉の意味を老人に訊き損ねてしまった。

肝心の〝大杉殺し〟については、寮の部屋に戻った後、山野井に尋ねてみた。

「おいおい。それも知らずに満映に来たのかよ。つくづくオメデタイ奴だな」

徹夜明けで一日中寝ていたという山野井は、大あくびをして、目をこすりながら、呆れたように質問に答えた。

「それじゃ、甘粕のあだ名〝主義者殺し〟の由来も知らないというわけか」

「由来もなにも、甘粕理事長にそんな物騒なあだ名があったことさえ初耳ですよ」

英一は我ながら情けなく思いながら、肩をすくめた。ふと、初日の面接後、銀縁丸眼鏡の奥でぎらりと光った甘粕理事長の目を見て、とっさに「人殺しの目だ」と感じたことを思い出した――。

そう言うと、山野井は呵々と笑い、手を伸ばして英一の背中を思いきり叩《はた》いた。

「いいぞ、勘だけは悪くない。その勘があれば、この先もなんとか生き延びられるさ。ま、うまくいけばの話だがな」

「はは、なんとか生き延びられる、ね……」

英一は仕方なく苦笑した。

縁起でもない。

「さて、と。どこから話したものかな」

山野井はベッドの上に胡座《あぐら》をかき、もったいぶったようすで不精髭の伸びた顎をひねった。身につけているのは、よれよれのシャツに猿股一枚である。

＊

大正十二年（一九二三）九月一日、未曾有《みぞう》の大地震が突如帝都を襲った。

最大震度七。激震である。

第一震で電信電話など、すべての通信機関が破壊され、汽車電車は不通となる。

落ち着く間もなく次々に頻発する強い余震に、東京中が大混乱に陥った。

地震発生時刻は十一時五十八分。お昼の準備をしていた各家台所が火元となって、東京市内だけでも百ヵ所を超える地点で同時に火災が発生した。

火炎はそれ自体が引き起こす強風に煽《あお》られ、東京はまたたくまに火の海と化した。

東京は荒れ狂う猛火を抱いたまま外部との連絡を断たれ、孤立した。

焼失家屋は四十六万戸余り。その他全半壊した家屋は二十六万戸以上に及ぶ。

この震災による死者、行方不明者あわせて十四万人以上。東京一円の警察力は極度に低下。都市機能は事実上壊滅した。

帝都東京は家や家族を失って茫然自失となり、あるいは恐慌をきたして闇雲《やみくも》に走り回る人々であふれた。

そんな中、奇怪な噂が巷《ちまた》に流れ出た。

――朝鮮人が井戸に毒を投げ入れている。

――無政府主義者が各地で暴動を煽っている。

彼らはこの混乱に乗じるべく予め毒薬を用意し、あるいは暴動を企てていたというのだ。

無論、根も葉もないデマである。

少しでも冷静になって考えればわかるはずだった。無政府主義者にせよ朝鮮人にせよ、その他何者にせよ、予期せぬ大地震に茫然となり、目の前の対応に追われるだけで手一杯なことは、その他の人々と何ら変わらぬはずだ。ましてや事前に大地震を予期して毒薬を用意し、あるいは暴動を企てることなど誰にもできるはずがない。

しかし、地震によって異常な心理に陥っていた人々はこの噂を信じた。自分たちを殺そうとしている。

何者かが大地震の混乱に乗じて東京の治安を乱そうとしている……。

動物的な恐怖が、闇の中に潜む〝見えない敵〟を生み出した。

各地で自警団が組織され、朝鮮人や中国人が襲撃された。昨日までの隣人であった人々を、彼らは自分たちの心が生み出した恐怖に駆り立てられて殺して回ったのだ。

震災後の混乱の中、帝都在住の多くの朝鮮人や中国人が行方不明になった――おそらく殺されたのだろう。その数、三千とも六千ともいわれるが正確なところはわからない。

人々の心が生み出す恐怖が次に向かった先が無政府主義者《アナーキスト》だった。

一切の権力、特に国家権力を否定し、個人の自由こそを絶対とする無政府主義者の主張は、震災以前はどこか御伽話《おとぎばなし》めいた空想物語のように思われてきた。

一般の人々には無政府主義がいったいどんなものか、本当のところは理解できなかった。だが、理解できないからこそ、いま目の前で文字どおり大地を根こそぎにした大地震は、彼らがかねて主張してきた無政府状態そのものであり、翻って、自分たちが置かれた悲惨な状況は無政府主義者によってもたらされたと感じたのだ。

当時、無政府主義者の首魁《しゆかい》と目されていたのが大杉栄だった。性格は豪放磊落《ごうほうらいらく》。長身、ぎょろ目の、日本人離れした異相の持ち主だ。やること為《な》すこと破天荒。無一文でフランスにわたったかと思うと、フランス人労働者を前に大演説をぶち、興奮して暴動を起こしたフランスの群衆とともに向こうの警察に逮捕される等々、良くも悪くもスケールの大きな人物だ。日本に戻った後も国家が定めた結婚制度を否定して三人の愛人と生活をともにするなど、何かと人々の注目を集める存在だった。「大杉は無政府主義運動家ではなく、単に彼が無政府主義者なだけだ」と陰口を叩かれることもあったが、いずれにしても日本における無政府主義運動のスター的存在であったことは間違いない。

その大杉が、震災後しばらくして突然姿を消した。

目撃者によると、憲兵隊に連行されたという。

その後、大杉の行方は杳《よう》として知れず、友人たちが探し回る中、九月二十一日に「大杉殺害」の報道、二十四日に陸軍の発表があった。

——陸軍東京憲兵隊分隊長憲兵大尉、甘粕正彦が職務執行の際、違法行為によって大杉栄他二名を殺害した。甘粕大尉は目下軍法会議に付せられ、審理中である。

「職務執行の際」の「違法行為」。

要するに、拷問《ごうもん》の果ての虐殺《ぎゃくさつ》だ。

日本の憲兵や特高警察が取り調べ中に容疑者を殺害するのはこれがはじめてではない。無政府主義者を恐るべき敵と見なす人々の間からは、むしろ「良くやった」との声もあがったくらいだ。

だが、今回彼らが「職務執行中の違法行為によって殺害した」のは大杉一人ではなかった。

憲兵に連行された時、大杉には二人の連れがいた。

内縁の妻で婦人運動家の伊藤野枝《いとうのえ》と、甥の橘宗一《たちばなむねかず》。

調べにより、彼らは二人とも「職務執行中に殺害」されたことが判明した。

伊藤野枝二十八歳、甥の橘宗一に至ってはわずか六歳に過ぎない。橘宗一はアメリカに嫁いだ大杉の末妹の息子で、病気療養のため一時帰国した母親に同行、横浜の親戚に預けられていた。その日、大杉夫妻は震災見舞いに横浜を訪れ、宗一を伴って東京の自宅に戻る途中、この奇禍に遭った。宗一にとっては、いくつもの偶然が重なった不運としか言いようがない。

三人の死体は、憲兵隊構内にある古井戸から発見された。隠蔽《いんぺい》工作のために、死体の上から大量の瓦礫《がれき》が投げ入れられていた。

この事実が明らかになると、世論は一転した。無政府主義者はともかく、陸軍憲兵隊は女こどもまで手にかけるのか、死体を古井戸に投げ捨てるのか、という非難の声がわきあがった。

陸軍としても――朝鮮人、中国人虐殺のような形では――「大杉栄その他二名殺害」の事実をうやむやにすることができず、軍法会議が開かれ、殺害犯が裁かれることになった。

裁判では一貫して、

――甘粕正彦憲兵大尉が三人を殺害した。すべて甘粕一人の仕業である。

との主張がくり返された。

甘粕自身も「震災後の混乱に乗じて、無政府主義者が帝都の治安を乱すことを恐れ、自らの判断でこれを逮捕、殺害した」と供述。他二名の殺害についても、甘粕は

「自分が一人でやった」と主張した。

結果、甘粕には「陸軍除籍、懲役十年」の判決が下された……。

*

山野井の話を聞くうちに、英一は当時のことをぼんやりと思い出した。

「あの大地震とその後の騒動を知らないなんて、これまでいったいどんな人生を送ってきたんだ？」

山野井は呆れた顔だが、英一に言わせれば情状酌量《じょうじょうしゃくりょう》の余地がないではない。

関東大震災が起きたのは十九年前。

英一は当時五歳になるかならないかだ。

しかも、関東千葉出身の山野井とは異なり、京都で生まれ育った英一にとって、帝都を壊滅させた大地震はどこか遠い国の出来事だった。たしかに当時、大人たちが「なんや、東京がえらいことになってるらしいで」と騒いでいたのは何となく覚えている。が、その大人たちにしても、親類縁者が東京に住んでいる者たち以外は、新聞を通じて順次明らかになってくる東京の惨状についても「えらいこっちゃなア」と、あくまで他人事として噂しているだけだった。

　その後、元号が大正から昭和に変わり、関東大震災は過去のものになった。英一が大学入学のために東京に出た時には、震災の痕跡など、街並みを見るかぎり、どこにも見つけることができなかった。

　だが、人々の心に残った傷痕《きずあと》は別だ。

　震災と〝その後の騒動〟で理不尽に奪われた命は二度と戻らない。残された者の心の傷は、薄れることはあっても、消えることはない。

「甘粕は千葉刑務所に収監された」

　伸びた不精髭を引っ張りながら、山野井はつまらなそうな顔で〝大杉殺し〟の顚末を続けた。

「懲役十年。執行猶予《しっこうゆうよ》無し。三人殺して十年の懲役じゃ軽すぎる気がするが、『帝都の治安を慮《おもんぱか》って』という理由なら何人殺してもたいした罪には問われないらしい。裁判が行われている間、全国の〝憂国の志士〟を名乗る連中から甘粕無罪を訴える嘆願状がどっさり届けられたという話だしな。それでも懲役十年の判決が出ただけ、あの頃は今よりまだまともだったということだ」

　そう言って、山野井は憮然とした表情で強引に髭を引き抜いた。痛かったらしく涙目になっている。

「ところが、実際には甘粕は十年どころか三年ばかりで千葉刑務所を出た。俺の地元だからな、そのくらいはいやでも耳に入ってくるさ。もっとも、さすがに世間の目が怖かったんだろう、甘粕は翌年日本から姿を消した。で、気がつけば、この満州にいたというわけだ」

――甘粕正彦は、この地球上で満州以外どこにも行くあてのない男だ。

耳元に、渡口老人の言葉がよみがえった。

震災当時、陸軍東京憲兵隊分隊長だった甘粕正彦は「帝都の治安を守るために」無政府主義者の巨魁《きよかい》、大杉栄を殺した。そして、そのことによって甘粕は、大杉と刺し違えるように日本での居場所を失ったのだ。

それにしても、と英一は首をかしげた。

犠牲の山羊。

渡口老人のあの言葉は、甘粕の過去とどこでどう関係しているのだろう?

英一の問いに山野井はしばし顎をひねっていたが、ひょいと妙なことを口にした。

「大杉を殺したのは本当は甘粕じゃなかった、という噂もある」

「それは……。ん? どういう意味です」

「大杉他二名を殺害したのは麻布三連隊の連中だった。甘粕は彼らの罪を引っ被っただけだ、という噂が当時も囁かれていた」

「でも、理事長は、いや、甘粕氏は、なんだってそんなことを」

ハンプティ・ダンプティ　へいにすわった
ハンプティ・ダンプティ　ころがりおちた
おうさまのおうまをみんな　あつめても
おうさまのけらいをみんな　あつめても
ハンプティを　もとにはもどせない

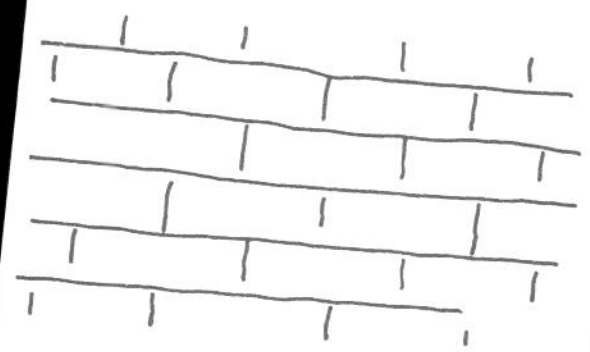

講談社文庫「マザー・グース 1」より

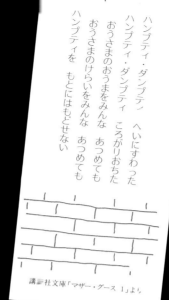

「さあね。ある方面の噂じゃ、当時麻布三連隊にさるやんごとなきお方が籍を置いていた。そのお方の名前に傷がつくのを恐れた陸軍が、甘粕に因果を含めて罪を引き受けさせたという話だが……」

「まさか？」

「だから、単なる噂だって」

山野井は耳の中に指を突っ込み、かき出した耳垢《みみあか》を眺めながら、

「公開で行われた軍法会議で、甘粕はあくまで自分一人でやったと言い張ったんだ。とっくに判決も出ている。たとえそうでなかったとしても、真相は永遠に闇の中だ」

そう言って、ふっと息を吹いた。

英一は眉を寄せて考え込んだ。

それなら、渡口老人の言葉の意味もわかる——。

「ま、どっちにしても、甘粕がうさん臭い男であることには変わりはないさ」

山野井は肩をすくめ、うんざりした顔で独り言のように続けた。

「しょうこりもなく、またこの満州でも妙な動きをしているみたいだしな」

「甘粕満映理事長が、満州で妙な動きを？」

「いいか、ここから先はここだけの話だ。絶対によそでしゃべるんじゃないぜ」

山野井はぐいと顔を寄せて念を押した。

「先日の巡回映写先で聞いた話だが、数年前、奉天で起きた爆弾騒ぎの現場で甘粕らしき人物が目撃されているらしい。同時期にハルピン市内で起きた爆弾騒ぎの時もだ。甘粕は今も時折満映から姿を消すことがある。誰も行く先を知らない。ところが、甘粕が満映から姿を消した日時は、満州各地で妙な事件が起きた日時と不思議と一致しているんだ。満州国皇帝溥儀《ふぎ》とも親しい間柄のようだしな。俺の想像だが、甘粕は満州国建国の過程の裏で、相当ヤバい謀略活動に手を染めていたんだと思う」

えっ？　ええっ？

英一は話についていけず、思わず声を上げた。

甘粕理事長が奉天やハルピンでの爆弾騒ぎの現場で目撃？

満州国皇帝と親しい間柄？

謀略活動に手を染めていた？

「ちょっ、ちょっと待ってください」

英一は目を白黒させて尋ねた。

「確認しますが、山野井さんがいま話しているのは、現満映理事長の、あの甘粕氏のことですよね？」

山野井は当たり前だという顔で頷き、

「なんだお前、まさか甘粕を信用しているんじゃないだろうな」

「信用、というわけではありませんが……」

英一は、甘粕理事長が中国人スタッフの待遇改善に尽力した例を思い出し、もごもごと口ごもりながら山野井に話した。

「けっ、あっさり騙されていやがる」

山野井は呆れたように鼻を鳴らした。

「いいか、よく聞けよ。甘粕は、今でこそ満州映画協会の理事長様でございなんて文化人づらをしているが、震災のどさくさにまぎれて三人殺した男だ――少なくとも本人がそう言っているんだ。外づらに騙されるな。間違ってもあんな奴を信用なんかするんじゃないぜ」

山野井は一言《ひとこと》ひとこと言い聞かせるように英一にそう言った後、一瞬間を置き、ふいにぷっと頬を膨らませた。ベッドの上に後ろ向きに引っ繰り返り、腹を抱えてゲラゲラと笑いだした。

「何が、おかしいんです？」

「何がって、お前……」

それきり言葉にならない。どうやら、真剣に考え込んでいる英一の生真面目な顔がよほどおかしかったらしい。

いつものこととはいえ、山野井がどこまで本気なのかまるで見当がつかなかった。

「そうそう、忘れてたよ。これだけは言っておかなくちゃな」

山野井は体を起こし、笑い過ぎて目尻に浮かんだ涙を拭いながら言った。

「誰から聞いたのか知らないが、さっきの〝大杉殺し〟の一件は満映内じゃ絶対のタブーだ。ほかで喋るとえらいめに遭うから、気をつけた方がいいぜ」

そう言うと英一の肩をポンとひとつ叩き、たるんだシャツの下で下腹辺りをぼりぼりと掻きながら部屋を出ていった。

開け放ったドアの外から、山野井の出鱈目《でたらめ》な鼻歌が聞こえてきた。

17

子役を選ぶ二度目のオーディションが行われることになった。

スタジオに集められたのは、前回とは明らかに違うタイプの子供たちだ。

第一に、彼らは静かであった。

全員、自分の番がくるまで、スタッフに言われたとおりスタジオの隅で膝を抱えて座り、渡された番号札の数字が読み上げられるのをじっと待っている。前回のオーディションでは、集まった子供たちはスタッフの指示など聞く耳ももたず、制止の手をかいくぐってスタジオ中を走り回っていた。まさに雲泥の違いである。

自分の番号が呼ばれた途端、バネ仕掛けの人形のように立ち上がり、ステージに駆け上がる。指示にしたがって、事前に与えられた台詞と動作を順番にこなしていく。台詞はすべて「満州語」だ（満州で使われている言葉は中国語の一方言では決して、なく、あくまで「満州語」と呼ぶよう定められていた）。年齢が上の者には、スタッフとの台詞の掛け合いに加えて、前回のオーディションにはなかった立ち回り演技も要求された。

子供たちはそれぞれ、ほとんど戸惑うことなく要求された台詞と演技を済ませた後、ステージ上で一礼し、駆け足で元の場所に戻ってきて、また何事もなかったかのような顔で膝を抱えてじっと座っている。

前回同様、スタジオの隅で見学していた英一は、途中何度も首をひねった。

行儀が良い。

躾《しつけ》が行き届いている。

と言えばそれまでだが、今回募集した子役の条件は「六歳から十二歳程度」だ。長い待ち時間を隣同士お喋りすることもなく、薄暗いスタジオの隅で静かにしている子供たちは、いくらなんでも行儀が良すぎるのではないか？

十歳前後、もしくはそれ以下の年齢の子供たちが、スポットライトが当たったステージの上に一人上がり、何人もの大人たちが無遠慮な視線を向ける中、与えられた台詞を懸命に口にする姿は見ていて痛々しいほどだ。

今回のオーディションでは、若き名探偵を補佐する少年探偵団のメンバー、ことにリーダー役の少年を決めるのが目的だった。江戸川乱歩の「二十面相シリーズ」では小林少年、「シャーロック・ホームズ」のベーカー街遊撃隊《イレギュラーズ》ではウィギンズ役に当たる重要な役どころだ。

ステージに立った瞬間から、その子は一人別格であった。

〝華《はな》がある〟という表現そのまま、その子がステージに立っただけで周囲がぱっと明るくなった感じがした。決められた同じ台詞を口にしても、聞く者の引き込まれかたが、ほかの子とはまるで違う。アクションをさせれば、決して大きくない体がステージいっぱいに跳びはねて見える。

大勢の前で、もしくはカメラの前で、自然に演技ができる者はごくまれだ。その事情は大人でも子供でも変わらない。一部の、ごく限られた者たちだけが、カメラの前で自然に振る舞うことができる。さらに、画面の中で輝きを放つことができる一握りの者が〝映画スター〟と呼ばれる。それは言葉では説明不能の、特殊な才能なのだ。

目をやると、ステージ最前列でオーディションを見つめる桐谷監督が、両脇に座った映画製作関係者と目配せを交わすのが見えた。

少年が服の胸に付けた番号札と、手元の名前リストを突き合わせる。

呉暁波《ごぎょうは》（十二歳）。

リーダー役は、まず間違いなく彼で決まりだ。今後は彼を中心に、順次、少年探偵団のメンバーとなる子役を決めていくことになる。

と言っても、今回の作品では、リーダー役の少年以外は台詞はほとんどない。せっかく選ばれても、残念ながら、せいぜいがリーダーの少年を引き立てる役どころだ。台本に残っているその他の子役の台詞としては、今のところ、リーダー役の少年に報告する場面が幾つか（もっとも、これもフィルムの長さの関係でカットされる可能性が高かった）。あとは、物語の中盤、怪盗黒マントにさらわれる団員役の少年が観客に印象を残すくらいだろう。

オーディション会場には、少年探偵団のリーダー役が早々に決まったことで安堵《あんど》の空気が流れた。これで一段落。ほかの子役は少々はずれでも何とかなる。やっと撮影に入れる。

英一もそう思い、ほっと息をついた。緊張のために凝《こ》っていた肩をほぐそうと、首をぐるりと回した。

ふと妙な気がして、目を凝らした。

桐谷監督の表情がおかしかった。

今回のオーディションでは、少年探偵団のリーダー役を運よく見つけることができた。それはまったく「運よく」としか言いようのないことで、前回は酷《ひど》すぎたにしても、何度オーディションを行ってもなかなか〝ぴったりの役者〟を見つけられず、結局イメージに合わない配役のまま撮影を開始する場合の方が多い。

今回見つけた少年、呉暁波にはスターの素質がある。

めったにない幸運。宝くじを引き当てたようなものだ。そのことは、周囲の者たちはもちろん、桐谷監督が一番よくわかっているはずだ。だが、彼のオーディション演技を見ていた時も、桐谷監督は表情ひとつ変えなかった。むしろ、彼をどうやって画面の中で使うか、演出をどうするか、そのことにすっかり頭がいっているふうで、左右の人間と合意の目配せを交わしながらも眉間に皺を寄せたままだった。

その桐谷監督がいま、ポカンと口を開けて、まるで我を忘れたように見入っていた。さっきまで唇の端にくわえていたタバコが足下の床に落ちている。

ステージに目をむけると、ちょうど一人の子供のオーディションが始まったところだった。七歳か八歳。少なくともそう見える。色白、切れ長の目。聡明そうな奇麗な顔立ちと、口元に浮かぶ柔らかな笑み。

胸の番号札と名簿を突き合わせた。

宋逸《そういつ》（七歳）。

英一はもう一度ステージに目をやり、はてと首をひねった。

なるほど、この子なら黒マントにさらわれる役どころにぴったりだ。が、それ以上は、取り立ててスター性があるとも思えない。

実際、周囲のスタッフたちの中には、オーディション中にもかかわらず、よそ見をしたり、別のことをやっている者もいる。さっきの呉暁波のオーディションの際には、スタジオ中の者が息を呑んでステージを見つめていたことを考えれば大違いだ。スタッフたちは皆ほかのことに気をとられて、桐谷監督の変化に気づいているようすもない……。

まるで恋する少女みたいだ。

唐突に、場違いな連想が頭に浮かび、英一は我ながらふきだしそうになった。

桐谷監督と恋する少女？　まさに、手術台の上でのミシンと雨傘――あり得ない物同士の邂逅だ。シュールレアリズム、あるいはダダイズムと言ったか。いずれにしても、超現実的過ぎて一般人にはとてもついていけない芸術的発想だ。

英一は自分の思いつきに半ば呆れ、半ば感心しながら、この感動（？）を誰かと分かち合おうと、辺りを見回した。

陳文はどこだ？

現場ではいつも、しっぽを振る小犬のように桐谷監督の近くにはべっている陳文の姿が見えなかった。

視線を左右に走らせる。

陳文は部屋の隅の照明の届かぬ場所にいた。壁際で小さく身をひそめるようにして立っている。

近寄って声をかけようとして、英一は途中ではっと足を止めた。

陳文の視線は、いつものように桐谷監督に向けられているのではなかった。陳文はスタジオの隅で膝を抱えて静かに座る子供たちをじっと見つめている。その顔つきが尋常ではなかった。唇をきつくかみしめ、強い痛みを奥歯で懸命にかみ殺しているように見える。表情が暗いのは、照明のためばかりではあるまい。ふだんの陽気で笑みを絶やさぬ、お気楽な陳文とは、まるで別人だ。とても声をかけられる雰囲気ではなかった。

いったいどうなっているんだ？

英一は啞然として首をかしげ、そのままぐるりと首を巡らせてもう一度桐谷監督に目を向けた。

桐谷監督は、いつのまにかすっかり元に戻っていた。眉間に皺を寄せた不機嫌そうな顔で、隣に座った事務局の人間と小声で会話を交わしている。切れ長のきつい目付き。冷静なその横顔からは、我を忘れたようにステージ上の少年を見つめていたことなど欠片《かけら》も窺えない。さっきのは英一の見まちがい、もしくは目の錯覚だったのではないかと疑わしく思えてくるほどだ。
何がどうなっているのか、さっぱりわからない。
英一は混乱して頭をかいた。
気がつくと、壁の前から陳文の姿が消えていた。慌てて左右に視線を走らせる。
陳文がドアを開け、ひそかに部屋を出て行くところだった。
英一は首を振り、もう一度口の中で呟いた。
――いったいどうなっているんだ？
何だか狐《きつね》にでもつままれたような感じだった。

18

「街の人たちは相手が警官らしいと思うと、姿を見ただけで、口をとざしてしまいます。あるいはトラブルに巻き込まれることを恐れて、本当は見たものも、見ていないと証言する可能性もある。そこにいくと、この子供たちは、どこにでも行くし、何でも見るし、誰の話でも聞きつける。街の人たちも、子供たちが相手なら心を開いて本当のことを言います。この子たち一人の方が、十二人の警官よりずっといい働きをするのです」

若き名探偵は色白の整った顔を紅潮させて誇らしげにそう言った。周囲には七、八人の子供たち。年恰好はさまざまながら、名探偵を見上げる子供たちの目にはみな絶大な信頼が込められている。

「だがそうは言うがね、きみ」

捜査を指揮する警部が、苦虫を嚙み潰したような顔で名探偵に反論した。

「今回の事件では、怪盗黒マントにまんまと宝物を奪い取られた。それだけじゃない。きみの大事な少年探偵団の一人に後をつけられていることに気づいた奴は、逆にその子をさらっていったんだ。そして、今日、これが警察に届けられた」

警部は背広の内ポケットから白い封筒を取り出し、名探偵に差し出した。

封筒の表に、「殿」付きで記された警部の名前。

中には一枚のカードが入っている。

警部から封筒を受け取った名探偵は、封筒を開けてカードの文面に目をとおした。

アス夜、満州国国立博物館ノ宝物ヲ頂キニ参上スル。

尚、少年探偵団ノ団員一名ヲ当方ニテ預カッテイル。

名探偵ニ伝エヨ。博物館ノ宝物ト交換ダ。

カードの隅には、署名代わりのベネチアンマスク風の仮面のイラストが描かれている。

「怪盗黒マントから届いた、次回の犯行予告状だ」

警部は太い眉を寄せて言った。

「この封筒が、いつのまにか私のデスクの上に置かれていた。いったい誰が、いつ置いたのかは、さっぱりわからない。部屋には大勢の人間がいたが、誰も気がつかなかった」

「怪盗黒マントの次の狙いは、満州国国立博物館の宝物……」

名探偵はこめかみに指先を当てて呟いた。頭の中で早くも次の作戦を練っているらしい。

「残念だが、今回はきみに手伝ってもらうことはできない」

警部の言葉に、名探偵は訝《いぶか》しげに顔を上げた。

「なぜです？　奴を捕まえられるのは私しかいない。先日、警部ご自身がそうおっしゃったばかりではないですか？」

「ああ、たしかにそう言った。実際、変幻自在の怪盗黒マントに対抗できるのは、この満州広しといえども、きみしかいまい。だが、今回は特別だ」

警部は顔をしかめて言った。

「なにしろ子供を人質にとられているんだ。もしきみがわれわれの捜査に協力し、奴の邪魔をしたことがわかったら、奴は人質の子供になにをするかわからない。その危険性がある以上、きみは奴に手出しできまい。いや、こんなことは言いたくはないが、もしかすると、その子は今頃はもう……」

「いや、それはありえません」

名探偵はきっぱりとした口調で言って首を横に振った。その口元にはかすかな笑みさえ浮かんでいる。

「ほう。なぜだ？　なぜきみはそう言い切れる？」

「怪盗黒マント、またの名を幻影紳士《げんえいしんし》」

名探偵は静かな声で言った。

「奴は、これまで一度も人を傷つけたことがありません。さらわれた子供は、おそらく奴の隠れ家の一つに監禁されているのでしょう。とはいえ、奴が子供を傷つけるようなことなどありえません。彼は大切に扱われているはずです」

「しかしきみ、いくら紳士などと呼ばれていようが、相手は所詮《しょせん》盗賊だ。いざとなれば何をするかわかったものじゃないぜ」

「警部。私は、奴をずっと追い続けてきたのです。奴のことはよく知っています。ある意味、自分自身のようにです。奴の行動規範はわかっています。実際そうでなければ、あの変幻自在、本当の顔など誰も知らない怪盗黒マントを捕まえることなど決してできやしないのです」

　自信たっぷりにそう言い放った名探偵は、自分を取り囲む少年探偵団の子供たちを見回し、一人一人の目を順番に見つめて言った。

「さあ、われわれも捜査をはじめよう。怪盗黒マントが博物館から宝物を盗み出す前に、奴にさらわれた仲間、宋くんを自分たちの手で見つけだすんだ」

「自分たちの手で見つけだす？」

　警部が呆れたように首を振って呟いた。

「警察がいくら手を尽くしても見つけられないんだ。無理に決まっている」

「なにごとも決めつけるべきではありません」

　名探偵は警部に向き直って言った。

「なるほど宋くんは怪盗黒マントを尾行中に、奴に気づかれて、逆にさらわれた。とはいえ、彼も少年探偵団の団員です。何の手掛かりも残さず、むざむざとさらわれたとは思えません。彼はきっと怪盗黒マントの目を盗んで、何か手掛かりを残しているはずです。少年探偵団の仲間にだけ通じる手掛かりを。それを見つけだすのです」

　名探偵はそう言うと、両手を広げ、包み込むように子供たちの肩に手を回した。

　彼らの視線に合わせてカメラを上げると、燃えるような夕焼け空が画面いっぱいに広がる。

「頑張れ。すぐに見つけてあげるから」

夕焼け空を背景に、名探偵が呟く声。

どこからか〝アニーローリー〟を合唱する子供たちの声が聞こえてくる……。

19

子役のオーディションが終わった後、英一は姿を消した陳文のことが気になって満映内を探してまわった。

どうせ食堂で何か食べているだろうと思って覗いてみたが、予想は外れた。きょろきょろしていると、不審がられたらしく、顔見知りの中国人スタッフから笑顔で声をかけられた。

「吃飯吃飯《チーハンチーハン》。ワタシ、何か取ってきますか?」

英一は苦笑して首を振った。

――こんにちは。調子はどうですか?

吃飯がそのくらいの意味であることは、最近ようやくわかってきた。

食事中の相手に、逆に陳文を見なかったかと尋ねてみた。

相手はちょっと首をかしげ、英一にその場で待つよう身振りで指示して席を立った。

それからしばらく、英一は本当に待たされることになった。

尋ねた相手が親切にも食堂内に居合わせた全員に訊いてくれたのだ。食堂中に響き渡る大声、大笑い、肩を叩きあっている会話のすべてが陳文に関することとは思えなかったが、満州語で交わされる会話は英一には理解不能であり、尋ねた以上、諦めて待っているしかない。

もっとも、おかげで陳文に関する目撃証言がいくつか得られた。

満映の正門を出て行く陳文とすれ違った者がいた。それとは別に、南新京駅行きのバスに乗る陳文を見かけた者もあった。

英一は頭の中で時間を計算した。

陳文はあの後すぐに満映を出て、そのままバスに乗ったらしい。

「みんな、心配言っています」

食堂中の証言を集めてくれた相手が付け加えた。

「陳さん、今日ようすが変。何かじっと考えている顔。声をかけても返事なかったそうです。暗い顔、悲しい顔していた言ってます」

謝々《シエシエ》。多謝《ダーシエ》。ありがとう。

ひとまずそれだけ言い残して、英一は満映を飛び出した。

新京駅に初めて降り立った者は誰しも街の〝大きさ〟と〝新しさ〟に驚かされる。駅前にある満鉄経営の「ヤマトホテル」はあたかも東京の「帝国ホテル」なみの豪華さだ。駅正面からまっすぐ南に伸びる大同大街は日本では考えられないほどの道幅で、通りには百貨店やカフェー、レストラン、はたまた銀行や電信電話会社など大きな洋風のビルが建ち並んでいる。整備された公園、さらには鮨屋や料亭、洒落たクラブハウスなども事欠かない。目に入るものはみんなピカピカ、行き交う人々はみないかにも裕福そうな身なりをしている。

だが、一歩裏通りに入ると街の様相は一変する。粗末な安普請の建物が所狭しとたち並び、細い路地をさまざまな服装、さまざまな顔付き、さまざまな言語を話す人たちが行き交っている。仕事を求めて地方から出てきた者、職はあってもロクな金にならない者、失業者、もともと働く気のない者、彼らを頼って来た家族や親族。そうした者たちを相手に商売をはじめる者も当然いて、中でも食べ物屋の数が圧倒的に多かった。その状況は、一つ南に下った南新京駅においても変わりはない。駅前広場前のピカピカの建物、裏通りの安普請の組み合わせだ。違いといえば、表通りを一本入ると空き地がより目立つくらいである。

陳文は何の目的で南新京駅行きのバスに乗ったのか？

英一は駅前広場で少し考え、ひとまず周辺にある食べ物屋を探すことにした。吃飯吃飯《チーハン》。

どんな状況でも食事さえあれば生きていくことができる。それが陳文――というか、この国の人たちの基本的な考え方だ。何か心配事を抱えている（らしい）陳文の居場所としては食べ物屋以外思いつかない。

中国風の一膳飯屋、麵専門店、水餃子屋、串焼き屋、立ち飲み酒場、朝鮮料理屋、さらには何の肉かちょっと見当もつかない恐ろしげな食い物を提供する苦力《クーリー》相手の道端屋台まで、英一は裏通りの食べ物屋を手当たり次第、一軒一軒覗いて回った。店内をぐるりと見回し、陳文がいないのを確認して、店を出る。その繰り返しだ。うさんくさい目でじろじろ見られるだけならともかく、怒鳴られ、物を投げつけられる場合も少なくなかった。何のためにこんなことをしているのか自分でもわからなくなり、いいかげん諦めかけた頃、通りを一本入った中国人向けの小さな安食堂の片隅に一人で座っている陳文の姿を見つけた。

英一はまっすぐに陳文に歩み寄り、テーブルを挟んで向かいに腰を下ろした。

「ずいぶん探したよ」

声をかけたが、陳文は目も上げなかった。

テーブルの上を眺めて、英一はおやと思った。陳文のことだ、きっと何か食べているに違いないと思って食堂を探して回り、予想どおり陳文は見つかったのだが、意外にもテーブルの上には食べ物は何ひとつ乗っていなかった。瓶が数本、陳文の手の中にグラスがひとつ。それだけだ。

英一は店員を呼んで、自分の分のグラスを持ってこさせた。

「一杯もらうよ」

断って、瓶の中身をグラスに注いだ。

さんざん走り回ってのどがカラカラだった。一息つこうとグラスを一気にあおった英一は、次の瞬間、危うくむせ返りそうになった。

「ちょっ……うぇっ。陳さん、これって……？」

顔をしかめ、遅ればせながら瓶の中身を確かめた。

茅台酒《マオタイジウ》、もしくは高粱酒《ガオリヤンジウ》と呼ばれる強い酒だ。満州特産の高粱を原料とした蒸留酒で、アルコール度数は七十度近い。

英一は呆れて首を振った。日本人には馴染みがない、というか、とても馴染めるとは思えない飲口《のみくち》だ。そう言えば、英一が歓迎会で飲みすぎてひどいことになったのもこの酒である。

そもそも陳文が酒を飲んでいること自体驚きだった。これまでは食事の席で英一が勧めても陳文は一切酒を飲まず、てっきり飲めない体質だと思っていたくらいだ。英一はテーブルの上にずらりと並んだ酒瓶を見回して顔をしかめた。英一が手にしている一本を除いて、どれも空《から》だ。陳文はここに座り、何も食べず、七十度近い強い酒をひたすら飲み続けていたらしい。飲めない体質など、とんでもない勘違いだ。

「……あの子たち、どこから連れてこられた思いますか」

英一には一瞬、誰が喋ったのかわからなかった。無論、陳文だ。ほかにはいない。聞き馴れないざらりとしたしゃがれ声は、ひたすら飲み続けた強い酒でのどが焼かれたせいだろう。

テーブルの上にじっと目を注いだまま、陳文がもう一度口を開いた。

「今日のオーディション、子供たち見て、気になることありませんでしたか。いやな感じ、しませんでしたか」

どこから連れて来られた？　気になること？　いやな感じ？

質問の意図をはかりかねて、英一は眉を寄せた。目を細め、記憶をたどる――。

陳文がスタジオを出ていった後、ほどなくオーディションの終了が告げられた。それまで隅に控えていた、背の高い、目付きの悪い男が手を叩くと、子供たちがいっせいに立ち上がった。

男が、子供たちをひとまとめに引率して引き上げていく。

その時の子供たちの一転しておどおどしたようすが、言われてみれば、たしかに変な感じだった。

目の前を行き過ぎる子供たちのひどく瘦せた首筋。服装もサイズが合っていなかった。オーディション用の借り物だったのだろう。満映側の製作スタッフの一人が、あとで男にこっそり金を渡していたが、他のスタッフたちがそっちを見ないように振舞っているのも、なんだかいやな感じだった。

気になりながらも、何とはなしに見過ごしていた。改めて指摘されると〝気になること〟であり〝いやな感じ〟だ。だが——。

「今日来ていたのはみんな、帰る家がない子供たちばかりです」

陳文がテーブルの上に目を落としたまま、しゃがれた声で言った。

「あの子たちは、ふだんひとつ場所で一緒に生活しています。今日のオーディションはあの子たちにとって、そこから抜け出す数少ないチャンス。選ばれた子はいいです。けれど、選ばれなかった子たちは、またそこに戻らなければなりません……」

陳文は首を振った。

「それ考えると、とても最後まで見ていられませんでした。だから途中で部屋出ました。スミマセン」

英一はそれを聞いて、いくつかの点で合点《がてん》がいった。

前回のオーディションで集まった金持ち家庭の子供たちとは、どうりで何もかもが正反対だったはずだ。施設で暮らす子供たちにとっては、一刻も早く自立し、自分の居場所を見つけることが切実な願いなのだろう。そのための努力、そのための必死さが、年齢に似合わぬ彼らの行儀の良さであり、見ていて痛々しいほどの懸命な演技だったのだ。その一方で英一には、陳文がなぜあの子たちにそれほどまでの同情を寄せるのか不思議であった。

「今度、一緒に慰問《いもん》に行こうか」

英一は思いついて陳文に提案した。

「これもなにかの縁だ。今日のオーディションに受からなかった子供たちも、次の映画では役が見つかるかもしれない。うん、そういうところとコネクションを作っておくのも悪くない。どこなの、あの子たちがふだん生活している孤児院は？　陳さんが知ってる場所なの？」

陳文はしばらくのあいだ、英一の顔をじっと見つめた。それから、ゆっくりと首を振り、グラスの底に残っていた酒を一息に飲み干した。

「朝比奈さんは、勘違いしています。あの子たちは何も、慈善家が道楽でやっている孤児院から連れて来られたわけではないです」

「えっ、勘違いって？　どういうこと？」

「子供たちを引率してきていた背の高い男、気づきましたか？　気味の悪い目つきをしたあの男、自分は子供たちのマネージャーだと自己紹介していましたが、本業は人買いです」

「人買い？」

「安く人を買って、高く売る。それで利鞘《りざや》を稼ぐ。そういう稼業」

「人買いがどんな商売かは知ってるけど」

英一は混乱して言った。

「待てよ、それじゃ、あの子たちの帰る家がないっていうのは、まさか……」

「あの子たちのほとんどは、親に売られた子供たちです。貧しい家庭、食い扶持《ぶち》を減らすために子供売ります。後はどうなろうが知ったことない。殺されても、誰からも文句でません」

「そんな無茶苦茶な」

英一は呆れて言った。

「でも、待てよ。たしか人身売買は満州の法律で禁止されていたはずだ。満州警察に言って取り締まらせよう」

「満州警察、ですか」

陳文は鼻先でフンと笑った。

「人買いの本拠地は三不管地区《サンブウグアン》。警察は手が出せません」

英一には継ぐべき言葉が見当たらなかった。

三不管地区。

新京駅裏の一角を占める貧民窟で、警察も軍も政府も手を出せないが故に三不管と呼ばれる。日本も中国も満州も手を出せないため、との説もあるが、いずれにしても治外法権、無法地帯、犯罪者の巣窟で、何が行われているか外からは一切窺い知ることのできない一種の暗黒区域《ブラックボックス》である。

その三不管地区を支配するのが、貧困と阿片《あへん》だ。ことに満州《このくに》特有ともいえる阿片禍は三不管地区において凄まじく、無数に存在する阿片窟では無論、飲食店や路上でも阿片が白昼堂々と売買され、わずかな阿片をめぐって暴行、盗難、殺人事件が絶えない。三不管地区の入り口には、朝になるとしばしば身元のわからない死体がほうり出されている。

英一が満州に来てすぐ耳にした不気味な噂、黄昏時の新京の街に人さらいが出没するというあの噂にも、三不管地区が関与している可能性が否定できなかった。三不管地区で〝売られている子供〟は、必ずしも〝買われてきた子供〟とは限らないのだ。

新京駅の表通りには、いまもよそいきの服で着飾った親子連れが行き交い、駅前のデパートの売り場には色とりどりの珍しい果物や外国製の高級品が並んでいる。表通りに面したカフェーには茶菓を楽しむ親子の笑顔があふれ、角々に立った警察官が安寧秩序を維持すべく目を光らせている。

だが、その場所からわずか数十メートル、駅舎一つ隔てた裏通りでは、この瞬間にも阿片の煙がたゆたい、阿片に心身を蝕《むしば》まれた人々が幽鬼《ゆうき》のごとくさまよい歩いている。そこでは人身売買が公然と行われ、暴行や殺人が、日常茶飯事の如く起きているのだ。

英一は吐き気にも似た悪寒《おかん》を覚えた。

表通りのきらびやかさと裏街の悲惨。

繁華街と呼ばれる場所では必ず裏表が存在する。だが、新京駅における表裏の落差の激しさは、ほかにちょっと類を見ない。そう、これではまるで――。

「……なんて呼ばれているか知ってますか」

英一は我に返って顔を上げた。

陳文が手の中のグラスに視線を落としたまま、呟くように喋っていた。うつむきかげんの顔には、ひどく悲しそうな表情が浮かんでいる。

「ゴメン。聞いてなかった。もう一回言ってくれるかな？」

そう言うと、陳文はいやがるようすもなく質問を繰り返した。

「朝比奈さんは、満映が地元満州人のあいだでなんて呼ばれているか知ってますか」

「えっ？　満映に、別の呼び名があるの？」

「別の呼び名というか……」

陳文は口元に微苦笑を浮かべて首を振り、油と埃《ほこり》で黒く汚れたテーブルの上に指で文字を書いた。

英一は首をひねるようにして、逆さまに書かれた文字を声に出して読んだ。

「幻影《げんえい》、城市《じょうし》？」

どうやらそれが質問の答えらしい。

「〝映画の都〟という意味です」陳文が解説した。

「へえ、悪くない呼び名だ」

「でも、別の意味もあります」

陳文はそう言って酒瓶を取り上げ、中身が入っていないことに気づくと、店員に手を上げ、もう一本持ってくるよう身振りで合図した。

「陳さん、よしなよ。もう飲まない方がいい」

陳文は英一の助言など耳に入らなかったかのように酒瓶を受け取り、自らグラスに酒を注いで、一息でグラスを干した。

「そこでは見えているままのものは何ひとつない。すべてが見かけとは違う。すべてが欺瞞《ぎまん》。すべてが幻。すべてが嘘。——幻影城市には、そういう意味もあります」

「〝おお、このネフスキー大通りを信じてはいけない〟」

英一は反射的に頭に浮かんだ言葉をそのまま呟いた。

「なんです、それ？」

「昔読んだロシア人の小説に、そんなことが書いてあった。〝ネフスキー大通りでは見えているままのものは何一つない。すべてが見かけとは違う。すべてが欺瞞。すべてが幻だ〟」

ああ、と陳文は小馬鹿にしたように笑って言った。

「朝比奈さんは、日本の良い大学を出たインテリでしたね。その上、ご実家は京都のお金持ちだ」

英一は肩をすくめた。インテリかどうかはともかく、大学は出ていない。中退だ。それに、実家はたしかに京都の旧家だが、お金持ちというほど裕福ではない。

だが、今の陳文にその事実を指摘しても意味があるとは思えなかった。

「満映はひとつの象徴。幻影城市は、この満州全体を指す言葉でもあります。日本人の朝比奈さんには、満映についても、この満州についても、表側しか、そこに映った幻しか見えていないです」

陳文はテーブルに目を落としたまま、珍しく皮肉な口調で言葉を続けた。

「日本人はこう言います。〝満州においてアジアの諸民族は助け合わなければならない。満州ではアジアの五民族が協和し、平等に力を合わせて王道楽土を建設するのだ〟と。美しい理想。美しい言葉。満州はきっと素晴らしい国になるでしょう、もしその言葉どおりなら」

陳文はそこで言葉を切り、顔を上げた。白目が赤く充血し、口元には皮肉な笑みが浮かんでいる。そのくせ、顔色はひどく白い。外見だけでは、彼が酔っているのかどうか判断に迷うところだ。

「しかしそれならなぜ、この満州には国民が一人もいないのです？　新京の街はたくさんの人が行き交っています。けれど、彼ら一人一人は、たとえば日本人であり、中国人であり、蒙古人であり、ロシア人であり、その他の国の人であって、満州国民だけはただの一人もいない。なぜです？」

「それは……」

英一は言葉につまった。

「満州には国籍法がないからです」

陳文が吐き出すように言った。

「建国十年。新京では街を挙げて建国十周年を祝う式典が行われています。それなのに満州国には未だ国民が一人もいないという変な状況。満州に住む日本人が、自分たちが満州国民になることを拒否しているからです。日本人はあくまで自分たちは日本人であり、満州国民にはなりたくないと思っている。満州を見下しているんです。その証拠に、満州に長くいながら満州語を話すことができる日本人はほんの僅《わず》かしかいない。中国語を解する者ですら少数。だから、いつまで経っても満州には国籍法ができない。他の法律が次々に制定されても、国籍法だけはいつまで経っても後回しにされている」

陳文は首を振った。

「嘘ですよ、五族協和なんて。この新京ですら、中国人は中国人で街を作り、満州人は満州人でひとかたまり、蒙古人は蒙古人同士、朝鮮人や日本人は言うまでもありません。何のことはない、五族が別々に暮らしているだけです。とても協和なんて呼べるものじゃありません」

陳文はまた酒瓶を取り上げてグラスに酒を注いだ。英一が止める間もなく、グラスを一気にあおって、ふうと息をついた。

「満映の中は、まだ良いです」

陳文は言葉を継いだ。

「満映を一歩外に出れば、関東軍、満州警察、満州憲兵隊、新京特務機関が目を光らせています。

朝比奈さんは、この満州にいったいいくつの取り締まり組織があるかご存じですか？　先日、数えてみたら、ワタシが知っているだけで九つありました。九つの組織が、それぞれ独自にこの国の取り締まりに当たっているのです。もちろん、そんなに取り締まることなどあるはずがない。だから、彼らはちょっとしたことで犯罪者をでっちあげます。宴会で出されるご飯は、日本人には白米、中国人にはコーリャンと決まっていて、もし中国人が宴会で白米を食べれば経済罪で引っ張られます。中国人が公園を女性と散歩すれば風紀罪。先日も妹と公園を歩いている現場を満州憲兵隊に見つかって、牢に一週間以上もほうり込まれた中国人の知り合いがいます……」

陳文の意外な饒舌に、英一はすっかり戸惑っていた。これまでのところ、満映内でも、桂花と一緒にシナリオを練っている時も、陳文から不満らしき言葉を聞いたことがなかった。いったい、どこにこんな鬱屈《うっくつ》を溜め込んでいたのか……。

「日本の人はこう言います」

陳文はしゃっくりひとつ挟んで、さらに続けた。

「〝われわれは新天地を求めてこの満州にやって来た。われわれは、かつてイギリス人が北米大陸でやったように原住民を虐殺したり、絶滅させるようなことは決してしない。われわれは五族協和による王道楽土の建設を目指す〟と。何が五族協和です。何が王道楽土ですか。虐殺しない？　本当ですか？　満州の地方の鉱山では多くの苦《クー》力《リー》たちが無理やり働かされ、逃げようとしたら容赦なく殺されているいいます。穴に埋められているいます。ただ殺すことと、支配し、蹂躙《じゅうりん》し、徹底的に略奪することの、いったいどっちが残酷なのか……」

唐突に言葉が途切れた。

見れば、陳文の目玉が裏返り、白目を剝《む》いていた。

「……陳さん？」

英一の呼びかけに、陳文の頭がぐらりと揺れた。

次の瞬間、陳文はテーブルの上に勢いよく突っ伏した。

ごつん、という鈍い音に、英一は思わず首をすくめた。

一瞬の沈黙の後、大きな鼾《いびき》が聞こえてきた。

英一はやれやれとため息をつき、陳文が握ったままの酒瓶をそっと取り上げた。ほとんど空だ。英一は手を上げて店員を呼び、自分の分の酒を頼んだ。もちろんグラスでだ。

テーブルに突っ伏して眠る陳文を眺め、グラスの酒をすすりながら、英一は眉を寄せて思案した。

これからどうしたものか？

ふと、手の中にさっき途中になっていた考えの糸の端を握ったままなことに気づいた。糸を辿《たど》って、続きを思い出した。

そう、これではまるで――。

裏表で落差の激しい新京の状況について、英一はさっきこう思ったのだ。

まるで、この街全体が張りぼての映画のセットのようだ。

20

店の払いを済ませ、酔い潰れた陳文を無理やり起こして帰ることにした。

陳文は店を出る時こそ何とか自分の足で立っていたものの、すぐに足下があやしくなり、道端に転がると、そのまま寝入ってしまった。肩に手をかけて揺すってみたが、ちょっとやそっとでは目を覚ましそうにない。

英一は立ち上がり、片手を腰に当て、反対の手で頭の後ろをごしごしと掻いた。

駅と満映を結ぶバスはとっくに終わっている。

英一は仕方なく、陳文を背中にかつぐようにして歩きだした。

背中の陳文はひどく酒臭かった。しかもぐにゃぐにゃして背負いづらいことこの上ない。まるで生温かい酒入りの革袋を運んでいるようなものだ。

英一はため息をついた。こんな時は楽しいことを考えて気をまぎらわせるしかない。

——桂花はいま頃どうしているのだろう？

そう考えると、急にほんわかした気持ちになった。

桂花は今、新京を離れている。脚本の目途が立ったところで「一度田舎に帰って報告してきます。戻ったらすぐに連絡しますね」桂花は目を伏せ、頰を染めて、少し恥ずかしそうに英一にそう言った。

にっこりとほほ笑む桂花の顔が脳裏に浮かんだ。かすかにあごを引き、大きな黒眼がちの目で上目づかいにほほ笑む桂花。頭の上で複雑に編み上げられた漆黒の絹のような細い髪。形よく整った弓なりの細い眉。輝くばかりの白い額。全体の輪郭《りんかく》がソフトフォーカスをかけたようにぼやけているのは、英一の記憶装置の側の問題だろう。

東京での大学時代、英一は友人たちとある命題について夜を徹して議論したことがある。

この世に一目惚《ひとめぼ》れは存在するや否や？

その結果、一目惚れなどというものは存在しない、そんな非合理なものを信じる奴は前世紀の遺物、つまりは馬鹿だという結論に達したのだが、今ならこう断言できる。〝一目惚れが存在しないなどというのは頭でっかちのインテリ野郎のたわごとだ〟、あるいは〝一目惚れを信じないような唐変木《とうへんぼく》は馬に蹴られて死んじまえ〟。

満映内できれいな女優と顔をあわせる機会も多いが、彼女たちに比べても桂花は決して引けをとらない——というか、むしろ勝《まさ》っている。少なくとも英一の目にはそう見える。

見た目だけの話をしているのではない。

何より桂花は聡明だった。いささか強引に始めた〝三人一つのペンネーム〟プロジェクトだったが、実際に作業をはじめてみれば桂花の助言がどれほど役に立ったかわからない。若い女性ならではの発想はもちろん、英一や陳文の言わんとすることを先取りする頭の回転の早さには何度も驚かされた。しかも、そのことを鼻にかけない慎《つつ》ましやかさを兼ね備えている。

そう言えば、これも大学時代、友人たちと己が理想とする女性像について議論したことがある。桂花はまさに、英一が理想とするタイプの女性だった。

日本や英米の探偵小説を紹介する英一の話にじっと耳を傾ける桂花。色白の頰は、まるで内側に灯りをともしたように紅潮している。英一を見つめる大きな目がきらきらと輝き、朱を落としたような唇が何かを語りかけるように小さく動く。

彼女の反応の一々が、これまた英一が夢見ていたところのものだ。

もしも、ということもある。ひょっとしたら？　その時は……。

英一は顔をしかめた。

耳元に聞こえる陳文の鼾《いびき》がうるさかった。

ロマンチックな未来を思い描くのに適当な状況とは言いがたい。

背中を揺すって、半ばずり落ちかけた陳文をかつぎ直した。鼾が止まり、次の瞬間、酒臭いゲップが耳元に放たれた。

英一は絶望的なうめき声を上げた。

これが桂花の〝お兄さん〟でなければ、とっくにほうり出しているところだ。

最寄り駅とはいえ、普段はバスを利用する距離である。途中何度か休憩をいれながら、ようやく満映にたどり着いた頃には、さすがに全身汗まみれになっていた。

門のところで顔見知りの守衛を見つけ、わけを話して荷物運搬用の台車を貸してもらった。背中から陳文を降ろし、台車の上に無理やり座らせる。英一は額の汗を拭って、ほっと息をついた。

満映敷地内に張り巡らされた赤いレンガ敷の通路にそって陳文を乗せた台車を押していく。

相変わらず正体のない陳文の体がぐらぐらして、バランスを取るのにけっこう神経を使う。台車を押すことばかりに気を取られていたので、建物の角から並んで出て来た二つの人影とぶつかりそうになった。

「おっと」

慌てて台車を止めると、勢いあまって陳文が荷台から転がり落ちた。二つの人影が無言のまま、陳文を避けてさっと左右に飛びのいた。その拍子《ひょうし》に平らな丸いものが地面に落ち、英一の足下に転がってきた。

「ゴメン、ゴメン。失礼した。もうしわけない」

英一は謝りながら相手の落とし物を拾い上げようと足下に手を伸ばした。指が触れる直前、背後から乱暴に押しのけられた。

えっ？

危うくこけそうになり、体勢を立て直して振り返った時にはもう、二つの黒い人影は背を向けて歩み去るところだった。地面に何もないところを見ると、二人のうちどちらかが〝落とし物〟を回収したのだろう。それにしても——。

英一は憮然とした顔で二人の背中を見送った。確かに前方不注意はこちらの責任だ。が、ひとを突き飛ばしておいて一言もなく立ち去るのは如何《いかが》なものか。それに、自分たちが蹴飛ばしかけた陳文のことは心配ではないのか。

ふと、奇妙な既視感にとらわれた。

今の二人組に以前にもどこかで会ったことがある？　それも同じような状況で？

眉を寄せ、あっと思い当たった。

桂花とはじめて会ったあの日だ。

浮かれて歩いていた英一は、通行人に突き飛ばされて建物と建物の間の細い路地に足を踏み入れた。その時、路地の奥の暗がりで不思議なものを目にした。黒マントを羽織り、つばのある黒い帽子、目の辺りを黒いマスクで覆った男。まるで『怪人二十面相』の物語から抜け出た黒マントの怪人のような不思議な姿の――甘粕理事長だ。あのとき甘粕理事長は、黒い支那服を着た若者二人と何か低い声で話をしていた。断言できないが、たぶん、いまの二人だ。

英一は首をかしげた。

新京の路地の暗がりで甘粕理事長と極秘に会っていたあの二人の若者は、いったい何者なのか。あんな妙な連中をこれまで一度も満映内で見かけたことがなかった。彼らがまとう雰囲気は〝映画人〟とは明らかに異なるものだ。むろん、甘粕理事長に満映と関係のない知り合いがいても不思議ではない。だが、甘粕理事長はいま満映を留守にしている。甘粕理事長不在の満映に、彼らは何の用があって来たのか?

その場に立って首を巡らせ、周囲を見回していた英一は、あることに気づいてぎょっとなった。

ほど遠からぬ場所にあるフィルム倉庫の扉が薄く開いていた。その扉の隙間、濃い闇が立ち込める中に、ぼんやりと白く人の顔が浮かんでいる――。

英一はゴクリと唾を呑み込み、闇に浮かぶ人の顔に目を凝らした。

渡口老人だ。

倉庫の管理人である渡口老人が、扉の隙間からじっとこっちを窺っていた。

夜とはいえ、満映内ではまだあちこちで撮影や編集作業が行われているらしく、建物の窓から照明の灯りが漏れ出て通路を照らしている。明かりを消したフィルム倉庫の中からなら、こっちのようすはよく見えるはずだ。きょろきょろと左右を窺っている英一の姿も、あるいは陳文が台車から転がり落ちるところも、はっきりと見えたにちがいない。

扉の隙間から顔を覗かせた渡口老人は、しかし、まるで無表情だった。先日、英一たちが探偵映画のフィルムを借りに行った際の愛想の良さが嘘のようだ。最初に倉庫で出会った時の、あの化け物じみた雰囲気が漂っている――。

渡口老人の顔が背後の闇に溶け込むように見えなくなり、同時に倉庫の扉が閉ざされた。

英一は急に金縛りがとけた感じで、詰めていた息を吐き出した。小さく首を振り、その時になって別のことに思い当たった。

さっきの二人組が陳文を避けようとして地面に落とした物。あの平らな丸い形状は、フィルム缶だったのではないか？

英一は顔を上げ、扉を閉ざしたフィルム倉庫にもう一度目を向けた。

あの二人組は、不在中の甘粕理事長ではなく、渡口老人を訪ねてきた？　渡口老人から映画のフィルム缶を受け取るために？　だが、いったいなぜそんなことを――。

ひときわ大きな鼾に、英一は現実に引き戻された。

見れば、陳文が台車から転がり落ちた状態のまま、地面に鼻づらを突っ込むようにして眠りこけている。

英一は苦笑して、陳文の体を台車の上に引っ張り上げた。

陳文を乗せた台車を押しながら、英一は自分が故郷を離れて、ひどく遠い場所にまでやって来たことをつくづくと感じた。

苦労して陳文を彼の寮の部屋まで連れていくと、同室の者たち（全員中国人。六人部屋だった）はすでに眠っていた。彼らは起こされたことに口々に文句を言いながらも、英一の手から陳文を引き受けてくれた。

あとの世話を任せて、英一は寮の自分の部屋に戻ってきた。

さすがにくたくただった。

部屋のドアをそっと開けると明かりがついていた。見れば同室の先輩、山野井がまだ起きて机に向かっていた。机の上の散らかり具合から判断すると、次の映画の絵コンテでも切っているのだろう。

よお、と机に向かったまま背中ごしに手をあげた山野井は、急に鼻をひくつかせるようにして、ぐるりと向き直った。

「珍しく、ずいぶんと酒臭いお帰りだが」

顎をひねり、英一を一瞥してニヤリと笑って尋ねた。

「どうやら、楽しく飲んできました、というわけでもなさそうだな？」

英一は無言で手を振って応え、自分のベッドに身を投げ出すように倒れ込んだ。

「どうした？」

「どうしたもこうしたも、ありませんよ」

ため息をつき、ベッドに横になったまま今夜の事情を簡単に説明した。

子役オーディションの現場から陳文が黙って姿を消し、ようすが気になって探して歩くと、陳文は南新京駅近くの安食堂で一人で飲んでいた。愚痴をさんざん聞かされたあげく、酔い潰れた陳文を満映までかついで帰ってくるはめになった……。

ちなみに満映内で出会った謎の若者二人組の描写は説明から除外した。あの二人組、および渡口老人との関係について、いったい何を、どこからどう説明していいのか、見当がつかなかったからだ。

山野井はふんふん、と途中短いあいづちを打ちながら英一の話を——というか、ほぼ愚痴を——黙って聞いてくれていた。ひととおり話が終わると、椅子の背にもたれ、頭の後ろで手を組んで口を開いた。

「それで、お前はどう思うんだ？」

どう思う？

英一は虚を突かれ、目をしばたたかせた。

「どう思うって……僕がですか。どういうことです？」

「かーっ、これだからお坊ちゃんは困ったものだぜ」

山野井はさも呆れたように両手を広げて天井を仰いだ。

「お前さ、相棒の陳文の打ち明け話をそこまで聞かされて、なんとも思わなかったのか。ふだん酒を飲まない彼が、なぜ今日に限って強い酒で正体を失うまで酔っ払わずにいられなかったのか、その理由を考えなかったのかよ」

「それは、陳文が人買いに連れられて来た子供たちの姿を見かねて……可哀想に思って……だから……」

「本当にそれだけの理由なのか」

「本当も何も、陳文が自分でそう言ったんです」

英一はベッドの上に起き上がった。

「選ばれずに帰っていく子供たちのことを考えると、とても見ていられなかったと」

「口にしたことが、すべてとはかぎらんさ」

　山野井はゆっくりとした口調で言った。

「いくら酔っ払っても他人には言えないことがある。いくら信頼する相手にでも、直接口に出して言えないこともある。だから、俺たちは相手の言葉にきちんと耳を傾けなくちゃならないんだ。そうすれば、相手が本当は何を言いたいのか聞き取ることができる――こともある。いつもじゃないがな。たとえば、そう、ちょっとした仄《ほの》めかしだ」

「仄めかし、というと？」

「幻影城市。――今夜、彼はそう言ったんだろう？」

　山野井は胸の前で太い腕を組み、英一の方に身を乗り出すようにして言った。

「たぶん、それが彼が抱える鬱屈の原因だよ」

「満映設立の目的は、満州の人たちが観て楽しむ満州映画を作ること。そのために巨額の費用を投じて〝東洋一〟と謳われる立派な映画撮影所〝満映〟が作られた。なるほど、一見何の不思議もない、当たり前のことを言っているように思える。だが、よくよく考えてみれば、これって妙な話なんだよな」

　山野井はふたたび椅子の背によりかかり、頭の後ろで手を組んで、天井を見上げて続けた。

「満州はもともと日本が国策にもとづいて大陸に兵隊を出し、一部地域を独立させる形でできた、いわば日本の占領国家だ。だとしたら、日本の占領下にある土地で、日本人が作った映画を、なぜ満州人が喜んで観なければならないんだ？　いや、そもそもその状況で作った映画を満州映画と呼べるのか。たとえばイギリスなりアメリカなりが日本を占領したとして、彼らが日本の撮影所で作った映画を『これが日本映画でございい』と言われて日本人が観せられるようなものだ。日本人がそんな映画を喜んで観ると思うか」

「や、山野井さん、ちょっとそれは……」

英一は両手を体の前で振り、うろたえて左右を見回した。

「日本がイギリスやアメリカに占領されるだなんて、いくらなんでもそんな物騒なこと……」

日本国内で口走れば、まず間違いなく特高にしょっぴかれる。

「だから、たとえばって言ってるだろ。例だよ、例」

山野井はうんざりしたように顔をしかめた。

「話のポイントはそこじゃない。満映が作られた目的がどうもはっきりしないってことだ」

「満映の目的は、えっ、でもそれは、満州の人たちを楽しませる映画を作ることじゃ

「ないんですか？」

「クソッ、てめえ、人の話をちゃんと聞いてなかったな」

　山野井は大きな目をぎょろつかせ、大袈裟に腕まくりをしてわざと凄んでみせた。

「いいか、よく聞けよ。満州の人たちに映画を楽しんでもらうことが目的なら、満映は何も自前で映画を作る必要はない。上海から映画を輸入して観てもらえばいいんだ。そっちの方がよっぽど手っ取り早い。上海の映画撮影所には映画作りの歴史がある。上海の映画人たちは以前から最新の欧米映画の技術をいち早く取り入れ、欧米に負けない娯楽映画を数多く作っているんだ。映画作りに関して何の伝統もない満州《いなか》に大仰な撮影所だけ新しくおっ建てて、彼らと対抗しようというのは無茶だよ。追いつくまでに何年もかかる」

「でも、上海映画は、今はさすがに……」

「たしかに日本と中国が戦争をしているこの御時世、上海で作られる映画には抗日傾向の強い作品が多い」

　山野井は手を上げ、英一にみなまで言わせず、先を続けた。

「そんな映画を満州の人たちに観せるわけにはいかない。それはわかる。だが、それにしたって、抗日傾向の強い作品はこっちの検閲ではじけばいいだけだ。あるいはフィルムに手を入れてその部分だけ作り直すか、それが手間なら少し前に作られた映画だけ観せるようにすればいい。それなのに、なぜ映画作りの文化も伝統もないこの満州で、一から自前で映画を作らなければならないんだ？　しかも、中国語もろくにしゃべれない日本人監督やスタッフが多い中で、だ。

陳文の映画好きは本当だろう。彼は映画作りの仕事に関わりたくて満映に入ってきた。俺自身がそうだ、彼の気持ちは良くわかる。だからこそ、そのぶん彼には満映の矛盾《むじゅん》も見えているんじゃないかな。満映は何のために映画を作っているのか。否、そもそも満映の本当の目的は映画を作ることなのか。ここに長くいればいるほど、その点がどうもよくわからなくなってくる。幻影城市。陳文がそう言ったのなら間違いないさ。彼は満映の欺瞞に気づいている。その上で自分がこのまま満映で映画作りに関わって行くべきか否か迷っているんだと思う。もちろん、人買いが連れてきた孤児たちを使って映画を撮ることも含めてだ。ま、一晩寝て、相棒が本当は何を言いたかったのか、ゆっくり考えてみるといいさ」

山野井は英一に片目をつむり、机に向き直って絵コンテ切りの作業に戻った。

英一はベッドに仰向けに横になり、天井を見上げてウンと考えこんだ。

山野井はいま、何も陳文についてのみ語っていたわけではない。そのくらいのことは英一にも理解できた。

——いくら信頼する相手でも、直接口に出して言えないことがある。

山野井はむしろ、陳文の一件にことよせて自分の疑念を表明したのだ。

満映には映画作りという表の顔とは別に、隠された裏の目的があるのではないか？

自分たちは知らず知らずのうちに裏の目的に加担させられているのではないか？

山野井の疑念は、恐れ知らずの彼が直接口に出すのを憚《はばか》るほどリアルなものなのだ……。


あれこれ考えていた英一は、別のことに思い当たった。

新京の街に出るという、例の人さらいの噂だ。

日が落ちても路地で遊んでいる子供が突然頭から黒い布をかぶせられ、いずことも知れぬ場所につれ去られる。

最近英一が耳にした話では、噂は妙な方向に広がりはじめていた。

さらわれた子供たちは満州のどこかにある施設につれて行かれ、そこでは口に出すのもおぞましい恐るべき人体実験が行われているというのだ。

噂である。ことの真偽はわからない。

噂には、もうひとつ別のバリエーションがあった。

人さらいには甘粕満映理事長が関わっている。甘粕は密かに三不管地区を支配し、謎の力で阿片中毒者を操って新京の子供たちをかどわかしている。彼はさらってきた子供たちに洗脳教育を施し、自らの親衛隊を組織しようとしているというものだ。

どちらもにわかには信じられない。

恐ろしい人体実験の噂はともかく、満州映画協会は満州国のいわば表の顔だ。その満映理事長ともあろう人物が違法な人さらいに関与するなど、通常であれば考えられない。しかし――。

昼の関東軍、夜の甘粕。

それもまた、新京の街で半ば公然と囁かれている噂だった。

昼間、我が物顔で新京を支配しているのは関東軍司令部。

だが、夜になると新京の支配者が入れ替わる。

〝主義者殺し〟の異名を持つ満映理事長甘粕正彦こそが新京の夜の支配者となる。

ナチスドイツの例を見てもわかるとおり、独裁者が独自の親衛隊を組織しようと考えるのは、ある意味自然な流れとも言える。

――調査しよう。

そんな考えが頭に浮かんだのは、たぶん探偵映画にとりくんでいるせいだ。

甘粕理事長は、本当に人さらいの噂にかかわっているのか？　また、そのことと満映の裏の顔とは何か関係があるのだろうか……。

その辺りで、猛烈な眠気が襲ってきた。

どっちにしても、明日からだ。

英一は何とか自分にそう言い聞かせた。調査は明日から。明日になったら必ず調査を始めよう……。

シャッターを降ろすように瞼が落ちて、英一は泥の眠りに引きずりこまれた。

明日から。

という約束は、残念ながらほとんどの場合果たされることがない。明日には明日の事情がある。別の障碍が必ず現れる。

案の定、翌日、英一は人さらいの調査どころではなくなった。

撮影現場で事故が起きたのだ。

21

さらわれた少年が残した手掛かりから、若き名探偵と少年探偵団はついに幻影紳士の隠れ家を突き止める。

少年探偵団の団員たちが仲間の少年を助け出す一方、若き名探偵は警官隊を率いて、隠れ家から逃げ出した幻影紳士の後を追った。

幻影紳士が逃げ込んだのは街外れの廃墟《はいきょ》となったビルだ。階段を上へ上へとのぼり、のぼり切った突き当たりのドアを開けると、そこはビルの屋上だった。

名探偵と警部、それに大勢の制服姿の警官たちが続いて屋上に姿を見せる。

黒いマントで身をくるみ、手摺《てす》りのないビルの屋上の隅に立った幻影紳士。強い風にマントが煽られる。まるで巨大なカラスのようだ。

警官隊が拳銃をかまえて怪盗を取り囲む。

「もう逃げられんぞ、降参しろ！」

警部が息を切らしながら、幻影紳士に宣言した。

警官隊の輪がじりじりと縮まっていく。絶体絶命。だが、怪盗は仮面の下でかすかに笑った。次の瞬間、怪盗はマントを翻《ひるがえ》すようにして屋上の隅から中空へと身を投げた。

若き名探偵と警部は同時に「あっ」と叫び、幻影紳士が立っていた場所に駆け寄った。

新京の街並が一望できるほどの高さである。飛び降りて助かるわけがない……。

屋上に腹ばいになり、恐る恐る身を乗り出すようにして下を覗きこむ警部。だが、怪盗黒マントの姿はどこにも見当たらない。

「あっ、あそこです、警部！」

顔を上げ、若き名探偵が指さす方向に目をやった警部の目に妙なものが飛び込んできた。

黒いマントをまるで凧《たこ》のように広げ、新京の街並のはるか上空を滑るように飛んでいく黒い影。あれは――。

「最近アメリカで開発されたばかりの超小型グライダーです」

啞然とする警部に、若き名探偵が冷静に説明した。

「幻影紳士は、われわれに追われてこのビルに逃げ込んだのではなかった。奴は、この場所に逃走用の秘密兵器を用意していたのです。一見廃墟と見える、このビルの屋上にね」

「ということは、何かね、きみ？　まさかわれわれは今回もまた……」

「ええ、われわれは今回もまた、奴にまんまと出し抜かれたということですよ」

「クソッ、黒マントの奴め！」

髪の毛をかきむしり、地団駄を踏んで悔しがる警部。

その横で、敵ながらあっぱれという表情を浮かべた名探偵は、ふと真顔《まがお》に返って、眉を寄せた。追跡の最中、一瞬かいま見えた幻影紳士の横顔を思い出して、疑念に捕らわれたのだ。

変装の名人である幻影紳士は、正体はおろか、素顔を知る者は誰一人いない。

だが、あの一瞬――。

若き名探偵の鋭い観察眼は、身を翻した幻影紳士の耳に小さな耳飾りを見てとっていた。あの耳飾りは、自分がかつて幼なじみの少女に贈ったものではないか？　しかし、いったいなぜそんなことが？　まさか？

名探偵は思案顔で、次第に遠ざかっていく黒い影を見つめる。


というのが「シーン46、ビル屋上（スタジオ撮り）」の背景だ。

ストーリー上、若き名探偵が怪盗黒マントの正体を疑うきっかけとなる重要な場面である。

演技はスタジオにセットを組んで行われることになった。

怪盗黒マント（別名〝幻影紳士〟）役の主演女優を、まさか本当にビルの屋上から飛び降りさせるわけにいかないので——最近アメリカで開発されたばかりの超小型グライダーなんてものは英一が考え出した嘘っぱちだ——当然の演出だ。

映画本編ではこの場面に、実際に屋外のビルを使ってロケ撮りした映像を組み合わせる。

縦のアングルを生かした階段での追走シークエンスは、この作品の見せ場のひとつになる予定だった。

セットといってもカメラの仰角《ぎょうかく》アングルが必要となるので、スタジオ内に屋上以下四メートルほどの高さが、ビルの外壁ともども再現された。実物そっくりに模した、ただし張りぼてのセットだ。

翌朝、英一がスタジオ入りした時には、すでに屋上シーンのリハーサルがはじまっていた。

役者の演技や立ち位置、照明の具合について桐谷監督の細かい指示が飛んでいる。

「それじゃ、次、本番いきます。お静かにねがいます！」

助監督の王さんの声に、ざわついていたスタジオ全体が一気に緊張感に包まれた。

「カメラ回ります」

ふたたび王さんの声。かすかなベルの音が二度。

王さんが小さな四角い木の黒板――カチンコをカメラの前に掲げた。

〝シーン46、ビル屋上（スタジオ撮り）、テイク1。〟

よーい、と桐谷監督の、低い、だがきっぱりした声が、静まり返ったスタジオ内にこだまする。

「スタート」


「もう逃げられんぞ、降参しろ！」

警部が息を切らしながら、幻影紳士に宣言した。

警官隊の輪がじりじりと縮まっていく。絶体絶命。だが、怪盗は仮面の下でかすか

に笑ったかと思うと、マントを翻すようにして屋上の隅から中空へと身を投げた。

怪盗黒マントを演じる若手中国人女優はマントを翻し、セットの屋上の縁から虚空に向かって軽々と跳躍した。

見ていた英一が、ほれぼれするほど美しい身のこなしだ。

彼女はそのまま中空でくるりと身を反転させ、すぐ下に張られた安全ネットに背中から着地して、いったんカットになる——その予定だった。

次の瞬間、あり得ない事態が生じた。

カットの指示が出る前に、何かがぶつかるような大きな音、続けて「ワア」とか「キャア!」という悲鳴がスタジオ内に響きわたったのだ。

せっかくのシーンが台なしだ。桐谷監督に怒られるぞ……。

とっさに首をすくめた英一は、しかしすぐにそれどころではないことに気づいた。

本番のカメラが回っているときに物音をたててはならない。ましてや大きな声を出すことなどありえない。映画スタッフが最初にたたき込まれる第一戒律、厳禁事項だ。にもかかわらず、彼らに悲鳴を上げさせるほどの何かが起きた。予期せぬ事故が起きたのだ。

「担架《たんか》! 誰か担架を持ってきて。急いで!」

桐谷監督の鋭い声に助監督の王さんが飛び上がり、そのまま駆け出すのが見えた。身を乗り出すと、張りぼてのビルのセットを挟んでちょうど反対側のスタジオの隅に人だかりができていた。

足早に近づき、人の輪のすきまから中を覗いた。

輪の中心に怪盗黒マント役の中国人女優が倒れている。顔のマスクがはずれ、李香蘭似の色白の顔が、いまはひどく青ざめて見えた。白い額の生えぎわには、かすかに血がにじんでいる。

周囲の者が声をかけても彼女は目を閉じたまま反応がなかった。

頭上に目をやった英一は、ハッと息を呑んだ。

安全ネットを四隅で吊るしていた紐が一ヵ所で切れて、ぶらりと垂れ下がっている。

彼女はあそこから落ちたのか？

セットの高さは約四メートル。ビルの屋上から飛び降りたわけではないが、見上げると実際の数字以上の高さを感じる。あの高さからまともに落ちたとなると、まさか――。

もう一度、輪の中心に倒れたままの女優に目をやった。

黒いマントに包まれた胸の辺りがかすかに上下している。気絶しているだけだ。

英一はほっと安堵の息をつき、そこに担架が運ばれてきた。

周囲の者たちの手で担架に乗せられた主役の中国人女優は、ひとまず満映内の医務室に運ばれることになった。桐谷監督と助監督の王さんが担架に付き添う。

残るスタッフと一緒に担架を見送っていた英一はふと、人垣の背後に陳文の顔を見つけた。

いつスタジオに来たのだろうか、少しも気がつかなかった。

それにしても、死人のような白茶けた顔色、いまにもぶっ倒れそうなひどい御面相だ。ま、昨夜あれだけ飲めば、多少具合が悪くても自業自得というものだ。

「陳さん！」

人垣の後ろから背伸びするようにして、陳文に手を振った。

声に反応して、陳文が英一の方を見た。英一の顔をたしかに認めたはずだ。

陳文は無表情のまま目を逸《そ》らした。背中を丸め、人垣をかきわけるようにして、そそくさとスタジオの外に出ていった。

英一は陳文に向かって挙げた手もそのまま、混乱して目をしばたたいた。

あんなにそっけない態度を取る陳文ははじめてだ。

陳文は何かに怒っているように見えた。だが、怒っている？　いったい何に？

英一は背中を向けて立ち去った陳文のようすを思い出して、首をかしげた。

俺？　俺にか？

そう見えた。

ええっ？　嘘だろう？　俺が原因？　なんで？

英一は両手を頭に当てて髪の毛をかき混ぜた。

いくら考えても、陳文が怒っている理由には少しも思い当たらなかった。

スタジオに残ったスタッフたちと落ち着かない思いで待っていると、ほどなくして桐谷監督が戻ってきた。

桐谷監督はスタジオに残っていた全員を集め、まずは、主演女優の怪我《けが》は大したことはなかったと告げて、みなを安心させた。

彼女は医務室で意識を取りもどすと、すぐに撮影に戻ろうとしたらしい。頭を少し切って出血していたが、傷はさいわい髪の毛に隠れる場所で、撮影に支障はない。診察した医者の見立ても「まあ、大丈夫だろう」ということだったが、足首を捻挫《ねんざ》しているようなので、本日の撮影は大事をとって中止。

と、それだけの内容を、桐谷監督は自ら日本語と中国語でスタッフに告げた後、集まった者たちの顔をぐるりと見回した。

「この中で、彼女が落ちたところを見ていた人は？」

何人かのスタッフが恐る恐る手を挙げた。

「彼女がどうして落ちたのか、詳しく教えて。なんでこんな事故が起きたのか、原因を突き止めましょう」

桐谷監督はそう言うと、身を翻して、さっき事故が起きたばかりの場所へと向かった。

かくて桐谷監督主導の下〝現場検証〟が、張りぼてのビルのセットの裏側で行われることになった。元々カメラには映らない場所なので、資材置き場として使われている。

英一も他のスタッフに交じって人垣のあいだから現場検証のようすを遠巻きに眺めていた。

頭の上には、安全ネットがぶらりと垂れ下がったままだ。英一は改めてセットを見上げた。高い。大事に至らなかったのが奇跡のように思われる。

落下の瞬間を見ていた数人のスタッフが、桐谷監督の求めに応じて証言した。早口の中国語は聞き取れなかったが、彼らの大袈裟な身振り手振りを見れば、内容はおおよそ見当がついた。

撮影開始時点で、安全ネットは間違いなくきちんと張られていた。実際、直前に行われたリハーサルでは、飛び降りた主演女優を受け止めて何ともなかったのだ。

本番撮影の際も、ビルの屋上セットからみごとな跳躍を見せた主演女優は、空中で身体をくるりと反転させ、ネットの中心にきれいに背中から着地した。

異変が起きたのはその時だ。

安全ネットを釣っていたロープが突然、二本同時に切れた。そのために、主演女優はネットに弾かれるように中空にほうり出されたのだ。

驚いたのはその先だった。

彼女は落下の途中、とっさに片手を伸ばしてセットを組んでいる剝き出しの梁《はり》にぶら下がろうとしたらしい。が、その角材が折れた。ために、彼女は落下した。足首の捻挫と頭の傷は、地面に落ちた際のものだろう。

事故を目撃した男性スタッフが興奮したようすで指さす方向に、英一は目を向けた。頭上およそ一メートルばかりの場所で、セットの横梁が一本折れている。元々もろい材質の木を使っているので、梁が折れたのは不思議ではない。すると、彼女はその高さから地面に落ちたのだ。

最初の高さから直接落下したならば「軽い怪我」どころではすまなかっただろう。予期せぬ事故にもパニックを起こさず、とっさに手を伸ばして途中の梁にぶら下がった。ワンクッション置いたことで落下のスピードが弱まった。だからあの程度の怪我ですんだということだ。さすが「子供の頃から武術をやっていた」だけのことはある。彼女でなければ首の骨を折って死んでいたかもしれない……。

英一はすっかり感心して聞いていたが、桐谷監督は終始きつく眉を寄せたままだった。

話を聞き終えると、頭上を見上げ、スタッフに安全ネットを下ろすよう指示した。

足下に広げられた安全ネットは、なかなか立派な代物だった。麻縄を編んで作ったハンモックは、寝心地が良いと言えないまでも、丈夫であることは間違いない。しかも、まだ真新しい。

地面に片膝をついて安全ネットを調べていた桐谷監督が、ひょいと顔を上げた。目を細め、英一を見つけて手招きした。

最初自分が呼ばれたとは気づかず、英一は左右を見回し、やっぱり自分が呼ばれているようなので、恐る恐るへっぴり腰で近づいた。

「見て」と桐谷監督は前置きなく言った。

鼻先に突きつけられたのは、安全ネットを四隅で支えていたロープだ。

「なぜ切れたか、わかる?」

言われて、目を凝らした。ロープは、ネット部分以上に丈夫な素材で作られている。しかも、ネット同様まだ真新しい。太さも充分。小柄な中国人女優が飛び乗ったくらいで切れるとは思えない。となると——。

切れたロープの端を手にした英一は、あることに気づいてあっと声を上げた。ロープの中心部分の切り口は、まるで鋭利な刃物で切断されたような具合だ。念のため、切れていない残り二本のロープの表面を指で探ってみた。

妙な感覚のする箇所にゆきあたり、ほぐしてみると、案の定ロープの中央部分で繊維が切断されていた。何者かが中の繊維を刃物で切った後、表面を元のように戻した。外から見ただけではわからないが、一見丈夫そうに見えるロープは実際には表面の数本の細い糸で支えられているだけだった。だから切れた。リハーサルのときはたまたま大丈夫だっただけで、いつ切れても不思議ではなかったのだ……。

英一はぞっとして周囲を見回した。

誰かが安全ネットを支えるロープに細工をした。そのせいで主演女優が命を落としかけた。彼女の優れた運動神経と、ちょっとした幸運がなければ、死なないまでも、大怪我をしていた可能性が高い。

撮影現場に事故はつきものだ。スタッフの不注意や、故意の嫌がらせが原因の場合もある。だが、命にかかわるような事故が起きることは、英一が知るかぎりまれだった。

桐谷監督は眉を寄せ、白く見えるほど唇をきつく噛んでいたが、やがて、ぽつりと独り言のように呟いた。

「これがお化け騒ぎの続きってわけね」

お化け騒ぎの続き？

英一は唖然として開いた口がふさがらなかった。

「いや……でも、あれは……まさか、そんなこと……」

満映到着早々、英一は桐谷監督のスタジオで起きていた不可解な出来事の正体を（赤ランプのお化けの謎を除いて）みごとに解き明かした。以来、桐谷監督の現場にお化けが出ることはなくなっていたのだ。

異変が、また始まったというのか？

しかも、こんな危険な形に姿を変えて？

桐谷監督が顔を上げた。その眉間に深い縦皺が刻まれている。

「あなた、何をしていたの？」

目を細め、英一をまっすぐに見て言った。

「なんのための探偵映画よ」

「えっ、いや？　僕？　僕のせいですか？」

英一は思わず目をしばたたいた。豆鉄砲を食らった鳩《はと》、というのは、きっとこんな気持ちにちがいない。

「あなたに期待したわたしが間違いだったわ」

桐谷監督はそう言うと、首を振り、深いため息とともに立ち上がった。くるりと背を向け、その後は英一には一度も目もくれず、他のスタッフたちに現場の後片付けの指示をしている。

英一は切れたロープの端を握ったまま、茫然として桐谷監督を見つめた。

どう考えても、理由がわからなかった。

まったく、わけがわからないことばかりだった。

22

バケツとモップを持った清掃係の太った年配の女性が、最後にスタジオ内を見回して、照明のスイッチを落とした。

丈夫な鉄製のドアが閉まり、外から鍵をかける音が聞こえる。

英一はゆっくりと三つ数えた後、シートをめくって、隠れていた場所からはい出した。

スタジオ内は鼻をつままれてもわからないほどの完全な闇だ。

英一は用意した小型の懐中電灯をポケットから取り出して、明かりをつけた。

闇に慣れた目に、懐中電灯のわずかな明かりがひどく眩しいものに感じられる。

英一はあらためて自分の姿を点検した。

頭から足先まで全身黒ずくめの服装。手には黒い手袋、顔は黒く墨で塗ってある。

よし、大丈夫だ。

英一は満足してうなずくと、懐中電灯の明かりを消して元の物陰に身を押し込んだ。

──犯人は必ず犯行現場に舞い戻る。

それが英一の推理だった。

今回の事故は、主演女優のとっさの行動で大事に至らなかった。安全ネットのロープに細工をした犯人は、まだ目的を達していない。目的を達せられなかった犯人は、ふたたび犯行を繰り返す。少なくとも、英一が過去に読んできた古今東西の探偵小説ではそうなるはずだった。

犯人が誰なのか絶対につきとめてやる。

英一は自分に言い聞かせた。そのために、誰にも告げず、黒い服装を用意し、顔を黒く塗って、こっそりとスタジオに忍び込んだ。なぜなら──。

「あなた、何をしていたの？」

桐谷監督のきつい言葉を思い出して、英一は顔をしかめた。

「なんのための探偵映画よ。あなたに期待したわたしが間違いだったわ」

そんなことまで言われた。

どう考えても、八つ当たりとしか思えなかった。事故で撮影が遅れる不満のはけ口。とんだとばっちりだ。だが。

英一はきっと唇をかんだ。

どんな理由にせよ、あそこまで言われてはメンツにかかわる。京男《きょうおとこ》の名がすたる。

犯人をつきとめて、桐谷監督を見返してやる。

そう考えての張り込みだった。

我ながら馬鹿なことをしているのではないか、という疑念が頭に浮かばないでもない。

英一は首を振って弱気の虫を追い払った。

今夜一晩でだめなら、明日の夜も張り込みを続けるつもりだった。無論、明後日の夜も。明々後日の夜は——できれば、その辺りで犯人に何とかしてもらいたいものだ。

そんなことをあれこれ考えているうちに、どのくらい時間が経ったのだろう。いつの間にかうとうとしかけていた。

英一はふと、音楽が聞こえた気がして顔を上げた。

ごくかすかな、よほど耳を澄まさないと聞こえないほどの小さな音だ。が、間違いない、どこからか音楽が聞こえている。

英一は隠れた場所からそっと顔を出し、周囲を見回した。

スタジオの中は依然として真っ暗なままだった。人の気配は一切感じられない。

英一はひとつ大きく深呼吸をしてから、思い切って懐中電灯の明かりをつけた。懐中電灯を銃のように構え持って、素早く周囲を照らし見る。

やはり誰もいない。ただ、音楽だけが小さく聞こえる。

英一は目を閉じ、耳を澄ませて、音楽が聞こえてくる方向を見定めた。床に張り巡らされた何本ものケーブルや、ごちゃごちゃと無秩序に置かれた大道具や小道具に気をつけながら慎重に足を進め、スタジオの一方の壁面にたどり着いた。

どうやら音楽は壁の向こう側から聞こえているらしい。

英一は頭の中に建物の図面を思い浮かべて、首をかしげた。

この壁の向こうは、地上三階建ての巨大な満映ビルを支える太い鉄筋コンクリート製の柱になっているはずだ。

ある可能性に思い当たった。

懐中電灯を左手に持ち替えて、右手の手袋をはずす。かすかに聞こえてくる音楽に耳を澄ませながら、腰をかがめ、壁に手を当てた。指先をゆっくりと壁に沿って滑らせる。

指先の感触が変わった。

コンクリートの壁の、その一角だけが鉄製の板に替わっていた。同じ色のペンキで塗られているとはいえ、これまで気がつかなかったのが不思議なくらいだ。が、スタジオに来てわざわざ壁を調べる物好きはそうそういるものではない。

英一は壁に手を当てたまま、眉を寄せた。

以前、陳文と二人で忍び込んだ（？）フィルム倉庫で同じようなものに出くわした。

指先を鉄製の板の縁に沿って滑らせると、案の定、小さな取っ手が見つかった。

やはり、あのときと同じものだ。フィルム倉庫の壁の一部を切り取って作られた扉。潜《くぐ》り戸様の、腰をかがめなければ通り抜けられないほどの小さな扉は、英一が〝赤ランプのお化け〟の謎を追うなかで偶然見つけた極秘通路への出入り口だった。

「秘密を知った者は地獄から生きて帰れない」。渡口老人は、そう言って英一たちを脅しつけた。「満映の夜の顔だ」と。あのときは扉に鍵がかかっていて、押しても引いてもびくともしなかったのだが……。

何げなく取っ手に指をかけた英一はハッとなった。

扉が動く。鍵がかかっていないのだ。

どうする？

英一はゴクリと唾を呑み込んだ。

満映の夜の顔。秘密を知った者は地獄から生きて帰れない——。

ええい、ままよ。案ずるより産むが易《やす》し。当たって砕けろ。乗りかかった船だ。

英一は指先に力を込めて、扉を引き開けた。

とたんに音楽が大きくなる。

ムソルグスキーの『禿《は》げ山の一夜』だった。

スタジオの壁にぽっかりと開いた黒い穴。

懐中電灯で照らすと、扉の向こうはすぐに下りの階段になっていた。穴の奥からは、相変わらず不気味な音楽が聞こえている。

悪い夢でも見ているようだ。

英一はフウと大きく息を吐き、覚悟を決めて、壁の向こう側に足を踏み出した。

螺旋《らせん》状にくだる階段を、懐中電灯の明かりを頼りに一歩一歩慎重に降りて行く。

——以前は第一スタジオで鉄骨を叩くと、第四スタジオでカーンという音が聞こえたと言います。

陳文にそんな話を聞いたのが、ひどく昔のようだ。

あのとき、幽霊話の謎を追っていた英一は、陳文に教えられた情報をもとに、満映内には映画関係者には知らされていない秘密の通路が存在するという事実に行き当たった。

　建物の設計者も、通路の出入り口となる扉の隠蔽には細心の注意を払っても、地下通路に反響する音までは計算に入れなかったのだろう。実際、満映が映画撮影所だからこそ、しかも音付き映画《トーキー》製作が主流になったからこそ、わずかな反響音が問題になった。もし事務所使いのビルならば誰も気にしなかったはずだ。そもそも普通の人は建物の鉄骨を叩こうなどとは思わない。

　陳文によれば、甘粕理事長が就任後、撮影所の大幅な改良が行われ、それからは音が響かなくなったという。噂が広まって秘密が露見することを恐れた甘粕が、音が響かないよう建物を改良させたに違いない……。

　螺旋階段をくだりきると、左右に狭い通路が伸びていた。

やはり音楽が聞こえる。何か、その他の音も。

　英一は音が聞こえる方向を確かめるべく左右を見回して、ふいにギョッとなった。

　暗闇に、気味の悪い影がゆらゆらと浮かんでいた。

　英一は金縛りにあったように大きく目を見開いた。ゆらめく影を見つめた。

　女の顔？　いや、ちがう。あれは――。

　い、い、い、い、い、い、

映写機を回す音が聞こえた。

通路の壁に、映写機から漏れた光が映ってゆらめいているだけだ。音楽が聞こえる方向もあっている。

英一は首をかしげた。

映画関係者が知らないはずの秘密通路で、誰かが映写機を回している？　映画を観ている？

何かおかしかった。何かが狂っている。

英一は懐中電灯の明かりを消し、足音を忍ばせて、光の見える方向に歩きだした。

通路の角の壁にぴったりと張りつき、耳を澄ませた。

音楽が変わった。今度は『くるみ割り人形』だ。誰かが映画を観ながら煙草を吸っているらしく、角を曲がったこちら側にまで甘い匂いの煙が漂ってくる。

英一は運を天にまかせ、一、二の三で、思い切って角から顔を覗かせた。

すぐ目と鼻の先に、パイプを手にして椅子に座る男の背中が見えた。男の脇には机。映写機が回っている。

正面の壁に目をむけた英一は、そこに映し出された映像に思わず引き込まれた。

手書きのセル画を使ったアニメーションなら、英一も過去に何本か観たことがある。だが、いま通路の壁に映っているのは、それまで英一が観てきたアニメーション映画とはまったく異なっていた。動きに作り物めいたところがまったくない。滑らかすぎて気味が悪いくらいだ。

映像に注意を奪われていたせいで、椅子の男が振り返ったことに気づかなかった。

「また、あんたか」

声をかけられて、英一は慌てて声の主に目をむけた。

鶴のようにやせた、皺だらけの長い顔——。

渡口老人だった。

見つかったからには仕方がない。英一は面目なく首をすくめ、老人の前に姿を現した。

てっきり、以前のように「ただちにここを出ていけ！」と怒鳴られるかと思いきや、渡口老人はそれきり何も言わず、また元のように椅子に座り直して、壁の映像を眺めている。

英一は妙な違和感を覚えて、足を止めた。

青い長袖シャツの上に茶色のチョッキ。頭の上にはつばのない妙な丸帽子。いつもの渡口老人の姿だ。パイプを手にしているところははじめてだったが、違和感の原因はそんなことではない。

渡口老人はどこか変だった。「映画関係者は立ち入り禁止」と言っていたこの場所で英一を認めても表情ひとつ変えない。と言うか、全身黒ずくめ、顔まで黒く塗った英一の変装姿に驚くようすもない。薄笑いを浮かべた渡口老人の顔は、まるで酒に酔っているように見えた。――いや、本当に酔っ払っているのかもしれない。

相手が黙ったままなので、英一の方から声をかけた。

「ここで、何をしているのです」

「何をしている？　見ればわかるだろう」

渡口老人はそう言うと、手にしたパイプを振り回すようにして壁面を指し示した。髑髏《どくろ》をかたどったパイプの先から、胸が悪くなるような甘い匂いが漂っている。

「おお、哀れなヨリックよ。こんなときこそ、気の利いた冗談のひとつも言えないものか」

老人はくっくっと低く笑い、唐突に真顔に返って言った。

「映画を観ているんだよ。ネズミの映画をな」

ネズミの映画？

謎のような老人の言葉に、英一は反射的に壁に目を向けた。

ちょうどまた音楽が変わったところだった。

今度はデュカの『魔法使いの弟子』だ。

音楽を背景に、妙なとんがり帽子をかぶったネズミが動き回っている。やはり見たこともない滑らかな動きに、つい見入ってしまう。

「アメリカのディズニーが作った最新作じゃよ。映像と音楽の完璧な融合。よく出来ておる。何度観ても呆れるばかりだわい」

渡口老人はパイプをくわえ、にやにやと笑いながら言った。

「甘粕はドイツ映画を満映のお手本にしようとしているようだが、わしに言わせればとんだ方向ちがいだ。たしかに『オリンピア』には目を見張るものがある。だが、所詮はプロパガンダ映画だ。映画に先んじて政治がある以上、映画のための映画に勝てるわけがない。甘粕にはその点がわかっていないんだ。まあ、奴の最終目的が映画そのものではなく、映画による大陸の文化統制である以上、仕方のない話だがな。おお、哀れなヨリック、哀れな甘粕正彦よ。満州のゲッベルスなど、とんだ笑い話だ。早々に己の限界を知るがいい」

辛辣《しんらつ》な毒のある口調に、英一は顔をしかめた。

渡口老人は英一の反応などまるで気にするようすもなく、皮肉な形に唇を歪め、パイプを手にして勝手に言葉を続けた。

「日本で行き場を失った日陰者。この満州以外、どこにも身の置き場のない哀れな根無し草。いやさ、わしは何も甘粕一人のことを言っているんじゃない。行くあてのないのは、実はわしも同じでな。まったく考えれば考えるほど、わしらはよく似ている。時々、奴は生まれてすぐ生き別れになった双子の兄弟じゃないかと思うほどだ。ああ、そうだとも、だからこそ奴はこのわしに声をかけてきたんだ。双子の片割れを地獄から救い出し、そして一緒に別の地獄を生きさせるためにな。奴はきっと、それが自分の命を狙った相手に対する最大の復讐だと考えたんだろう」

えっ？

英一は反応に戸惑い、目をしばたたかせた。

「渡口さんが甘粕理事長の命を狙った？　いったい何の、いや、いつの話です」

老人は英一を振り返り、その顔にはじめて不思議そうな表情が浮かんだ。まるでそこに誰かいたことにはじめて気づいた、もしくは、全身黒ずくめ、顔を黒く墨で塗った英一の奇妙なかっこうにようやく気づいた顔つきだった。

渡口老人はしかし、すぐに興味をなくしたように壁の映像に顔をむけた。相変わらず皮肉な笑みを浮かべて、英一の問いに答えた。

「わしはかつて甘粕正彦のテロルに失敗した。いつ？　あれは、そう、奴に懲役十年の判決が下ってすぐのことだ。甘粕が裁判所から出てきたところに近づき、奴の背中にピストルを押しつけて引き金をひいたんだ。やった、と思った。が、なぜか奴は倒れなかった。次の瞬間、倒されたのはわしの方だった。警備の警官に腕をねじりあげられ、足を払われ、地面に押しつけられた。わしの手からピストルがもぎとられると、周りにいた連中が寄ってたかって倒れたわしを打ちのめした。殴られ、蹴られながら、わしは不思議で仕方なかった。銃口が火を噴《ふ》くのをたしかに見た。発射音も聞いた。それなのに、甘粕はなぜ倒れなかったのか？

理由はあとで警察で聞かされた。わしが使ったアメリカ製の五連発銃は、暴発を防ぐために一発目が空弾になっていたんだ。わしが命懸けでやった結果は、甘粕の服を火薬で焼き、ワイシャツとメリヤスの下着を通して、肌に梅干しほどの大きさの火傷を負わせただけだった」

渡口老人はそう言うとまた、さもおかしそうにくっくっと笑って首を振った。パイプを吸い、煙に目を細めるようにして言葉を続けた。

「命懸けでぶっ放すピストルの弾が空っぽだということを知らないほどのうつけ者。それがわしの正体じゃよ。わしは甘粕のテロルに失敗し、そしてすべてを失った。仲間も、日本での居場所も、生きて行く意味さえもな」

「甘粕を殺しても何の解決にもなりませんよ」

英一は納得できず口をはさんだ。

「テロルなんて手段は卑怯《ひきょう》ですよ。第一、僕が言うのもなんですが、男らしくない」

「……大杉の死体を見てしまったからな」

渡口老人は壁の映画に目をむけたまま、ぼそりとした口調で呟いた。

「大杉の死体が火葬にされる前、わしは仲間数人とこっそり火葬場に忍び込んで、大杉の棺《ひつぎ》の蓋をこじ開けた。本当にそこに大杉の死体が納められているかどうか真偽を確かめるためだった。棺の中を覗いた瞬間わしらは息を呑んだ。死体は顔も体もぐるぐるに包帯が巻かれ、その上に消石灰を敷きつめてあった。これが大杉とは信じられなかった。わしらは結局髪の毛を一房《ひとふさ》とって紙に包んで棺の蓋を閉じた。後で検視をした医者に聞いたところ、大杉の死体は全身何十ヵ所もの骨が折れ、睾丸《こうがん》を潰され、内臓が破裂し、その後で銃弾を撃ち込まれていたそうだ。

テロルが卑怯？　男らしくないだと？　裁判でも検事から同じことを言われたよ。だが、軍隊や警察があり、裁判権を握っている国家が、何の防備もない人間を殺すことは卑怯ではないのか？　男らしい行為なのか？　わしのしたことが卑怯というなら、いったいどうすればよかったのか？　ほかの方法とやらを教えてくれんかな」

「それは……」

英一は言葉に詰まった。

「裁判で、わしは無期を言い渡された」

渡口老人は返事を待つようすもなく言葉を続けた。

「甘粕は三人殺して十年、わしは未遂で無期。国家の法が定める公平など、所詮はそんなものだ。外部との接触は一切禁止された。獄中の環境は劣悪。扱いも酷《ひど》かった。

死んだも同然だった。孤独と絶望のうちに狂い死にするはずだった。そこに奴が面会に現れたんだ――甘粕正彦がな」

「最初は幻覚だと思った。誰かと話すことも、書くことも、読むことも許されない状況が続くと、人は幻覚を見るようになる。そこにいもしない人物と、ありもしない会話を交わすようになる。だから、面会人だといって目の前に甘粕が現れたとき、わしはまたてっきり自分が幻覚を見ているのだと思った。わしは甘粕を殺そうとした。その甘粕が、なぜわざわざ面会に来なければならない？　そもそも甘粕の刑期は十年。いくら独房で時間の観念は失われていたとはいえ、十年経ったとは思えなかった。甘粕はまだ獄中にいるはずだ。

だが幻覚にしては、奴はやけに現実的だった。奴は、自分が幻覚扱いされていることに気づくと、理由をあげて自分の実在を証明してみせた。『たしかに自分は十年の判決を受けた。が、三年に満たない刑期で釈放されたのだ。今日は自分を殺そうとした男に興味があって面会に来た』。そう言った後、奴は、接見を禁じられたわしが知り得ない外の世界の出来事、昔の仲間たちが今どうしているのかを話して聞かせた。わしが知らないことを知っている以上、奴はわしが考え出した幻覚ではないという理屈だ。証明終了。反証不可能。そう、奴はじつに論理的だった。まるで――」

老人はそこでふいに口をつぐみ、肩をすくめた。

「あのとき、もし手元にインク瓶か水の入ったコップがあれば、わしは迷わず奴に向かって投げつけていたことだろう。あの連中には、そうするのが伝統的なやり方だそうだからな。だが、残念ながら、インク瓶も水入りのコップも手元にはなかった。だから、わしは奴に説得されたふりをした。奴に話を続けさせて、油断させて尻尾《しっぽ》をつかまえてやるつもりだったんだ。すると奴はすっかり喜んで、こんなことを言った。『これ以上ここにいたら、あんたは必ず死ぬ。いや、社会的にはもう死んだも同然なのだ。それなら、死んだつもりになって満州に来ないか。満州で別の人生を生きてみる気はないか』。奴の提案に、わしは黙って頷いてみせた。奴の尻尾をつかむまで、騙されたふりを続ける気でいたからな。だが、騙されたふりをしていたのはお互い様だった。奴は奴で、わしを出し抜く手筈を整えていたんだ」

渡口老人はそう言って首を振った。

「満州に来てすぐ、わしは甘粕に呼び寄せられたのが自分一人ではないことに気づいた。日本にもはや居られなくなった者たち。右翼でも左翼でも、国家によって不適合者の烙印《らくいん》を押され、日本の社会から弾き出された者たち。日本に居場所を失った者たち。甘粕はそういった者たちに片っ端から声をかけ、満州に呼び寄せていた。

奴はまるで、満州にこの世で行き場を失った死者たちを集め、魑魅魍魎《ちみもうりょう》たちのユートピア、幻想のアジールを築こうとしているかのようだった。まるで魑魅魍魎たちの国の王に自ら君臨しようとしているかのようだった。

わしは、騙されたふりを続けた。満州に来たのも、奴の近くにいれば、いつか奴を殺す機会が見つかる、そう思ったからだ。甘粕の方もそのことはよくわかっていて、絶対に二人きりで会おうとしなかった。いや、わしだけではない。甘粕は自分が満州に呼び寄せた連中を少しも信用しなかった。会うときは必ず立ったまま。面会者に背中を向けるときはガラスに映して相手を観察している。面会の間中、ポケットの中で拳銃を握っているのはむろん、ドアを開ける前には必ず一度立ち止まって確かめる念の入れようだ。噂じゃ、夜寝るときもピストルを抱いているらしい。ときどき大酒を飲んで暴れることもあるが、そんなときでさえ、奴はいつも醒《さ》めた目をしている。

わしにはわかる。奴は怖いんだ。だから油断しない。わしを満州に呼び寄せたのも、危険な敵はむしろ目の届くところに置いておいた方が安全だと思ったからに違いない。だが、それならお互いさまだ。わしは奴に騙されたふりをつづけよう。いつかは奴も油断する。そのときは、今度こそ失敗しない。満州に来て以来ずっと自分にそう言い聞かせてきた、そう言い聞かせてきたんだ……」

老人の言葉が途切れた。見れば、皺だらけの顔が苦しげに歪んでいた。

「大丈夫、ですか？」

英一は恐る恐る声をかけた。

「あの、お話の途中、申し訳ないのですが、僕はもうそろそろ戻らないと……」

腰を引きながら、元来た通路に目をむけた。

「奴も怖い？　今度こそ失敗しないだと？　バカめ、怖がっているのはどっちだ！」

渡口老人がふいに怒ったような声を上げたので、英一は思わず肩をすくめた。

「わしが騙していたのは、甘粕じゃない。わしが騙していたのは、本当はこのわしだった。ここで自分自身を騙してきたんだ！」

老人はかっと目を開け、周囲のことなど一切目に入らぬようすで口早に先を続けた。

「甘粕のテロルに失敗したわしは、警察に連れていかれて訊問を受けた。彼らは無政府主義者の仲間の名前を訊いた。わしは答えなかった。殴られても、蹴られても沈黙を通した。仲間を売るわけにはいかない、そう思って頑張った。すると奴らは、わしの片方の足を椅子の上に乗せた。誰かがボートを漕《こ》ぐオールをもってきて、わしの足に打ち下ろした。足は臑《すね》のところで嘘みたいに簡単に折れた。信じられない向きに曲がった自分の足を見て、わしははじめて恐怖を感じた。奴らはにやにやと笑いながら、次は反対の足だ、と言った。それで貴様は一生歩けなくなる、と。その瞬間わしの心に真っ黒な恐怖があふれ出した。殺されても言わないつもりだった仲間の名前を、気がついた時には、この口がぺらぺらと喋《しゃべ》っていた……。

きっかけを作っただけじゃない。日本の無政府主義者たちを殺したのは、本当はこのわしなんだ。親友の大杉が大切に育ててきた運動を潰し、あげくに、親友を殺した男に雇われ、その男の手先となってのうのうと生き延びている。ここよりほかに行く場所のないのは、このわしなんだ……」

老人の思わぬ長広舌《ちょうこうぜつ》にすっかり度肝を抜かれた英一は、何げなく話し手の顔に目をやって息を呑んだ。

渡口老人の両の目から、いつの間にかぼろぼろと涙がこぼれ落ちていた。だが、息を呑んだのはそのためではない。老人は頬に伝い落ちる涙を拭おうともせず、パイプを片手に壁に映した映画を観ていた。その顔に浮かんだ陶然《とうぜん》とした表情。その恍惚《こうこつ》の表情に意表をつかれたのだ。

英一は試しに手を伸ばし、渡口老人の手からそっとパイプを取り上げた。

老人は何の反応も示さなかった。相変わらず陶然とした表情を浮かべ、目を開けてはいるが、もはや映画を観ているとは思えなかった。

英一は顔をしかめて、周囲を見回した。

渡口老人が座った椅子のサイドテーブルの上に黒い丸薬状のものが幾つか。それに、煙草盆に似た火種が置いてある。

渡口老人の足下にフィルム缶がひとつ、半ば蓋の開いた状態で転がっていた。空ではない。本来そこに入っているはずのフィルムリールの代わりに何か別のものが入っている。

腰を屈め、フィルム缶に顔を寄せると、フィルム缶の中には黒い飴《あめ》状のものが詰まっていた。かすかな甘い匂い。指先でつっ突くと、わずかに粘り気があった。

英一は立ち上がり、やれやれとため息をついた。

——幻影城市では見えているままのものは何ひとつありません。すべて見かけとは違うのです。

以前に陳文がそんなことを言っていた。しかし、これはあんまりではないか。

いったい何だって、映画のフィルム缶に阿片なんかが入っているのだ？

23

渡口老人をその場に残して、英一は元来た通路を引き返した。

——とんだ寄り道だ。

そう考えて、英一は闇の中で唇を尖らせた。

渡口老人の告白は衝撃的だったが、彼の話のどこまでが真実で、どこからが妄想なのか、かなり怪しい感じだ。いずれにしても、今夜は老人の昔話に付き合っている暇はなかった。人の一生は時間がかぎられている。何にでも首を突っ込めばいいわけではないのだ。一刻も早く戻って、本来の目的である張り込みを続けなければならなかった。

懐中電灯であちこち照らし、さっき降りてきた螺旋階段をようやく見つけた。ほっと息をつき、階段に足をかけた途端、足下の闇がぐにゃりと歪んだ。慌てて手摺りを握った。懐中電灯の明かりを向けて確かめたが、何ともない。

気のせいか？

英一は首をかしげ、慎重に階段を上りはじめた。

急な角度の螺旋階段は、周囲からのしかかるような闇のせいか、上るとなると思いのほか大変だった。なかなか上までたどり着かない。ぐるぐると回転するうちに目が回ってきた。気分が悪い。そのくせ妙に頭が冴えているような不思議な感じだった。

――何だか妙な話なんだよな。

耳元に山野井の声が甦《よみがえ》った。

――日本人が他人の土地で大きな顔で作った映画を、なぜ満州人が喜んで観なければならないんだ？　満州の人たちに映画を楽しんでもらうことが目的なら、上海から映画を輸入して観てもらえばいい。抗日傾向の強い作品はこっちの検閲ではじけばいいだけだ。それなのに、なぜ映画作りの文化も伝統もないこの満州で、一から自前で映画を作らなければならないんだ？

頭の後ろで手を組んだ山野井は椅子の背によりかかり、天井を見上げて、自問自答するようにそんなことを言った。

満映の裏の顔。莫大な建設費用を投じ、満州の文化政策をになうべく設立されたという満映の本当の目的。

おいそれとは答えの出ない疑問だ。いや、答えること自体危険な問いだろう。なにしろ、あの恐れ知らずの山野井が、陳文の一件にことよせて、遠回しに言及しなければならなかったほどの深い闇なのだ……。

突然、英一は螺旋階段の途中で足を止めた。

山野井が発した疑問の答えを自分は知っている。

その答えがいま、わかった気がした。

手首からぶら下げた懐中電灯の明かりが、闇の中にゆらゆらと揺れている。

英一はごくりと唾を呑み込んだ。

——文化は表向きの顔だ。

英一は螺旋階段の途中で足を止めたまま、頭に浮かんだ考えを整理した。

満州映画協会。通称〝満映〟。

新国家〝満州〟の荒野に人工的に作り出された首都〝新京市〟郊外に設立された映画会社だ。文化的土壌が存在しない空間に文化を生み出すことを目的として設立された〝幻影城市〟。

満州の人たちが観て面白い映画、満州の観客を喜ばせる映画を作るのが、満映の設立目的だという。実際、甘粕正彦は満映理事長就任時に職員全員を前にそう宣言し、面白い映画を作るためであれば手間も費用も惜しまない。場合によっては、満州国の警察、官僚、関東軍のお偉方までも、電話一本で呼びつけて映画製作に必要な協力を要請することもある。

だが、考えてみれば——否、考えるまでもなく、これはとてつもなく不自然な話だった。

一介の映画会社の理事長ごときが、なぜ国家警察、官僚、さらには泣く子も黙る関東軍の将校を呼びつけ、彼らに命令して、言うことを聞かせられるのか？

考えられる答えは一つしかない。

甘粕正彦は単なる〝一介の映画会社の理事長〟などではないということだ。

大杉事件によって軍を追われた甘粕が、民間人でありながらなお満州の警察、官僚、さらには関東軍の将校に対して強い影響力をもつためには何が必要か？

資金と情報だ。

甘粕がこの二つを押さえているなら、警察も官僚も、関東軍でさえ、甘粕の言うことを聞かざるをえない——。

英一はそこで、詰めていた息をようやく吐き出した。

我ながら考えが走り過ぎて、後をついて行くのがやっとだ。思考が冴えわたり、何だか自分の頭ではない気がする。と思う間にも、思考の輪はさらに先を転がっていく……。

以前新京駅近くの路地裏で、甘粕が支那服姿の若者たちと密かに会っているところを、英一は偶然目撃した。同じ若者たちと、先日甘粕理事長不在の満映内ですれ違った。危うくぶつかりそうになったさい、彼らの一人がフィルム缶を取り落とした。

一方で、さっきの渡口老人だ。老人の足下に置いてあったフィルム缶の中には、映画フィルムの代わりに、精製阿片が詰まっていた。もし支那服姿の若者たちが甘粕理事長私設の特務機関員——いわゆるスパイで、彼らが阿片入りのフィルム缶を運んでいるのだとしたら?

満州の奥地には広大なケシ畑がひろがっている。世界有数の阿片の産地だ。阿片はその地では二束三文で取り引きされている。阿片は流通させなければ金を生まない。逆に、流通させることで阿片ははじめて莫大な金に変わるのだ。フィルム缶に詰められた阿片。だとしたら――。

頭の中で、満州に来て以来見聞きしたすべての光景、すべての言葉、あらゆる情報の断片が輝く渦を巻き、ある一点に吸い込まれていった。

甘粕の目的は満州における阿片流通の独占。

それが英一がたどりついた答えだった。

甘粕は阿片の産地を押さえ、独自に流通させることで莫大な資金を得ている。その資金を使って、甘粕は私設特務機関を設立し、彼らに集めさせた極秘情報を裏で操ることによって、満州の夜の世界に君臨しているのだ。

おそらくそれが、甘粕が満映理事長に就任した理由だ。満映で製作された娯楽映画は満州全土に送り届けられる。最初は巡回上映会の形で。やがて満州全土に映画館が作られ、映画フィルムが届けられる。あるいは観終わった映画フィルムが返ってくる。いずれもフィルム缶に入って。いや、満州にとどまらず、将来日本が中国とのこの戦争に片をつけたあかつきには、満映映画は中国全土に届けられるようになる。中国全土に網の目のように張り巡らされた輸送システムは、そのままフィルム缶で運ばれる阿片の輸送網として使われるようになる……。

それだけではない。

英一は暗闇に目を細め、頭の中に次々に浮かんでは消えてゆく思考の流れを懸命に追った。

資金と情報。

阿片によって生じる莫大な資金を使って甘粕は私設特務機関を設立し、独自の情報シンジケートを作り上げた。表の顔である映画配給システムは、極秘情報の伝達手段としても機能する。満州全土に散らばるスパイが集めた情報は、輸送網を逆流して〝扇の要《かなめ》〟である満映理事長甘粕正彦のもとに集約される。

甘粕の財源は阿片の流通システム。満映はそのために作られた。軍を追われた甘粕は、満州を軍事的に支配する関東軍とは独立した形で別の謀略活動を行っている。

それが結論だった。

表向きは、満州国は国法をもって阿片の取引を禁じている。国際社会から厳しく監視されている今日、満州は国家として阿片を財源にすることは不可能だ。

だが、軍を追われ、一介の民間人となった甘粕にはそれができる。阿片を莫大な富に変え、その富を使って裏情報を一手に握ることも可能だ。

昼の関東軍、夜の甘粕。

新京の夜の巷《ちまた》で呪文のように唱えられているあの言葉。

甘粕正彦は満映という文化の仮面の裏で、満州の汚れ仕事を一手に引き受けた。阿片の流通と売買。莫大な資金が集まる仕事だけに敵も多い。関東軍の中にも甘粕の行動を苦々しく思っている連中が少なからず存在しているはずだ……。

久しく頭の隅に巣くっていた疑問の答えを得たにもかかわらず、英一は、げんなりした気分だった。解くべきではなかった謎を解いてしまった、かのオイディプス王も、きっとこんな気持ちだったにちがいない。

英一はやれやれと首を振った。ぎこちなく足を動かして、急な螺旋階段の残りを、なんとか上りきった。


黒一色の壁に懐中電灯の明かりを当てる。

目印はすぐに見つかった。

来るときに扉の隙間に紙縒《こよ》りを一本挟んでおいてよかった。さもなければ、スタジオに戻る秘密扉を見つけるのは至難の業だっただろう。

英一は扉に手をかけ、そこでハッと動きを止めた。

扉の向こう側から、人の声が聞こえた。一人ではない。二人？　何か言い争っているようすだ。

音を立てないよう気をつけながら、慎重に扉を薄く押し開けた。

スタジオ内の照明は消されたままだ。その暗闇の中に一つ、小さな赤い光が浮かんで見える。

英一は扉の隙間から、スタジオ内にそっと滑り込んだ。

足音を忍ばせて物陰沿いに進み、大道具の陰に身を潜めた。顔を半分だけ覗かせ、声のする方を窺った。

声の主はやはり二人だ。どちらも早口の中国語、しかも声を押し殺して話しているので、何を言っているのか、英一にはさっぱりわからなかった。

英一は目を凝らし、二人の姿を捕らえようと試みた。

かすかな赤い光の中に、二つの人影が浮かんで見えた。

小さな明かりを手にした一人が英一に背を向けて立ち、別の一人がその足下に這いつくばるように頭を下げている。押し殺した声の調子から、頭を下げた方が何ごとか必死に訴えている、あるいは必死に謝っている、そんな感じだ。やめて下さい。繰り返しそう頼んでいるようにも聞こえる。

「以後我不能做《イーホウウオーブーナンツオ》！　不能《ブーナエン》！」

頭を下げた方の人影が、こらえきれなくなったように声を上げた。

もう一方の人影が低く叱りつける。すぐにまた囁くような声になった。

えっ？

英一は啞然とした。

「これ以上は無理です《イーホウウオーブーナンツォ》！　できません《ブーナエン》！」

そう言ったのは陳文だ。

陳文が土下座して、誰かにものを頼んでいる？　陳文は、こんな時間、こんな場所で、いったい何をしているのか？

だが、気づいたのはそれだけではなかった。

まさか、そんな……。

英一は茫然となった。

足下に身を投げ出す陳文を強い口調で叱りつけた声にも聞き覚えがある――その事実に、いまさらながら思い当たったのだ。あれは――。

地べたにカエルのように這いつくばっていた人影が、ひょいと顔を上げた。こっちを見た。

闇の中でハッと息を呑む気配がして、うわごとのように呟く陳文の声が聞こえた。

「朝比奈さん、どうしてここに？」

次の瞬間、赤い光が消えた。突然目隠しをされたような闇の中、小さな舌打ちと、続いて何者かが走り去る足音が聞こえた。

英一はとっさにどうすれば良いのかわからず、おたおたしていると、闇の中に陳文――と思《おぼ》しき人影が立ち上がる気配が伝わってきた。

「朝比奈さん、こんな時間、こんな場所で何してますか？」

それはこっちの台詞だ、と思ったが、先に言われては仕方がない。英一は観念して、物陰からごそごそと決まり悪く這い出した。

最初は自分の背後に向けて懐中電灯をつけた。

少し目が慣れた後で明かりを向けると、光の輪の中に陳文がまぶしそうに目を細めて立っていた。もっとも、目の細さだけ言えばいつもと変わらない。陳文はその細い目で英一をしげしげと眺めて、口を開いた。

「朝比奈さん、変なかっこう。顔も真っ黒。どうしましたか?」

「いや……これは何と言うかだな」

英一は我が身を振り返って頭をかいた。周囲を見回し、陳文に尋ねた。

「それにしても、僕があそこにいることがよくわかったね?」

「朝比奈さん、それ本気で訊いていますか」

「本気も本気」英一は肩をすくめた。「闇夜に黒牛、闇夜にカラスのたとえもある。この暗さなら、全身黒ずくめの僕の姿は誰にも見つからないと思ったんだけど。何がいけなかったかな?」

「暗い中で白いところあると、逆に目立ちます。だからワタシ、すぐに朝比奈さん気づきました」

「白いところ? 嘘?」

慌てて懐中電灯の明かりを向けて我が身を点検した。が、服装は完璧。顔まで黒く塗っているのだ。白いところなど、やはり一ヵ所も見当たらなかった。

「どこ？」

英一は陳文に向き直って尋ねた。

「あー、日本語でここ何と言いますか？」

陳文は自分で自分の目を指さした。

一瞬何を言われたのかわからなかった。

答えに気づいた瞬間、英一は思わず呻《うめ》いた。

「白目《しろめ》か……」

「はい、そのシロメが二つ、暗い中で浮かんでいました。変に思って目を凝らしたら、朝比奈さんの姿ありました。朝比奈さん、ワタシと違って目が大きい。見つけるの簡単でした」

英一は天を仰いで、ウンと唸った。

顔を黒く塗っても目を開けていたら何にもならない。白目が闇に浮かんで見えるから。何だか、お経を耳に書き忘れていた琵琶法師《びわほうし》にでもなった気分だ。いや、そんなことはともかく――。

英一は思い切って尋ねた。

「さっきまでここに居たもう一人、あれは桂花さんだよね？」

尋ねておきながら、英一は相手の反応に狼狽《ろうばい》した。陳文は暗い顔でうなだれ、顎をひいて質問を肯定したのだ。

陳文が否定してくれることを期待していた英一は、言葉を失った。頭のなかが真っ白になった。

「そんな……陳さん、いや、それは変だ。間違っている。そうじゃないか。だって、おかしいよ」

桂花は、いま新京を離れて留守にしている。先日、本人の口から直接聞いたばかりだ。「一度田舎に帰って報告してきます。戻ったらすぐに連絡しますね」。桂花は目を伏せ、頬を染めて、少し恥ずかしそうに英一にそう言ったのだ。俯《うつむ》きかげんの白い額も、複雑な髪の編目も、長いまつげがかすかに震えるようすさえ、はっきりと思い出すことができる。

だから、さっきここに居た人影が桂花のはずがない。新京を留守にしている桂花がここにいるはずがないのだ。もしそれが事実なら、桂花は英一に嘘を言ったことになる。彼女がなぜ英一に嘘をつかなければならないのだ。彼女が嘘をつくはずがない。なぜなら彼女は桂花なのだから……。

理屈に合わないのは百も承知の上だった。もしかすると桂花は何かの理由で田舎に行かなかったのかもしれない。予定より早く新京に戻ってきて、連絡が遅れているだけなのかもしれない。それでもなお、あれが桂花であるはずがなかった。

「だって、おかしいだろう」

英一は沈黙をつづける陳文に対して、ほとんど半べそをかきながら言った。

あれが桂花なら、陳文は自分の妹の足下に土下座していたことになる。彼女の足下に這いつくばって、何か頼みごとをしていた、あるいは何か許しを乞《こ》うていたことになる。「これ以上はできません！」。悲鳴のような陳文の声を、英一はたしかに聞いた。その陳文を、もう一つの人影が厳しい調子で叱《しか》りつけていた。

声はたしかに桂花に似ていた。シルエットも桂花に酷似していた。だが、あれが桂花であるはずはない。あの賢くも心優しい桂花が、あんな厳しい調子で実の兄を叱り飛ばすものか。足下に這いつくばって懇願する実の兄に対して、あんな冷ややかな口調で何かを命じていたはずはない……。

「ゴメンナサイ。ワタシ、朝比奈さんに嘘言っていました」

陳文が苦しげに顔を歪めて言った。

「ワタシは小さい頃に親に売られました。自分がどこで生まれたかも、親が誰なのかも知りません。だから、本当はワタシに妹ありません。桂花は——桂花という名前も本当でないですが、彼女は組織の人、ワタシの監視役です」

「組織の人？　監視役って？　えっ？　待てよ。ということは、つまりそれは……えっ？　なに？　どういうこと？」

英一は話についていけずに目をしばたたかせた。

「ワタシ、本当は民間人違います。便衣隊《ビィアンイードゥイ》、日本語で何と言いますか？」

陳文は目を上げ、寂しげにほほ笑んだ。

24

——便衣隊《べんいたい》とは、民間人を装って敵の中に入り込み、諜略や破壊工作を行うスパイのことだ。中国大陸全土で日本と中国との泥沼のような戦争が続いている今日、中国国民政府、あるいは中国共産党系の八路軍がそれぞれ独自に抗日地下組織を作りあげ、さまざまな形で日本の組織に便衣隊と呼ばれるスパイを潜り込ませている。

そんな話があることは、英一も知っていた。

——満映内にも抗日スパイが潜入している。

そんな噂も、小耳にはさんだことがある。

——便衣隊員を監視し、指示を出すために、時折、組織の者が身内を装って訪ねてくる。

そんな妙な豆知識まで、誰かから聞いた覚えがある。

だが、全部、酒の上での与太話《よたばなし》だと思っていた。全部、自分には関係のない別世界の話だと思っていた。

英一は唐突に笑い出しそうになった。できれば、笑い出したかった。「全部冗談です」、陳文がそう言って一緒に笑ってくれることを強く願った。だが――。

何度見直しても、目の前の陳文の顔は冗談を言っているようには見えなかった。

それどころか、陳文は口元に自嘲的な笑みを浮かべてこんなことを言った。

「ワタシは優秀な便衣隊員ではありませんでした。期待された成果を上げられなかった。だから、組織の人に叱られていたのです」

陳文が、スパイ？

桂花が、抗日組織の人間？

そんな馬鹿な。

英一は目を閉じた。あまりのことに目眩《めまい》がした。

見えているものは全部嘘だった？　陳文と桂花は二人して英一を騙していた？　満映内に潜り込み、二人して英一をあざ笑っていた？　二人の本当の目的は満映の内部事情をスパイし、破壊工作を行うことで、そのために英一を利用していた？　英一に近づいたのも、全部、目的遂行のためだった……？

あることに思い当たった。

「朝比奈さんは、日本の大学を出たインテリ。その上、ご実家は京都のお金持ちだ」

酔っ払った陳文はそんなことを言っていた。聞いたときは気にしなかったが、考えてみれば英一はそんな話はしていない。それなのに、なぜ陳文が英一の実家の事情まで知っているのか？

あのとき陳文はひどく酔っ払っていた。それなのに、いつもより日本語が巧かった。陳文の普段のもどかしい喋り方はわざとだ。周囲を油断させるため、その方が相手から情報が引き出しやすいから。陳文は満映に来る前に日本語を学んでいた、抗日組織に属する便衣隊の一員として。

別のことに思い当たった。

「ワタシは小さい頃に親に売られました」

陳文はさっきそう言った。

子役の二度目のオーディションが行われたあの日、陳文は様子がおかしかった。子供たちを連れた男の正体が「人買い」だと彼は一目で見抜いた。男の目から逃れるように暗がりに身を潜め、ひそかに部屋を出て行った。幼い陳文を親から買い、抗日組織に売り払ったのは、あの「人買い」だったのではないか。幼くして売られた陳文は生き延びるために、命じられるまま抗日組織のスパイになった。

また別のことに思い当たり、英一は頭を殴られたようなショックを受けた。

桂花のことだ。

彼女は英一が夢にまで見た理想の女性だ。容貌も人柄も受け答えも英一の理想どおり、まるで誂《あつら》えたかのようだ。

満映に到着した当日、歓迎会で酔っ払った英一は誰かに尋ねられるまま理想の女性像を語った記憶がある。陳文はその情報を組織に伝えた。その結果現れたのが桂花だった。だから、桂花は英一の理想どおりの〝夢の女〟だった……。

足下がふらつき、手近のセットに手をついた。

「これ以上は無理です！　できません！」

耳元に、さっき聞いた陳文の悲鳴のような声が甦った。

──違う、そうじゃない。

英一はセットに手をついたまま、ゆっくりと首を振った。

見えているものが全部嘘であるはずがない。

たとえば陳文が映画好きだということ。

撮影現場で陳文が見せたあの生き生きとした表情、目の輝きは、間違いなく本物だった。満映潜入前からなのか、あるいは潜入後かはわからないが、陳文は映画の現場に心を惹《ひ》きつけられた。夢中になった。

桐谷監督の存在もあったのかもしれない。「桐谷監督さん、きれいな人」。そう言って、顔を真っ赤にしながら一生懸命に語っていた陳文のあの表情までが全部嘘だったとは思えない。

陳文は、桐谷監督を含めた映画の現場を愛した。

だから、無理だった。これ以上はできなかったのだ。

抗日組織のスパイとして満映に潜入しながら、陳文には組織から命じられた破壊工作を本格的に遂行することがどうしてもできなかった。

組織の命令と映画現場への愛のあいだで陳文は板挟みになった。その結果、苦し紛れにやったのが、あのお化け騒ぎだ。小道具が撮影直前に壊れたり、背景となる風景看板が撮影当日に別の場所に移動している、裏返しになっている。

思えば、その話を英一は陳文から聞いた。撮影現場でのちょっとした異変をお化け話に仕立てあげ、迷信深い中国人女性スタッフの耳にふきこんだのも、全部陳文の自作自演だったのだ。

お化け騒動で撮影スケジュールを遅らせる。

陳文にできたのはせいぜいそこまでだった。

だが、組織がそのまま見過ごすはずがない。陳文を指導するために組織から監視役が派遣されることになった。そこにちょうど英一が到着した。歓迎会で理想の女性について熱く語った。組織はその情報を陳文から得た。英一《カモ》を意のままに操るべく送り込まれたのが桂花だった……。

英一は胸に錐《きり》を突き刺されたような痛みを覚えた。

桂花は陳文の妹と称して英一に近づき、陳文が集めた満映内部情報の裏取りを行う一方、破壊工作の実行を陳文に強く命じた。だが、陳文はなお煮え切らなかった。陳文にしびれを切らせた桂花は、ついに自ら破壊工作を実行した。深夜、撮影現場に忍び込み、安全ネットを支えるロープが切れるよう細工したのだ。

撮影中に起きた事故で怪我をした主演女優を前にして、陳文は死人のような白茶けた顔をしていた。あのとき陳文は何かに怒っているように見えた。何に？

陳文は自分に怒っていたのだ。

よりにもよって自分が酔い潰れていた晩に、桂花が密かに破壊工作を行った。そのために中国人の主演女優が怪我を負った。彼女が軽傷ですんだのは偶然だ。命を落としていたかもしれない。

桂花にしてみれば、侵略者の日本の金で作った満映で働くこと自体、祖国への裏切り行為だ。裏切り者が怪我をしようが死のうが知ったことではない。そういう理屈になる。

同じ現場で働く陳文には、しかし、そう簡単に割り切ることが出来なかった。

明かりの消えたスタジオに来たのは陳文が桂花を探した結果か、あるいは逆に桂花が陳文を引っ張って来たのかもしれない。今度こそ陳文自身の手で決定的な破壊工作を遂行させるためにだ。だが——。

「これ以上は無理です！　できません！」

それが陳文の答えだった。

陳文は桂花の足下にカエルのように這いつくばり、懇願した。そこに英一が現れた。全身黒ずくめ、顔を黒く塗った妙なかっこうで……。

「ワタシ、彼女にひどく叱られました」

陳文が自嘲的に呟いた。

「組織に報告する。あなたに期待した私が間違いだった、そう言われました」

えっ？

英一はふと妙な既視感を覚えて、顔をあげた。

あなたに期待した私が間違いだった。

最近、自分も同じことを言われた。あれは——。

「あなた、何をしていたの？」

桐谷監督が目を細め、英一をまっすぐに見て言った。

「なんのための探偵映画よ。あなたに期待したわたしが間違いだったわ」

英一は、あっと声を上げた。あのときはてっきり、事故のことを言っているのだと思った。だが、あの直前、桐谷監督は独り言のようにこんなことを呟いていた。

「これがお化け騒ぎの続きってわけね」

もしかすると、桐谷監督は英一などよりずっと早く真相に気づいていたのではないか？　お化け騒動のトリックも、張本人が陳文であることも。だからこそ、彼女はお化け騒ぎの謎を解いた英一に陳文とペアを組むよう提案した。それが英一と陳文を組ませた本当の理由だったのではないか？

英一は頭に浮かんだ可能性を、口早に陳文に告げた。

「気づいていながら知らないふりをしていた？　桐谷監督さんが？　でも、どうしてです？　桐谷監督さんはなぜそんなことを……」

「陳さんが映画好きだったから、だと思う」

英一は推理して言った。

「桐谷監督は、人一倍映画への愛情をもっている陳さんを現場から排除したくなかった。陳さんがお化け騒ぎを起こした理由はともかく、騒動の謎を解いた僕と一緒にいれば二度とあんなことはしないだろう。そう思ったんじゃないかな」

そう、だからこそ桐谷監督は英一にこう言ったのだ。

――なんのための探偵映画よ。あなたに期待したわたしが間違いだったわ。

「そんな……」

陳文が茫然と呟いた。打ちのめされたように、ゆるゆると首を振った。

あれっ、おかしいな？

英一は目をこすった。首を振る。

陳文の姿がダブって見えた。目の焦点が合わない感じだ。

陳文が顔を上げ、英一の肩口の辺りに視線を向けた。

「アイヤ！　朝比奈さん、危ない！」

えっ、何？

慌てて振り返ろうとした瞬間、英一の頭に何か硬い物が勢いよくぶつかった。

——陳文の台詞はテンポが悪い。特にタイミングの遅さは致命的だ。

懐中電灯の光が何もない空間をぐるりと照らし出す。それが英一が最後に見た光景だった。

目の前に漆黒の闇が降りてきた。

25

蝶《ちょう》だ。

一匹の蝶が青い海の上を飛んでいる。ひらひらと、ときおり強い風に煽られながら、蝶はまるで意志ある者のように海峡を渡る。

彼方に陸地が見える。

満州だ。

鋭い汽笛が一度。

ゆっくりと車輪が回り、列車が動き始める。

最高時速百三十キロ、冷暖房付きの超特急「あじあ号」。

地平線の彼方、どこまでもまっすぐに伸びる鉄路の上を列車は驀進《ばくしん》する。

車窓の外にうねる砂丘。雲と大地が飛び去るように背後に消えていく。

「ねえ、お母さん。どうして日本の夕日は小さいの？」

遠ざかる列車を見送っていた少年が、母親を見上げて尋ねた。

何を言っているの、坊や。ここは満州よ。母親は笑って言う。ごらん、あの大きなお日様を。母親は腰を屈め、少年と同じ目の高さになって遠くを指さす。

日本ではけっして目にすることのない弧を描く地平線。高粱畑がどこまでも広がるその地平線の彼方に、真っ赤な、そして信じられないほど大きな夕日が沈んで行く。

母親は夕日を見つめ、片手に少年をしっかりと抱いて呟く。

やっと着いたわ。

妙なとんがり帽子をかぶったネズミが杖を一振りすると、景色が一変した。原野にポツンとあった寂れた田舎町に、たちまち高いビルがにょきにょきと立ち上がり、道路が伸び、アスファルトで舗装されてゆく。昼と夜とが目まぐるしく入れ替わる。早回しのフィルムを見ているようだ。

大原野のただ中に、やがて魔術の如くそびえ立つ豪華な建物。敷地面積一万三千坪、地上三階、最大六作品を同時にスタジオ製作可能な最新鋭の装備を有する〝東洋一〟の満映撮影所だ。

「映画を以て国策使命を大いに吹聴して民心を作興しなければならない。五億の支那の民を救い、五族協和の旗の下、満州へのロマンティシズムをかきたてることが何としても必要なのだ」

バルコニーで勇ましく演説する男の胸にはたくさんの勲章がぶら下がっている。

陰口が聞こえる。

だが東洋一とは図体の大きいだけのこと。満映撮影所は図体ばかり大きくて少しも役に立たない。

怒ったネズミがふたたび杖を振る。

男が一人現れた。小柄な体にぴったりとしたカーキ色の妙な詰め襟風の服。高く禿《は》げ上がった額。丸顔。細い銀縁眼鏡。眉間には不機嫌そうなたてじわが二本くっきりと浮かんでいる。

「日本では日の丸の下に〝国民精神総動員〟などという文字を書いたポスターを至るところに貼ってありますが、そんなことで精神が総動員できると思っているのが間違いです。宮城《きゅうじょう》に頭を下げさせるだけでは偽善者を作るだけです。国に対する忠誠心は頭を下げる下げないで決まるわけではありません」男ははっきりとものを言った。

「日本人の手で付け焼き刃のように中国映画を製作しても、観るに堪えない駄作にしかなりません。中国人の俳優を使い、中国人の監督とシナリオライターを養成することが重要です」

男はそう言うとネズミが持っていた杖を受け取り、自分で振った。

音楽が流れ、ナレーションが聞こえてくる。

「さて、次にご覧戴きまするは、満州建国の陰に咲く悲しきロマンスの花。新京の夜の酒場、胡弓《こきゅう》の音も悲しくすすり泣く淡《あわ》き灯影《ほかげ》の下、うつろなる脳裏をかすめる愛しき人のおもかげぞ何処《いずこ》！　愛すればこそ青春の情熱を秘めて儚《はかな》き恋を凶弾に寂しく散り行く満州娘、艶麗、李香蘭が唱うは憂恨の曲『何日君 再来《ホウルウチュンツアイライ》』。どうぞ！」

丸の内日劇を取り巻く人、人、人。放水車が出動して、集まった群衆を追い散らす。ほうきを片手に、バケツで水をかける。

人々が姿を消した後も、ほうきは勝手に水を汲み続ける。斧《おの》で叩き割っても、その一片一片が各々バケツをもって水を汲みにいく。

一度あふれはじめた水は、もう誰の手にも止められない。

アカイ、アカイ、アサヒ、アサヒ。

五族協和、王道楽土、国威《こくい》発揚《はつよう》、八紘一宇《はっこういちう》、聖戦完遂、大東亜新秩序、独創的王道政治の実現。一死君恩に報じに第一線に勇躍出征。進め一億火の玉だ。鬼畜米英。撃ちてし止《や》まん。

「右でも左でも、一度思想を奉じた人間はけっして本心から転向するものではありません。満州は日本で行き場を失った者たちの、死者たちの最後の聖域《アジール》、彼らのユートピアとならなければならないのです」

魔法使いの弟子がしたり顔で言う。もしくは、甘粕理事長の顔をした悪魔が。

——文化はかっこうの隠れ蓑《みの》だ。

悪魔が長い舌をちらつかせて言う。

映画の配給を隠れ蓑にして、阿片と阿片を財源とする情報の流通ルートを作り上げよう。莫大な財と裏の情報。この二つがあれば夜の世界を支配できる。日本を追われたこの俺が、満州の夜の王になるのだ。

長身美髯の軍服姿の男が壇上から叫ぶ。怒鳴る。喚《わめ》き散らす。

「貴様、そんなことでこの国が守れると思っているのか！」

この国？

この国とはいったいなんだ？

満州？　それとも日本？

「なお、本官は関東軍防疫給水部第七三一部隊長、陸軍軍医少将石井四郎である」

長身の軍服姿の男がニヤリと笑って壇上から姿を消す。銅鑼《どら》の一撃。

だだっぴろい部屋の中央に柩《ひつぎ》が置かれている。

柩に近づき、蓋を開けた。

一面、雪のような白。

腐敗防止のために敷き詰められた消石灰だ。白い粉を手で払い退けると、中から全身を包帯でぐるぐる巻きにされた男の死体が現れた。

「友よ！」

渡口老人が柩をのぞき込んで、さめざめと涙を流す。

突然、柩の中の男が目を開けた。包帯の隙間からぎょろりとした大きな目が覗く。

「無政府主義、万歳！」

柩の中の男がそう叫んだ瞬間、柩はたちまち紅蓮《ぐれん》の炎に包まれた。髑髏をかたどったパイプから甘い香りが立ちのぼる。

「おお、哀れなヨリック。こんなときこそ気の利いた冗談の一つも言えないものか」

個々の場面、およびシークエンスの構成、フィルムの編成、そのすべてがメッセージを発信している。このドキュメンタリー映画と自称する作品は、映画美学的にはモンタージュ、コラージュ、編集テクニックにおいて構造を規定するものであり、その後のスポーツ報道のみならず、劇、映画、及び政治レポートにおいても、映像の作り方に影響を与えているのです。

飛び込み台の上に立った水着姿の若い女性が虚空に身を躍らせる。ほれぼれするような美しい身のこなしだ。彼女は空中で回転し、ひねりを加えて着水する。ほんのわずかな水しぶき。次の瞬間、映像が逆回転する。水着姿の若い女性が水面から足先を上に飛び上がり、逆のひねりと逆の回転をして、飛び込み板の上に着地する。と、彼女はふたたび身を躍らせる。回転し、ひねりを加えて着水。それから、足先を上に飛び上がり、飛び込み板の上に着地。くっきりした逆光の映像。休む間もなく、彼女はみたび虚空に身を躍らせる。

安全ネットのロープが切れて、彼女は落下する。どこまでも、どこまでも、果てしも知れぬ闇の中を落ちていく。

「ワタシは優秀な便衣隊員ではありませんでした」

陳文が目を上げ、寂しげにほほ笑んで言う。

「知っていますか。ユートピアの語源は〝どこにも存在しない場所〟。要は白昼夢です。そんなもので自分を騙すには、この国の民は現実主義者であり過ぎるのです」

だがそれならあの努力は、三人一つのペンネームで書き上げたあのシナリオは何だったのだ？

問いかけの言葉が光の玉となって砕ける。波の形となってスクリーンに映し出される。

民族も、言語も、育ちも、年齢も、それぞれみんな異なる者たちが知恵を出し合い、アイデアを絞り、互いに足りないところを補いあいながら、妥協すべき点は妥協し、時には衝突し、怒鳴りあいながら、それでもなお面白い映画を作るという一点に向かって力を合わせる。一つの目標に向かってみんなが力を合わせて、初めて生み出される夢。それが映画ではないのか？

だとすれば、映画こそが〝どこにも存在しない場所〟だ。ユートピアだ。

白昼夢で自分を騙すには、この国の国民は現実主義者であり過ぎる？

だが、この世は本当は蝶が夢を見ているだけなのかもしれない。そう教えてくれたのは、陳さん、あなたたち中国の人たちではなかったか？

陳文は黙ったまま、哀しげに首を振る。

没法子《メイファーズ》。仕方ない。

吃飯《チーハン》。食事にしましょう。

生フィルムの生臭い匂いがあたりに漂っている。なんだか指先が粘つくようだ。

幾万の蝶が海を渡る。大陸を目指し、青い海の上を飛んでいく。

暗い映画館の中に突如たくさんの白ネズミがあふれ、観客たちの足下をかけまわる。人々は悲鳴を上げて立ち上がる。逃げろ、爆弾だ！　抗日テロルだ！　出口に向かって我先に殺到する。

上映中のスクリーンの前に甘粕理事長が立って演説する。

「右手のやっていることを左手に教えるな。それが謀略活動の基本だ」

顔を振り向けて、こっちを見た。目が合った。

「不採用だ」

「アイヤ！　危ない、朝比奈さん！」

陳文の忠告はいつもワンテンポ遅い。

目も眩むような白い光が炸裂し、世界が鏡のように砕け散る。

かすかな音楽。

アヴェ・マリアが遠くから小さく聞こえる。

〝罪人たるわれらのために祈りたまえ〟

鎮魂の鐘が鳴る。

夜明けだ。

26

目を開けた瞬間、英一は自分がどこにいるのかわからなかった。

窓からさしこむやわらかな朝の光。小鳥たちが囀《さえず》る声が聞こえている。

英一は勢いよく上体を起こし、左右を見回した。

満映独身寮の自分の部屋、自分のベッドだ。その証拠に――。

「よっしゃ、できた！」

机に向かっていた山野井がペンを投げ出し、大きく伸びをした。

「さっ、飯だ飯。アーリイバード、キャッチ、ア、ワーム。早起き鳥は虫をつかまえる。早起きは三文《さんもん》の得だ。さっさと起きろ、朝比奈。一緒に朝飯を食いに行くぞ」

振り返った山野井が一瞬妙な表情を浮かべ、それからゲラゲラと笑い出した。

ぽかんとしていると、山野井は片方の手で腹をかかえ、もう一方の手で英一の顔を指さした。

「なんだ？　どうしたんだ、その顔は？」

英一は慌てて自分の顔をこすり、その手を眺めた。指先が黒く染まっている。

「ははあ。さては脚本はいさぎよく諦めて、色物役者にでもなるつもりか？　いや、待てよ。わかった！　顔まで苦労《くろう》しているという駄洒落《だじゃれ》だな。ハハッ、こいつは朝から一本取られたわい」

山野井は徹夜仕事明け特有の妙な元気でそう言うと、また腹を抱えて笑っている。

するといい、あれは夢ではなかったのか？

英一は黒く染まった指先を眺めて、眉を寄せた。

記憶がはっきりしなかった。自分がいったいいつ、どうやって部屋に戻ってきたのかまるで覚えていない。ただ、ばかに頭が痛かった。

「先に食堂に行っている。お前の分も取っておいてやるから心配するな。さっさと顔を洗ってこい」

そう言っていそいそと食堂に向かう山野井とは部屋の前で右左に別れ、英一は洗面所に足を向けた。

冷たい水で顔を洗いながら、昨夜の出来事を順序立てて思い出そうと努めた。たしか、そう、陳文と話をしているときに頭に何か硬い物がぶつかって目の前が暗転したのだ。「アイヤ！　朝比奈さん、危ない！」という陳文の声もはっきり覚えている。

英一は頭の後ろに手をやり、痛みに顔をしかめた。

大きなたん瘤《こぶ》ができている。

誰かに殴られた？　それとも何かが落ちてきて頭にぶつかったのか？

英一は顔を洗う手を止め、洗面台に両手をついた。鏡に映る自分の顔をじっと見つめた。顎先から水滴がしたたり落ちる。

違うか？

英一は目を細めた。

意識を失う直前、陳文が二重に見えた。目の焦点が定まらず、足下がふらついた。おそらく自分は転倒したのだ。頭のたん瘤は倒れたときにぶつけてできたのだろう。陳文はバランスを崩した英一のようすに気づいて声をかけた。手を差し伸べたが間に合わなかった。その可能性が高い。だが――。

そこからどうやって部屋に戻ってきたのか？

山野井に訊いても、昨夜は徹夜だったが作業に夢中になっていたので英一がいつ戻って来たのか気づかなかったという。

「おおかた俺が便所に行っているあいだに戻ってきたんだろう。なんだ、酔っ払っていて覚えてないのか。気にするな。俺にもよくあることだ」

山野井はニヤニヤと笑いながらそう言ったが、英一はそもそも昨夜は酒を呑んでいない。少なくとも酒を呑んだ記憶はない。

記憶がはっきりしなかった。

自分が目にしたもの、考えたことについては、なおさら曖昧《あいまい》だった。

昨夜英一は渡口老人と陳文に会った。彼らとそれぞれ妙な状況で、別々に話をした——はずだが、二人との会話は、こうして明るい朝の光の中で思い出すと、とても当人たちと交わしたものとは思えない。彼らがあんな話をするだろうか？

思い出そうとすればするほど、記憶が齟齬《そご》を来《きた》す。曖昧になる。自分の記憶が信じられなくなっていく。


鏡の中には見慣れた自分の顔が映っている。

自分の顔？

英一はふいに不安に襲われた。鏡の中のこの顔が本当に自分の顔なのか。もしかすると自分がそう記憶しているだけで、本当は違う顔なのではないか。本当の自分は自分自身も知らない、まったく別の顔をしているのでは……。

ばかばかしい。

英一は苦笑した。〝頭部打撲の場合、記憶の混乱はしばしば見られる症例である〟と日本にいた頃、何かの本で読んだことがある。第一、昨夜の記憶が曖昧だからといって世界の全秩序が揺らぐわけではない。食堂で山野井が待っているのだ。早く行かないと、英一の食べる分がなくなりかねない。

ハンカチを取ろうとしてポケットを探った指先が、ふと、ハンカチとは異なる何かに触れた。

引っ張り出すと、見覚えのない封筒だった。こんなものがなぜポケットに入っているのか？　首をかしげながら封筒を開くと、手紙、とも言えないほどの短い書き付けが出てきた。

　上海に行くことになりました。サヨナラ。


右肩下がりの独特の書き癖。陳文の筆跡だ。一緒にシナリオを作る過程で散々見てきたから見間違いようもない。だが――。

上海に行くことになりました？　サヨナラ？

再見《ツァイツェン》――また会いましょう――ではなく、サヨナラ？

不是、サヨナラ。再見。

さよなら違います、また会いましょう。

それが満州《このくに》の文化ではなかったのか？

それに、桂花は？　陳文が上海に行くとなると、一人新京に残される妹・桂花はどうなるのだ？

――いや、待てよ。そうじゃないのか。

英一は額に手を当てた。

昨夜の記憶が甦る。陳文はこう言った。「本当はワタシに妹ありません。彼女はワタシの監視役。抗日組織の人間です。桂花という名前も本当でないです」。桂花が桂花ではない？　抗日組織の人間？

脳裏に桂花の姿が浮かんだ。小柄で華奢《きやしや》な体によく似合う、ぴったりとした支那服。高い襟の間に覗く細い首。白く輝く額と、弓なりに形よく整えられた美しい眉。それから、英一の言葉に聞き入る桂花。話に夢中になると、白い頰が桜色に美しく上気してくる。黒眼がちの大きな目を伏せ気味に、ときおり長いまつげごしに潤んだ黒い瞳で英一を見つめる桂花。振り返った桂花が、朱を落としたような小ぶりの唇をほころばせて、英一ににっこりとほほ笑みかける。

英一はぶるりとひとつ首を振った。

そんな馬鹿なことがあるものか。桂花は桂花だ。昨夜の陳文の言葉が嘘か、さもなければ英一の記憶が間違っている。そうに決まっている。さもなければ——。

自分は満州《このくに》に来て得たものをすべて失うことになる。

英一は鏡を覗きこんだまま、きつく奥歯をかみしめた。

記憶が混乱していた。昨夜の記憶で何が本当にあったことなのか判断がつかなかった。全部本当にあったことのようにも、逆に一晩中悪い夢を見ていただけのようにも思える。

強い痛みに英一は思わず顔をしかめ、こめかみに手をやった。頭の痛みは後頭部のたん瘤のせいばかりとは思えなかった。むしろ、ひどい二日酔いのような感じだ。ある可能性に気づいた。

〝阿片の服用者は、翌朝しばしばひどい頭痛に襲われることがあります。〟

これも以前読んだ本に書いてあったことだ。

阿片？

そう言えば昨夜、阿片を見た記憶がある。どこでだ？　あれは……。

思い出した。

満映施設内には秘密の通路が存在する。映画関係者には知らされていない、満映の夜の顔。昨夜英一はスタジオの隠し扉が開いていることに偶然気づき、聞こえてきた音楽に誘われて秘密通路をさまよった。そこで渡口老人に出会った。髑髏を象《かたど》ったパイプで阿片を吸っている渡口老人にだ。今になって思えば、老人は明らかに阿片に酔っていた。そのことに気づかぬまま渡口老人と会話を交わす間に、英一もまた阿片の煙を吸ってしまったのではないか。だから、その後の記憶に齟齬が生じた。記憶が食い違い、曖昧になった。

螺旋階段に足をかけた途端、足下の闇がぐにゃりと歪んだのも、階段がいつまでも続く気がしたのも、その後思考が冴え渡り、なんだか自分の頭ではない気がしたのも、陳文が二重に見えたのも、すべて阿片の煙が見せた幻影だった——そう考えると、辻褄があう。

英一は顔を上げ、あらためて鏡を覗き込んだ。

事実を、確かめなければならない。

朝食はあきらめることにして、英一は満映内にある満人寮に向かった。陳文をつかまえれば、何もかもはっきりする。そう思ったのだ。

数日前、酔っ払った陳文を運び込んだ満人寮の六人部屋を訪ねると、相部屋の一人が顔を出した。陳文の所在を訊ねると、彼は無言で首を振った。言葉で説明するより手っ取り早いと思ったのだろう、英一を部屋に招き入れ、空っぽの棚と空っぽのベッドを指し示した。その一角が陳文の場所だった。すると陳文は、本当に満映から姿を消したのだ。英一には短いメモひとつ残しただけで。

英一は裏切られた気がして唇をかみ、相手に礼を言って踵《きびす》を返した。

次に目指すのはフィルム倉庫だ。

記憶の混乱は渡口老人と会ったところから始まっている。渡口老人に会って話を聞けば、昨夜本当は何があったのか、少しは見えてくるのではないか。

そう思って訪ねたフィルム倉庫は、しかし、ここも空振りだった。

灰色のペンキが分厚く塗られた重い鉄製の扉を引き開けて中に声をかけたが返事は

なく、念のため、フィルム缶が収められた棚が左右に並ぶ狭い通路を抜けて、以前に見つけた秘密扉を確かめてみたが、やはり鍵がかかっていた。

英一は倉庫から外に出て、空を仰いで思案した。昨夜撮影スタジオで見つけた隠し扉に鍵がかかっていなければ、そこから秘密通路に行けるかもしれない。だが、スタジオではすでに撮影準備が始まっている時間だ。いくら何でも、誰にも見つからないようこっそりと、というわけにはいくまい。それに渡口老人があのまま秘密通路に留まり続けているとは考えづらかった。老人の住まいは、事務所で訊けば教えてくれるかもしれないが……。

その前にやるべきことを思い出した。

満映を抜け出し、表通りに出た。ちょうど発車するところだった新京駅行きのバスに飛び乗った。

目指すは三角ホテル。英一と陳文と桂花の三人で集まり、額を寄せて、さんざん映画の話をした場所だ。英一が話す探偵小説のエピソードに桂花が目を輝かせて聞き入り、ときには意見の対立から言い合いになり、あるいはちょっとしたことでみんな腹を抱えて笑い転げた。あの記憶が全部嘘だったとは、英一にはどうしても思えなかった。——思いたくはなかった。

27

新京駅前でバスを降り、三角地帯に向かう。

通い慣れた道を急いでいた英一は、近くまで来て突然行く手を遮られた。

「オイ、コラッ。貴様、どこへ行く！」

いきなり罵声を浴びせかけられて思わず首をすくめた。

「何をしている。戻れ！　ここから先は立入禁止だ！」

軍服姿の日本の兵隊が銃剣を構え、怒鳴りながら、足早に近づいてくる。

立入禁止？

完全に自分の考え――といっても、主に桂花のことだが――に没頭していた英一は唖然として周囲を見回し、はじめて異変に気づいた。

街のようすが普段とはまるで違っていた。

いつものこの時間、この辺りは、民族も服装も年齢も性別も社会的身分も異なるたくさんの人々が、たとえば道端に足を止め、あるいは屋台の店先に集まって、さまざまな言語でがやがやと話しこんでいて、やかましいほどの賑やかさだ。ところが、今日に限って彼らの姿がまったく見えなかった。話し声が少しも聞こえない。

目につくのは、軍服姿の日本の兵隊ばかりだ。ざっと三十人、いや、もっといる。異様なのは、彼らが全員白いマスクをつけていることだった。マスク姿の顔の見えない兵隊たちが、一言も発することなく、トラックの荷台からトタン板を次々と下ろし、整然と手際よく立て並べていく。

どうやら三角地帯全体を、ぐるりとトタン板で囲むつもりらしい。

背後から、ぐいと襟をつかまれた。

「貴様、何のつもりだ。立入禁止の字が読めんのか！」

頭を押さえつけられ、鼻先に看板を突きつけられた。そう言えば、そんな看板をいくつも目にした。視界に入ってはいたのだが、意味を考えるには、今朝の英一には悩みごとが多すぎたのだ。

「わかったか！　わかったら、さっさと立ち去れ！」

襟を引き上げられ、胸を突き飛ばされた。

英一はよろめく足下を何とか踏んばり、立ち去りかけた兵隊の背中に声をかけた。

「待ってください。これはいったい何の騒ぎです？　桂花は……いえ、ここに住んでいた人たちは、みんなどこに行ったのです？」

兵隊の顔が見る間に赤く染まった。もとから人相の良くない顔が鬼の形相《ぎょうそう》になった。

「貴様ァ。民間人のくせに、軍人に質問など……」

理不尽な暴力がふたたび英一を襲うかと思われた刹那《せつな》、別の方角から別の声が聞こえた。

「彼は満映の人間だ。事情を教えてやれ」

声の方向に目を向けた兵隊が、たちまちぴんっと背筋を伸ばした。

長身、大柄のがっしりとした体格。何より鼻の下の立派なひげに見覚えがあった。

関東軍防疫給水部第七三一部隊長、陸軍軍医石井四郎少将だ。

石井少将は以前、深夜の満映に兵隊たちを引き連れて現れ、食堂を封鎖して、満映職員に無理やりペスト映像を見せた。「これはいざという時に備えた抜き打ち訓練である」。石井少将は大きな目をぎょろつかせて説明したが、何か裏のありそうないやな感じだった。〝生まれついての騒動屋〟。同室の山野井は、石井少将を評してそう言っていた。

石井少将？　すると、これは関東軍防疫給水部による作業なのか？

「どうした？　説明してやらんか」

上官の命令に、兵隊は急に舌が回らなくなった。

「はっ、その……今回の作戦の目的は……えー、何と申しますか……」

「もういい。行け。この人の相手は私がする」

石井少将は蠅でも追うように兵隊を追い払った。それから英一を振り返り、指先で顎をひねって、目を細めた。

「以前に会ったな？」

英一は無言で肩をすくめた。

忘れるはずがない。深夜の満映でのペスト映写会のさい、英一はこらえ切れなくなって両手で耳をふさいだ。石井少将は壇上からその姿を目ざとく見つけ、歩みよると、英一の襟首をつかんで引き上げ、

「貴様、そんなことでこの国が守れると思っているのか！」

と怒鳴りつけたのだ。

石井少将は英一の反応にニヤリと笑い、「事情は歩きながら説明しよう」そう言って先に立って歩きだした。

「先日新京を訪れた際、われわれはこの三角地帯で鼠《ねずみ》を数匹捕らえた」

石井少将は大股で歩きながら、英一に事情を説明した。

「その内一匹の鼠からペスト菌が検出された。そこで詳しい検査を行ったところ、三角地帯の住人二名がペストに罹患していることが判明したのだ」

「ペストに罹患？　それじゃ、この新京でペスト患者が発生したというのですか？」

英一は驚いて声をあげた。事実なら、新京は大変な騒ぎになる。

石井少将は無言でうなずいた。

「ただし、発見されたのは、幸いなことに早期撲滅《ぼくめつ》可能な腺ペストだった。つまり、これはそのための処置というわけだ」

石井少将はそう言って、三角地帯を取り囲むトタン板の塀の前で足を止めた。

「われわれ関東軍防疫給水部は本日付けで三角地帯全域の焼却を決定した。目に見えないペスト菌に対抗するには、火がもっとも有効な手段だ」

顎をしゃくり、屋根の上で作業している兵隊たちを示した。

「建物の屋根に穴を開けているところだ。頂点に穴を穿って下から火をつければ、風がないかぎり炎は真っすぐに上昇し、延焼の危険は限りなく小さくなる。ペスト菌を殲滅するための炎が、他の地区にまで被害を及ぼしては元も子もないからな」

石井少将はそう言いながらニヤニヤと笑っている。

英一は何か言おうとして、言葉が見当たらなかった。先日見せられたペスト患者の悲惨な白黒映像がいやでも頭に浮かぶ。

「さて、火をつける前に囲いの中を二人で確認してくるとするか」

石井少将が呟いた言葉に、英一はぎょっとなった。

これから囲いの中を確認？　二人で？　まさか？

「どうした、顔が青いぞ」

石井少将はトタン板に作られたくぐり戸に手をかけ、英一を振り返った。

「心配するな。貴様がペストにかかって死んだら、公傷として勲章をもらってやる。どんな勲章にするか、いまから考えておくんだな」

石井少将はそう言うとくぐり戸を押し開け、中に姿を消した。

「ぐずぐずするな！　ペスト菌が外に逃げ出すぞ」

怒鳴りつけられて、英一は慌てて石井少将の後に続いてくぐり戸を抜けた。自分の意志で動いているとは思えない。まるで魔法にでもかけられたような感じだった。

「……ペストは蚤《のみ》の媒介によって伝染する。蚤には数種類あるが、ペスト菌を運ぶのは主として鼠に寄生するタイプの蚤だ。鼠に寄生した蚤は、持っているペスト菌を鼠の血管に移す。あるいは鼠の皮膚の傷にこれを付着させる。この鼠はペストを発症しない。問題は、ペスト菌をもつ鼠の血を吸った別の蚤が、次に人の血管にペスト菌を注入、あるいは皮膚の傷に菌を付着させた場合だ。ペスト菌に対する抵抗力のない者はここで罹病《りびょう》し、発病後、数日にして死ぬ。鼠から人への感染。これがペストの爆発的感染を引き起こす初期のメカニズムだ」

石井少将は、無人となった三角地帯を歩きまわりながら声高に説明した。後についてて歩く英一に言って聞かせるというよりは、独りで喋っている感じだ。もっとも、英一の方でも説明を聞くどころではなく、石井少将の後ろを、万が一にもはぐれないよう、びくびくしながらついていくだけで精一杯だった。

首筋に何かが触れた感じがして慌てて手をやった。単なる冷や汗だ。股《また》の辺りがうずうずと痒《かゆ》いような気がする。手で口を押さえ、首をすくめて、四方八方に目をやる。小さな動きにハッとする。蚤の姿を肉眼でとらえられないのは承知の上だが、こんな場所でペストに感染して死にたくはない……。

兵隊たちの手で屋根をはがされ、天井に穴を穿たれた建物は、すでに廃墟の様相を呈していた。昨日まで人が住んでいた場所とはとても思えない。石井少将は時折思いついたように建物の中に入り込み、部屋の中を見回した。穴の開いた屋根を満足げに見上げ、床に落ちていた陶器の置物や食器を軍靴《ぐんか》で踏みにじった。

まさかこのまま三角地帯を全部見て回るつもりなのか？　と英一が心配、かつ怯《おび》えていると、石井少将は唐突に足を止めた。

「戻るぞ」

振り返り、ニヤリと笑って踵を返した。

見回ったのはくぐり戸附近のごく一部だ。何のための確認作業だったのか英一には見当もつかなかった。が、いずれにしても戻ることに異論のあろうはずもない。石井少将に続いてくぐり戸を抜け、トタン板の塀の外に出たときは、心底安堵の息をついた。

「火をつけろ！」

石井少将の一言で兵隊たちが駆け去り、ほどなくしてトタン板に囲まれた三角地帯のあちこちから白い煙の筋が立ちのぼりはじめた。

最初は白かった煙はたちまち黒く染まり、そのあいだから炎の赤い色が見える。

やがて柱となった炎は、あたかも飼い馴らされた竜のように真っすぐに上に向かい、火の粉もまたトタン板の囲いの外には飛ばずに炎とともに天に昇っていった。

建物の屋根を破り、天井に穴を穿ったことで炎の道が作られたというわけだ。

横を窺うと、石井少将が無言で目を細め、満足げな笑みを浮かべて炎の柱が動くさまを眺めていた。

計算どおり。そういうことらしい。

人工的に引き起こされた火災は囲いの中の建物に次々に燃え移り、すべてを焼き尽くしていく。トタン板はすぐに灼熱《しゃくねつ》して赤く染まり、近くにはとてもいられないほどの熱さになった。

建物が焼け落ちる大きな音、何かが砕ける破裂音にびくりと肩をすくめながらも、英一は一方で周囲の奇妙な静けさに戸惑っていた。

普通、これだけの火事であれば、辺り一帯、手に負えないほどの大勢のやじ馬でごった返すはずだ。が、この期に及んでも、やじ馬はおろか附近の住民たちは一様にぴたりと戸を閉ざして誰ひとり姿を見せなかった。

立入禁止地区が指定され、日本の兵隊が周囲を警備している。それだけの理由だとは思えなかった。物見高い満州の人々の好奇心を、そんなことだけで抑えられるはずがない。

ペストの噂が彼らを怯えさせ、やじ馬となって集まることを防いでいるのだ。三角地帯焼却を決定した関東軍防疫給水部の迅速な対応が功を奏せばよいのだが――。

「さっき、ここの住人について質問していたな？」

石井少将が赤い炎に満足げな目をむけたまま、隣に立った英一に尋ねた。

「三角地帯の住民は退去の上、全員隔離《かくり》した。これが隔離した者たちのリストだ」

石井少将はポケットから折り畳んだ紙片を取り出し、横も見ずに差し出した。英一はあっと思った。自分がここに来た目的をいまさらながら思い出した。受け取った紙片を広げ、急いでリストに記載されている名前を順に指で追って確認した。

ない。

もう一度確めたが、やはり三角ホテルの宿泊客リストのなかに「陳桂花」の名前は見当たらなかった。

どういうことだ？

英一は首をかしげた。

——上海に行くことになりました。サヨナラ。

という陳文の書き置きの文言は、今回のペストの発生と何か関係があるのだろうか？　抗日組織のスパイだった二人は、関東軍に踏み込まれることを事前に察知して逃げた？　それとも、これらは単なる偶然なのか。

ふと、我に返った。隣で、石井少将がぶつぶつと独り言を呟いていた。

「……運搬方法はこれでいい。残る問題は媒体の確保だな……あとは、もっと強力な菌の開発か……」

何を言っている？　英一は眉を寄せた。

石井少将の口元には気味の悪い薄ら笑いが浮かび、大きな目はぎらぎらとした光をたたえている。その石井少将が、ゆっくりと英一を振り返った。

「残念ながら、ペスト菌自体はきわめて弱い存在なのだ」

「えっ？　残念ながら、ですか」

「そうだ、きわめて残念なことにだ。一般のペスト菌は単独では容易に死滅してしまう。ペストを蔓延させるためには、適切な運搬手段と媒体の二つが不可欠だ。特に、媒体としての鼠がな」

まいったな、と英一は声に出さずに呟き、首をすくめた。

「すみません。僕にはおっしゃっている意味がさっぱりわからないのですが……」

「たとえば、この万年筆だ」

石井少将は上着の胸ポケットから万年筆を抜き出し、英一の鼻先で振ってみせた。

「もしこの中に強力なペスト菌を保存することが可能ならば、一本の万年筆を敵陣営の真ん中に置いてくるだけで、わが日本軍は一発の銃弾も使うことなく、敵兵を殲滅することができる。敵の間でペストが蔓延し、苦しみ、死んでいく様子を、わが軍は眺めているだけでいいのだ。素晴らしい話だとは思わんかね」

英一は啞然とした。

万年筆にペスト菌？　まさか……そんな？

腰が引けた。

石井少将は一瞬満足げな笑みを浮かべ、万年筆を元のポケットに収めた。

余燼燻《よじんくすぶ》る焼け跡にふたたび目を向けた石井四郎陸軍少将は、急に英一への興味をなくしたようすで言った。

「ペスト発生時には満映にも全面的に協力してもらう。——戻ったら、甘粕にそう伝えろ」

28

新京駅へと戻る道を急ぎながら、英一は何度も背後を振り返った。

火災現場で体に染みついたのは、焦げ臭い匂いだけではなかった。

——戻ったら、甘粕にそう伝えろ。

石井少将の声が耳にこびりついて離れなかった。

英一は額に浮かぶ冷たい汗を拭った。

興味をなくした、どころではない。石井少将は、最後の一言を伝えさせるために英一に声をかけ、無人の三角地帯の確認作業に付き合わせた。火災の様子を見せた。ペストについて説明した。英一が満映の人間だったからだ。

——たとえば、この万年筆だ。

石井少将は言った。

「一本の万年筆を敵陣営の真ん中に置いてくるだけで、わが日本軍は一発の銃弾も使うことなく、敵兵を殲滅することができる」

一見何の変哲もない万年筆に仕込まれた強力なペスト菌。封印されたペスト菌は何者かがペン先を割ることで万年筆から漏れ出し、蚤と鼠を経由し、やがて人に感染する。ペスト患者の苦悶《くもん》に歪む顔。救いを求めて伸ばされる何本もの手。痙攣する指先と、よじれた体。息絶え、黒く変色した死体。深く掘られた穴に死体が次々と投げ込まれ、上から消毒用の白い消石灰がスコップで投げかけられる。

背筋を冷たい汗が流れた。頭の中に、先日、深夜の満映で石井少将に無理やり見せられた記録映画のイメージが浮かんで離れない。

——素晴らしい話だとは思わんかね。

石井少将は言った。

素晴らしい？

あの映像のいったいどこが素晴らしいというのか？　武勲も栄光もなく、ただ敵の兵隊たちを悲惨な病魔で苦しめ、死に至らしめるのが作戦の目的？　それが、日本がいま国家を挙げて遂行中の〝聖戦〟だというのか？

ある可能性に思い当たり、英一は足を止めた。

——万年筆を置いてくるのは、なにも敵陣営だけとはかぎらない。

頭の中で石井少将の野太い声が聞こえた。実際には語られなかった言葉が。

英一はゆっくりと背後を振り返った。

もしかすると、三角地帯で発生したペストは石井少将の実験だったのではないか？

強力なペスト菌運搬用万年筆を開発した石井少将は、三角地帯でその効果を試した。石井少将は「三角地帯の住民は全員退去の上、隔離した」と言った。

いくらなんでも手回しが良すぎる気がする。ペストの発生はあらかじめ予想されていた。だから、関東軍防疫給水部はあれほど迅速な対応が可能だった。三角地帯が選ばれたのは、たまたま三方を道路で囲まれた隔離しやすい地形だったから？　ペスト菌を使った実験？　しかし、そんな？　まさか？

英一は首を振った。信じたくなかった。だが、もし万が一、英一の想像が当たっているのだとしたら次にペスト菌入りの万年筆が置かれるのは満映内だとしてもおかしくはない。

「ペスト発生時には満映にも全面的に協力してもらう。——戻ったら、甘粕にそう伝えろ」

石井少将はその言葉を甘粕理事長に伝えさせるために、英一を引き留めた。関東軍防疫給水部の最新秘密兵器、ペスト菌運搬用の万年筆の存在を明かしてまでだ。

全面的な協力。

言い換えれば、関東軍防疫給水部の指揮下に入るということだ。

昼の関東軍、夜の甘粕。

新京の巷では公然とそう囁かれている。

元陸軍憲兵甘粕正彦は、しかし現在はただの民間人だ。軍外の人間が満映理事長となり、満州の裏の世界で大きな力を持っている。関東軍の中には、その事実を面白く思わない人間も少なくない。両者が不仲だという噂を、先日も山野井から聞いたばかりである。

満州の一元支配をもくろむ関東軍が満映を自分たちの指揮下に置き、甘粕理事長が持っている裏の力――情報と資金――を手に入れようとしている。それが今回の一件なのではないか？　だからこそ石井少将は、英一を引き連れてわざわざトタン板で囲まれた隔離地帯の中に足を踏み入れた。

あれは確認作業ではなかった。

もし満映内でペストが発生すれば、東洋一の撮影所といえどもたちまち此処《ここ》と同じ無人の廃墟になる。火を放てば一切合財が灰になる。その現実を〝満映の人間〟である英一に見せつけるための行動だった。全部を確認して回る気など、はじめからなかったのだ。

英一は顔を上げ、後にしてきたばかりの三角地帯の方角に視線をむけた。

黒い煙が幾筋にもわかれて天にむかってまっすぐにのぼってゆく。この季節、これほど風のない日は珍しい。まるで、わざわざ風のない日を選んで実行されたかのようだ。

英一は思わずぶるりと身を震わせた。

白昼堂々姿を現した悪魔は、夜の闇に潜む影のような幽霊たちよりずっと恐ろしい。

英一は立ちのぼる黒煙から目をそらし、新京駅前にとまっていた満映行きのバスに乗り込んだ。すぐにバスが発車する。

満員のバスに揺られながら、英一はほっと息をついた。

悪魔が支配する世界の中で、満映だけが唯一安全な場所に感じられた。

29

やっとの思いで帰り着いた満映は、しかしひどい混乱のさなかにあった。

本館建物の廊下を大勢の者たちがばたばたと駆けまわり、大声で何か叫んでいる。飛び交うのは口早の中国語だ。走り過ぎる真剣な顔。眉間にしわ。茫然と立っている英一には誰ひとり目もくれない。

何か大変なことが起きたらしい。わかるのはそれだけだった。

見覚えのある中国人スタッフの顔をようやく見つけて、声をかけた。

「康《こう》さん！」

相手が足を止め、普段とはまるで異なる怖い顔で振り返った。

「あっ、ごめん」

　と英一はとりあえず謝り、それから小声で尋ねた。

「いったい何があったの？」

康さんが早口の中国語で答えた。英一がぽかんとした顔をしていると、日本語で言い直してくれた。

「裏の林でトクチさんが死んでいるの見つかりました。少し前の話です」

トクチさん？

英一は一瞬何を言われたのかわからなかった。

「トクチさんって……まさかフィルム倉庫の、あの渡口老人のことじゃないよね？」

「はい、そのトクチさんです。満映にほかにトクチさんはいません」

康さんはいくらか苛立《いらだ》ったように答えた。

「いや、でも、そんなはずはないよ」

英一は自分でもよくわからない理由で半笑いの顔になった。

「だって、えっ？　あの渡口老人でしょ？　昨夜会ったばかりだ。昨日は元気で話していた。とても死ぬようには見えなかったけど……。裏の林で見つかった？　えっ？　それって、まさか？」

康さんが怖い顔でうなずいた。

「トクチさん、裏の林で首を吊りました。見つかったときは、すでに死んでいました。それから」

言いかけた言葉を途中で呑みこんだ。

英一は眉を寄せた。

見つかったのはそれだけではないのだ。

渡口老人が裏の林で首を吊って死んでいるのが見つかった。それだけで、これほどの大騒ぎになるはずがない。

康さんは左右を見回すと、顔を寄せ、囁くような声で教えてくれた。

「中庭の壁に落書き見つかりました。黒いペンキ。大きな字です。トクチさんが首を吊る前に書いたと思います」

落書き？

英一は首をかしげた。落書きくらいで満映挙げてのこの大騒ぎとは、なおのこと理解できない。

「あー、見ればわかります」

康さんは焦《じ》れた様子で、英一の腕をとって建物の外に連れ出した。

中庭に、大勢の人が集まっていた。同じ方向を見あげ、あるいは指さしている。

壁に黒いペンキで大きく書かれた文字を見て、英一はウンと唸った。満映の人々が大騒ぎしている理由が、はじめてわかった。

無政府主義万歳！

首を吊る前に渡口老人はそう書き残していたのだ。ただでさえ最近関東軍による検閲がうるさくなっている。連中に知られる前に落書きを消さなければ、彼らが今度はどう満映に介入してくるか、考えただけで恐ろしいほどだった。

満映裏手の林から、やがて担架に乗せられた渡口老人の遺体が運ばれてきた。遺体には白い布がすっぽりとかけられていて、老人が最期にどんな思いだったのか、英一には推《お》しはかる術《すべ》はなかった。

遺体が担架のまま救急車両に乗せられるようすを、英一は他の大勢の満映スタッフとともに無言で見守った。

――渡口老人はなぜ首を吊らなければならなかったのだろう。

英一は無念の思いで唇をかんだ。

昨夜、英一は渡口老人と話をしている。途中から記憶が怪しくなったとはいえ、あのときちゃんと話を聞いていれば、適切な言葉をかけていたら、渡口老人は死を選ぶことはなかったのではないか。自殺を思い止まらせることができたのではないか。

とり返しのつかぬ思いで昨夜の記憶を辿りなおすうちに、頭に妙な疑念が浮かんできた。

　いくらなんでも出来すぎではないか？

　三角地帯のペスト騒ぎと時を同じくして、満映の壁に「無政府主義万歳！」の文字が現れた。

　どちらも関東軍の介入を招きかねない、満映にとっては厄介な出来事だ。二つが同時に発生することで対応はさらに難しくなる。もしペスト騒動が仕組まれたものなら、もう一つのトラブルも仕組まれた可能性がある。だが、仕組まれた自殺？　ということは、つまり——。

　英一はゴクリと唾を呑み込んだ。

　渡口老人は殺された？　まさか、関東軍がそんなことを？

　救急車両が走り去るのを茫然と見送っていた英一は、後ろから肩を叩かれて、思わずその場に飛び上がった。

「遅かったな」

　振り返ると、山野井だった。

「顔を洗うにしちゃ、ずいぶんと時間がかかったじゃないか。あんまり遅いんで、お前の分の朝飯も俺が食っちまった。悪く思うな」

　朝飯？　顔を洗う？

英一は一瞬何を言われたのか理解できなかった。眉を寄せ、すぐに思い出した。山野井とは今朝、寮の部屋の前で「墨で黒く塗った顔を洗ってくる」と言って別れたきりだ。先に食堂に行っている。お前の分も取っておいてやるから心配するな。山野井はそう言った。悪く思うなも何も、もう夕方近い時間だ。朝飯を食われて文句を言える筋合いではない。

山野井は英一の顔をじろじろと眺めていたが、ひょいと顎をひねって言った。

「時間をかけたわりには黒いままだが、お前、ちゃんと顔を洗ったのか」

英一は慌てて自分の顔を手でこすった。

見れば、指先が黒く染まっている。

どうやら三角地帯の火事現場を近くで眺めているあいだに煤《すす》がついたらしい。なるほど、これでは今朝何のために顔を洗ったのかわからない。

英一は首をかしげた。

山野井の様子が変だった。ニヤニヤと笑いながらも、表情がいつもと違う。目が笑っていなかった。

物問いたげな英一の視線に気づいたらしく、山野井は軽く肩をすくめて答えた。

「アカガミが来た」

えっ？

アカガミ。召集令状のことだ。

「集合地は本籍地の千葉だとよ。ちぇっ、どうせなら満州《こっち》で召集してくれりゃいいものを。ま、これを機会に久しぶりに里帰りでもしてくるさ」

山野井はいつもの軽い調子で言ったが、英一には返す言葉が見つからなかった。

英一と違って学歴も有力なコネも持たない山野井は、ひとたび徴兵されれば二等兵として前線に送られる可能性が高い。そもそも山野井は、面白い映画を作ることができなくなった日本を捨てて単身満州に渡って来たのだ。現場での雑用をあれこれ押しつけられながらも決して情熱を失わず、面白い映画を作ることを生きがいに頑張ってきた。満映で生き残るためにさまざまなルートで情報を集め、人間関係を作り、満映内で独自のポジションを築き上げてきた。

その山野井が召集令状《アカガミ》一枚で戦争に駆り出されてしまう。日本の、、、戦争に、、、だ。

選択が可能なら、山野井は喜んで日本国民であることを捨て、満州国民になっただろう。それでももし、満映で映画の仕事をつづけることができるならば。

だが、満州国には国籍法が存在しない。満州国民という存在自体が幻なのだ。満州では日本人はあくまで日本人、中国人はあくまで中国人でしかない。そして、国民が国家の手を逃れるすべはない。

英一は唇をかみ、足下に目を落とした。

陳文と桂花が英一の前から突然姿を消した。渡口老人が亡くなり、次は山野井だ。身近な人間が次々と消えてゆく。結局自分は大事なものを何ひとつ救うことができないのではないか——。

どうしようもない無力感が英一をとらえた。

「おいおい、なんて顔してるんだ」

山野井が勢いよく英一の背中をどやしつけた。

「いや、でも、山野井さん……」

泣き声になるのだけは懸命にこらえた。大好きな映画の仕事ができなくなる。泣きたいのは山野井の方なのだ。

「心配するな。俺は不死身だ」

山野井は胸を張り、にやりと笑って言った。

「こんな戦争で死んでたまるか。そうとも。生き延びて、戦争が終わったらまた絶対に映画を作る仕事をするんだ。絶対にな」

最後は彼方に視線をむけ、自分に言い聞かせるようであった。

「そうだ、朝比奈。そんなことより……」

山野井が何か思い当たった様子で、英一をひょいと振り返った。

つづいて彼が発した言葉に、英一は青くなった。慌ててその場を駆け出した。

30

撮影中の明かりが消えていることを確かめて、スタジオのドアを開けた。

室内セットの前に桐谷監督はじめ、主だった撮影スタッフ数名が集まり、額を寄せて低い声でなにごとか相談していた。どの顔にも深刻そうな表情が浮かんでいる。皆、英一がスタジオに入ってきたことに気づいても、ちらりと目をむけただけだ。

英一はまっすぐ彼らに近づき、山野井から聞いた情報を単刀直入にぶつけた。

「昨日から少年探偵団の子役の一人が戻らない。関東軍に拉致《らち》されたらしいという話は本当ですか？」

周囲の者たちの顔に困惑の表情が浮かんだ。顔を見合わせ、返事を渋っている。

「……本当よ」

桐谷監督の、低い、かすれた声が答えた。

英一は、監督専用椅子に深く腰を下ろした桐谷監督に向き直って意外の感に打たれた。顔が死人のように青ざめ、今にもくずおれそうな危うい感じだ。桐谷監督のこんなようすははじめてだ。いつもの黒ずくめの服装ともあいまって、まるで命を持たない影のように見える。

傍らにいた別の日本人スタッフが、見かねたように英一に説明してくれた。

昨夜、映画に出ることになった何人かの子供たちが三角地帯にいたところ、突然日本の兵隊に取り囲まれた。彼らは四方八方に逃げ出し、ほとんどはうまく逃げ延びたが、子供が一人、日本兵に捕まった。そのままどこかに連れ去られて、いまも行方が知れない。

拉致された子供の名前を聞いて、英一はあっと思った。

連れ去られたのは宋逸君だという。

切れ長の目。色白で聡明そうな顔立ちと、口元に浮かぶ柔らかな笑み。オーディションの際、桐谷監督がなぜか一瞬我を忘れたように見とれていた七歳の少年だ。映画の中では、黒マントにさらわれる少年探偵団の団員の一人で、団長役の呉君に次いで出番が多い。

ふと、火事現場で石井少将に見せられた名前のリストが英一の脳裏に浮かんだ。

宋逸。

その名前をリストの中で見た覚えがある。あの時は陳桂花の名前を探すことに夢中で、その他のことには気が回らなかった。だが、待てよ？　石井少将はあの名前のリストを英一にわざと見せた。ということは、もしかして、あれはつまり――。

英一は両手で髪の毛をかきまぜた。桐谷監督に向き直り、身を乗り出すようにして言った。

「彼を——宋君を救い出せるかもしれません」

桐谷監督が視線を上げ、疑わしげな視線を英一に向けた。陳文の一件以来、すっかり信用をなくしているらしい。英一はかまわず、早口に続けた。

「さっきまで関東軍防疫給水部の石井少将と会っていたのです。えー、三角地帯を封鎖して、住民全員を隔離するよう指示した張本人です」

桐谷監督が目を細め、無言で先を促した。

「石井少将から伝言を預かりました、甘粕理事長への伝言を」

英一は自分が三角地帯で目撃した内容と、甘粕理事長への伝言、それらに対する自分の考えをかいつまんで話した。

英一の話を聞くうちに、桐谷監督の頬に血の気が戻ってきた。

「するとあなたは、今回のペスト騒動はフェイクかもしれないというのね？　満州支配の一元化をもくろむ関東軍が仕組んだお芝居かもしれないと」

「そんな馬鹿な！」

周囲から呆れたような声が上がった。

「可能性はあると思います」

英一は桐谷監督の目をまっすぐに見て言った。

だから、石井少将はわざわざ封鎖地域の点検に付き合わせた。隔離された人たちのリストを見せた。英一が満映の人間だから。甘粕理事長への示威行為として。

「問題は、石井少将の伝言をどうやって甘粕理事長に伝えるかですが……」

桐谷監督が背筋を伸ばすように、すっと立ち上がった。

「甘粕理事長に会いに行くわ」

「えっ？　でも、理事長は留守のはずじゃ？」

「今朝戻ってきた。あなたが満映を留守にしている間にね。今頃は、湖西会館で日本から来た評論家たちを接待しているはず」

桐谷監督はそう言うと視線を上げ、英一の顔をまともに見据えた。

「一緒に来て」

「えっ？　僕、ですか？」

英一は自分の鼻を指さし、きょろきょろと左右を見回した。

「いや、甘粕理事長に会いに行くのは、誰か別の人の方がいいような気が……僕は、何というか、ちょっと疲れていまして……」

「何言ってるの。あなたが目撃したことを、自分で甘粕理事長に伝えなさい。さ、行くわよ」

桐谷監督は切りつけるようにそう言って踵を返し、足早にスタジオを出ていった。

31

満映裏の高台に建つ湖西会館は、映画試写室のほか大小の宴会場を備え、お客の要望に応じて、満州最高の和洋中の料理人たちが厨房で腕をふるう。

英一が桐谷監督にひっぱられるように湖西会館に到着すると、意外にも宴会場はすでに閑散として、片付けがはじまっていた。意外にも、というのは、事務所で確認したスケジュールでは、日本から来た映画評論家の一団に満映作品を鑑賞してもらい、その後宴会、となっていたからだ。時計を見ると、夜の七時を回ったところだ。宴会が終わるにしては、いささか早すぎる。

英一は会館内にただよう良い匂いに鼻をひくつかせた。今日の料理は新京一を謳われる中華の名店「菜羹香《さいかんこう》」だったらしい。覚えずグウと腹が鳴った。考えてみれば、今日は朝からまだ何も食べていない。

宴会場の片付けをしていたスタッフをつかまえて訊《たず》ねると、今日の映画鑑賞会は途中で切り上げられ、予定より早くはじまった宴会も盛り上がることなく短時間で終了した。しかも、日本から来たお客様はそれでお帰りになりましたと言う。

英一は眉を寄せた。

湖西会館には、芸者をあげて遊べる御座敷もある。日本から客人が来た場合、いつもなら甘粕理事長の鶴の一声で新京中から選りすぐりの名妓たちが集められ、遅くまで宴を盛り上げる慣習だ。

「何かあったのかな？　それで、甘粕理事長は今どこに？」

英一の問いに、一瞬言い淀んだ相手は、声を潜めてこう答えた。

「お座敷で、芸者相手にお一人で飲んでおられます」

うへぇっ、と思わず声が出た。

満州に来て甘粕理事長の酒乱ぶりを知らない者はもぐりだ。幸いにして、英一は未だ実際に目にしたことはなかったが、機嫌が悪い時の甘粕理事長の飲みっぷりは、何しろひどいらしい。

げんなりして振り返った。

出直しますか、と訊ねるつもりだったが、桐谷監督の姿が見えない。慌てて左右を見回すと、早くも御座敷のある方向に歩きだしていた。

英一は目をつむり、えいと気合を入れて、目を開けた。

乗りかかった船だ。行くところまで行くしかなかった。

半分開いた障子《しょうじ》の陰から覗いた座敷の中は、予想を超えてひどい有り様だった。

青畳を美しく敷き詰めた座敷一面に、食器や酒器、箸や料理、飾り物、その他なんだかわけのわからない物が辺りかわまず散らばり、畳に色とりどりの染みを広げていた。床の間を飾る花や枝も花器からつかみ出され、無造作に投げ捨てられている。

その混沌の中心に一人胡座《あぐら》をかいて座る甘粕理事長の背中が見えた。どうやら一人でぶつぶつと呟きながら、まだ飲んでいるらしい。

「理事長はんなら、お一人で飲んではりますわ」

今日の宴席を仕切るために呼ばれた女将《おかみ》に入口近くで会って言われた。

「何があったんか知りまへんけど、今日は最初から無茶な飲み方してはりましてな。しまいに、みんな出ていけ、ですわ。ま、理事長はんには時々あることやさかい、もしお話があるんやったら、今度にしといた方がエエんとちゃいますやろか」

女将は慣れたようすで英一たちにそうアドバイスした。

英一としては全面的に賛成したいところだ。が、桐谷監督が頑《かたく》なに反対した。

「急ぎましょう。急がないと……殺されてしまう」

思い詰めたように呟く桐谷監督に、英一はそれ以上逆らえなかった。しかし――。

いやいや。無理無理。いくらなんでも、これは無理でしょう。

背中をむけた甘粕理事長が何をしているのか気づいた瞬間、英一は思いきり左右に首を振った。

甘粕理事長は座敷の真ん中で大ちゃぶ台をひっくり返し（周囲に散らばる食器や食べ物はそのせいだ）、その大ちゃぶ台の裏に大量のビールを流し込んでプールを作っていた。そこに芸者のものらしい派手な錦繍《きんしゅう》の履物を浮かべて遊んでいたのだ。それだけではない。

甘粕理事長が呟く声が聞こえた、低く歌うような声が。

こんぴらふねふね　おいてにほかけて
シュラシュシュシュ　シュラシュシュシュ

泣く子も黙る関東軍と満州支配を二分する甘粕正彦満映理事長が、まるで幼子のように独り遊びをしている。童謡《うた》を歌っている。

大量のビールに浮かべた高価な芸者の履物で遊ぶ甘粕理事長の背中からは、正直言って狂気しか感じられなかった。

英一は身がすくみ、障子の陰から一歩も動けなくなった。

隣で桐谷監督がすっと立ち上がった。

「失礼します」

そう言って、返事を待たずに座敷に入っていく。

英一は絶望的な思いで呻《うめ》き、渾身の勇気を振り絞って後に続いた。

「お話があります」

桐谷監督は、裏返した大ちゃぶ台を挟んで甘粕理事長の前にぴたりと座った。

甘粕理事長は履物で遊ぶ手を止めず、独り言のように呟いた。

「……あの阿呆《あほう》どもめ。試写会中に居眠りなどしくさって」

英一は意外な気がした。試写会を中止し、宴会を早々に切り上げたのは、それが理由なのか？　満映理事長として、製作現場の苦労も知らず勝手なことばかり言い、あげくの果てに招待された試写会で居眠りをする内地の評論家連中の傲慢《ごうまん》な態度に我を失うほど怒った。そういうことなのか？

見直しかけたその瞬間、甘粕理事長が「くそっ！」と短く呻き、両手を大ちゃぶ台の端にかけ、力を込めた。

桐谷監督がさっと立ち上がった。英一も慌てて後に続き、左右に飛びわかれた。

甘粕理事長はそのまま大ちゃぶ台を持ち上げ、なみなみと注がれていた大量のビールを畳の上にぶちまけた。広い座敷の半分ほどにビールが流れ出し、せっかくの新しい畳が泡だらけだ。乾かしてもビール臭くてとても使いものになるまい。

英一は顔をしかめた。いくらなんでも無茶苦茶だ。こんな人物を一瞬でも見直しかけた自分が馬鹿に思えてくる。

「……渡口が、自殺したそうですね？」

甘粕理事長が低い声で、誰にともなく訊ねた。彼はこんな時でもばか丁寧な口をきいた。

桐谷監督が無言で頷いてみせると、甘粕理事長はやはりこちらを見ずに唇の端を歪めて言った。

「結局は、彼も逃げ出したというわけです。死は、一番簡単な逃げ場所ですからね」

「お言葉ですが」と英一は、甘粕理事長が呟いた言葉の中身というよりは、その口調に反感を覚えてとっさに反論を試みた。

「渡口さんの死は、本当に自殺なんでしょうか？　自殺にみせかけて殺された、という可能性は考えられませんか」

甘粕理事長はじっと目を細め、英一を観察した。

「きみは、なぜそう考えるのです」

「渡口さんは、甘粕理事長のことを命の恩人だと言っていました。獄中で死ぬはずだったのを、甘粕理事長に助けられたと。そんな人が、わざわざ自殺なんかするでしょうか」

短い間があり、甘粕理事長はさもおかしそうにクックッと低く笑った。

「まったく、きみの言うとおりですよ。一度死んだはずの男が、また自分で死を選ぶとはね。ここで死ぬくらいなら何でもする、死んだ気になって人生をやり直す。泣いてそう頼むものだから、満州に呼んで仕事を与えたんですがね」

甘粕はそう言って首を振り、低く呟いた。

「渡口は自殺ですよ。うちの連中が調べたので間違いありません。もっとも、無政府主義云々の壁の落書きは、騒ぎに便乗した関東軍の仕業かもしれませんがね」

うちの連中が調べた？　壁の落書きは関東軍の仕業？

英一は唖然として目をしばたたいた。甘粕理事長はすでにそこまで調べていたのだ。調べたのは例の支那服姿の謎の若者たち——甘粕の私設特務機関の連中だろう。わざわざ質問したのはたぶん、満映内の反応を確かめるためだ……。

これが関東軍に拮抗《きっこう》する闇の勢力を持つということなのか。甘粕の恐ろしさを、英一はあらためて思い知った気がした。

「みんな、わかっちゃいないんです」

甘粕理事長は首を振って言った。

「この満州こそが最後に行き着く場所、ここよりほかに行き場所などないということがね。どうせ死ぬのなら、この満州と一緒に滅びるべきなのです」

「三角地帯でペストが発生した件は、もうお聞きになりましたか」

桐谷監督が冷ややかな声で訊ねた。

「聞きました」

甘粕理事長は短く答え、苦々しげな表情を浮かべた。

「人さらいの所業を押しつける噂を街に流したかと思えば、今度はペストですか。外《げ》道《どう》どもが色々とやってくれます」

英一は桐谷監督とちらりと目配せを交わした。甘粕理事長はやはり、今回のペスト騒ぎが石井少将の謀略だという可能性に気づいている。いや、もしかすると、石井少将の側からすでに裏取引をもちかけられているのかもしれない。

それなら話が早い。なんとか話ができる。

桐谷監督に脇からせっつかれて、英一は自分が三角地帯で石井少将に見せられたものと、それに対する自分の考えを手短に話した。

「要するに、その子役の少年が人質というわけですか」

甘粕理事長は横を向いたまま、独り言のように呟いた。

「私が取引に応じなければ、手はじめにその子供がペストで死ぬ。次にペスト菌を仕込んだ万年筆が満映のどこかに現れることになる。なるほど、ね」

「たんなる僕の勘で、断言はできませんが……」

「いえ、素人の勘としては悪くないと思いますよ」

甘粕理事長は細い銀縁丸眼鏡の奥で酔いのために赤く充血した目を光らせ、にやりと笑って言った。

「それで、きみの勘では、もし私が取引に応じればどうなるのですかね？」

「関東軍につかまった子役の少年は、ひとまず無事に満映に帰ってくるでしょう」

英一は肩をすくめた。

「後は、甘粕理事長が関東軍、もしくは石井少将に対して、何を、どれだけ譲歩するかによって結果は変わってくると思います」

「やはり素人の勘としては悪くない。映画の脚本を書かせておくのが惜しいくらいです。しかし、どうしたものですかね。人質の子役というのは中国人の孤児ですよね。その子と引き換えに取引できるようなものが、はたして私の手元にあったかどうか……」

甘粕理事長は酔っ払い特有の調子の外れたようすでくすくすと笑いだした。

「わかりました。連中と取引して、その子供を取り戻しましょう」

甘粕理事長はそう言うと、急に憑き物が落ちたようなさっぱりした顔になった。

「本当ですか！　お願いします」

英一は飛び上がるように、笑顔で振り返った。桐谷監督の頰も珍しく上気している。

「急いで車を回せ！」

甘粕理事長が大声で怒鳴ると同時に、見えない場所で何者かが立ち去る気配がした。どうやら秘書兼護衛役が身を潜めて座敷を見張っていたらしい。甘粕理事長は一人で飲んでいたわけではなかったのだ。

「きみたちは、私がその子供の代わりに連中に何を差し出すのかは、まあ、知らない方がいいでしょう」

甘粕理事長は、最後はやはり独り言のように呟き、ゆらりと立ち上がった。

英一はふと違和感を覚えた。いや、本当はさっきから感じていたのだ。

何かが違っている。だが、いったい何が――。

はっと思い当たった。

ハクは？

いつも理事長の身近にいて、決して離れることのない小さな白ネズミはどこだ？

人を信じない甘粕理事長が唯一心を許す相手。ただ一人の友人。あの白ネズミの姿がさっきからどこにも見えない。

――ペストは蚤の媒介によって伝染する。

突然、石井少将の野太い声が耳の奥に甦った。

「蚤から鼠、鼠から人。これがペストの爆発的感染を引き起こすメカニズムだ」

まさか？

英一はある可能性に思い当たった。信じられない思いで、目を見ひらいた。

「待ってください！」

気がつくと、自分でも驚いたことに甘粕の背中に向かって声をかけていた。振り返った相手に、思い切って訊ねた。

「ハクは？　あなたの友人の、あの小さな白ネズミはどこにいるのです？」

「新京市内でペストが発生したという報告を受けました」

甘粕理事長はひどく平板な口調で答えた。

「ペスト撲滅のためには、鼠の徹底的な駆除が必要です。新京全域にペストを蔓延させるわけにはいきませんからね」

「そんな……それじゃ、あなたは……まさか、ご自分で……？」

頷く相手を、英一は信じられない思いで眺めた。

「だって、ハクですよ。あんなにかわいがっていたのに……そんなことって……」

「いかなる例外も認めません。最初にそう言ったはずです」

ふたたび向きを変えた甘粕理事長が、ふらりとよろけた。柱に手をついて危うく体を支える。その懐から、何か重い物が畳の上に落ちた。そのまま踏み出した足に当り、畳の上を滑って桐谷監督の足下に転がってきた。見れば、拳銃だ。甘粕理事長は宴席でも常に拳銃を懐に忍ばせているというあの噂は本当だったのだ。

桐谷監督が腰をかがめ、畳の上に落ちた拳銃を拾い上げた。

「ありがとう」

手をさし出した甘粕理事長の表情が、突然、凍りついた。

桐谷監督が両手で拳銃をかまえ、銃口をまっすぐに甘粕理事長の胸元にむけていた。

「動かないで!」

桐谷監督は甘粕理事長を睨みつけ、人が変わったような形相でそう叫んだ。

32

突然、世界がひっくりかえった。

急に足下から突き上げられ、落ちて来たところを右に左に振り回された。何度も何度も。目が回り、気分が悪くなった。何がなんだかわからなかった。ただ、ひたすら怖かった。

怖い、怖い。怖い、怖い。

少女はその場にしゃがみ込んだ。両手で自分のおかっぱ頭をしっかり抱え、背中を丸めて、小さくなった。

家の近くの神社の境内《けいだい》で友達とかくれんぼをしていたときだった。そろそろお昼に帰らなくちゃと思っていた矢先にそれが来たのだ。

誰かが叫ぶ声が聞こえた。

——地震だ！　地震だぞ！

地震？　これが？

嘘だと思った。地震ならこれまでに何度も経験している。こんなひどい地震があるはずがない。きっと世界が壊れてしまったんだ……。

地面がまた大きく左右に揺れ、丸めた体が毬《まり》のように転がった。もはやどっちが地面で、どっちが空なのかさえわからなかった。

怖い、怖い。怖い、怖い。

悲鳴をあげても誰にも聞こえない。恐ろしい地鳴りが、すべての言葉をかきけしてしまう。

もういやだ！

頭をしっかりと抱え直した。

きつく目を閉じ、呪文のように繰り返す。

——助けて、誰か！

だが、少女の言葉は誰にも届かない。

どのくらいそうしていたのだろう、肩を叩かれた瞬間、少女は驚いて飛び上がった。

「みーつけた」

そう言って、にこりとほほ笑んだのは——。

ソーイチくん？　でも、なんで？

少女は大きく目を見開いて、ゆっくりと立ち上がった。

切れ長の目。色白で聡明そうな顔立ちと、口元に浮かぶ柔らかな笑み。最近外国から帰って来たばかりの小柄な少年には、どこかハイカラな雰囲気が漂っている。

「かくれんぼはもう終わり。次のゲームをしよう」

ソーイチくんはニコニコと笑いながらそう言った。

「出てきなよ。もう大丈夫だから。みんなが待ってる」

少年はそう言うと、少女の手を取った。あっと思うまもなく、引っ張られるようにして明るい光の中に連れ出された。

「あっ、さっちゃんだ！」

家の側の遊び慣れた広場に、いつもの遊び仲間が集まっていた。

「ねえ、なにして遊ぶ？」

「石けり？　ままごと？　陣取り？」

みんな口々に声をかけてくる。

「……かごめかごめは？」

少女は思い切って声に出した。耳を澄ましても、言葉をかき消すあの地鳴りはもう聞こえなかった。

「いいね。かごめかごめにしよう！」

「おには誰？」

「最初はソーイチくん！」

「いいよ」

少年がにこりと笑ってうなずいた。人の輪の中にしゃがみ、両手で目を覆った。

かーごめ、かごめ
かーごの中の鳥は、いついつ出やる……

歌とともに手をつないだ子供たちの輪が回りはじめる。少女は両方の手をそれぞれ別の友達に預け、輪の中心にしゃがんだ少年のまわりを回りながら、安堵の笑みを浮かべる。

夜明けの晩に、鶴と亀がすーべった
　うしろの正面……

「おーい、ムネカズ！　そこにいるのか」

突然聞こえた大人の声で、歌が途切れた。

子供たちはみな、せっかくの遊びを中断されてふくれっつらだ。

輪の中心にしゃがんでいた少年が立ち上がり、声のする方に目を凝らした。ほかの子供たちも、そっちを見た。

道のむこう側から白い服を着た大人が手を振っている。男の人と、女の人だ。

二人の姿に気づいた瞬間、少年の顔にぱっと明るい笑みが浮かんだ。

「おじさん！　おばさん！」

声を上げて駆け出した。そのまま男の人に体当たりするように抱きついていく。それが外国風の挨拶なのだろうか、女の人と、交互に頬を寄せ合っている。

残された遊び仲間たちは呆気に取られ、ぽかんと口を開けて眺めているだけだ。

――さすが、ソーイチくんのおじさん、おばさんだ。

みんな、そう思った。

おじさんは白い夏物の洋服をぴたりと着こなし、頭に乗せているのは薄ネズミ色の変な帽子だ。手の切れそうなほどの折り目をつけた白い麻ズボン。堂々とした態度はまぶしいほどだ。がっしりとした体格。遠目にも、浅黒い肌にぎょろりとした目の大きな人だと見てとれる。

一方おばさん、というには若い感じの小柄な女の人は、薄い紫の上着にふんわりした生地の白いスカート姿。白いパラソルを肩のうえでクルクルと回している。

駆け戻ってきた少年は、まだ息を切らしながら、遊び仲間にこう報告した。

「おじさんとおばさんは、ぼくを心配して東京から様子を見に来てくれたんだ。ぼくはこれから東京のおじさんの家に行ってくる」

えーっ！

子供たちのあいだから不満の声があがった。

「せっかく友達になったのに……」

誰かが唇を尖らせて言った。

「ずっとじゃないよ。すぐ戻ってくる」

そう言って踵を返した少年の背中に、少女が声をかけた。

「待って！」

家に駆け込み、食卓にあった赤いリンゴを一つ取った。戻ってきて、少年に差し出した。

「はい。途中でおなかがすくといけないから」

「ありがとう。今度お礼をしなくちゃね」少年は照れたように笑って言った。

「うん、絶対だよ」

少女は小指を差し出した。

「指切りげんまん」

〝指切りげんまん　うそついたら　針千本のーます〟

おじさん、おばさんと一緒に遠ざかる少年の後ろ姿を見送りながら、少女はにこりと笑う。

決めた。わたし、大きくなったらソーイチくんのお嫁さんになる。誰がなんと言おうと、絶対に、なる。

ふり返り、スキップしながら家に帰る少女の笑顔がアップになる。唇の脇に小さなほくろが二つ、並んで見える――。

33

「動かないで！」

桐谷監督がもう一度叫んだ。背中を丸め、体の前で両手でかまえた拳銃は甘粕理事長にまっすぐむけられたままだ。

「桐谷監督、何で……？」

英一は何が起きたのかわからず茫然と呟いた。

「動かないで、あなたも！」

鋭い声に、英一はびくりと肩をすくめた。視線が、桐谷監督の横顔に釘づけになる。いつも化粧っけのない色白の頬が、内側に火を灯したように紅く染まっている。切れ長の黒い目がぎらぎらとした異様な輝きを放ち、それから……。

――唇の脇に並んだ小さな二つのほくろがなんともいえず色っぽいんですよね。

いつか陳文がそんなことを言っていた。薄い唇の脇に並ぶ二つの小さなほくろ。場違いな感想だが、たしかに色っぽい。

何を考えている？

英一は首を振り、視線を甘粕理事長にむけた。

甘粕理事長は、突き付けられた銃口に射竦《いすく》められたように動かない。さすがに酔いはすっかり覚めた顔つきだ。

この距離で撃てば、外れることはないな。

今度はそんな考えが頭に浮かび、慌てて追い払った。そもそも、なぜ桐谷監督が甘粕理事長を銃で撃たなければならないのだ？

「……やっぱり、あなたが殺したのね」

桐谷監督が低い声で言った。

「いままでは半信半疑だった。あなたを見て、わたしは迷った。あなたは弱い立場の中国人スタッフを差別せず、待遇改善を命じた。故なくして逮捕された中国人俳優を横暴な関東軍から取り戻した。満映のために力を尽くすあなたの姿が、すべて嘘だとは信じられなかった。わたしは思った。あの噂は本当だったのだと。本当はあなたが殺したんじゃない。あなたは誰かの罪をかぶっただけなのだと、そう信じた……」

熱にうかされたように呟く桐谷監督は、普段の冷静な彼女とは別人のようだ。

「何を、言っているのです？」

甘粕理事長が乾いた声で訊ねた。

「殺した？　私が誰かの罪をかぶった？　きみはいったい何の、いや、誰の話をしているのです」

「とぼけないで！」

桐谷監督が切りつけるように叫んだ。拳銃を構えた手に力が入るのが傍目《はため》にもわかり、英一はひやりとした。

「いかなる例外も認めない。あなたはそう言って殺したの？　あんなに可愛がっていたハクをその手で殺したように、あなたはソーイチくんを――幼い橘宗一をその手で殺したの？」

橘《たちばな》宗一《むねかず》？

唐突に飛び出した耳慣れぬ名前に英一は眉を寄せた。

耳慣れぬ？　いや、最近その名前をどこかで聞いた覚えがある。どこで？

はっと思い当たった。

山野井から聞いた大杉栄殺害事件だ。関東大震災直後、朝鮮人並びに〝主義者〟と呼ばれる者たちが襲撃され、殺されるという事件が多発した。そんな中、当時無政府主義者の巨魁《きょかい》と見なされていた大杉栄が憲兵隊に連行され、虐殺された。そのとき、たまたま大杉と一緒にいた彼の妻と甥も一緒に姿を消し、その後無残な死体となって発見されたのだ。

その甥っ子の名前が、たしか橘宗一だった。

「許せない。彼はまだ六歳だった。ほんの子供だった」

桐谷監督はゆっくりと首を振った。

「彼は、ソーイチくんは、誰にも見つからない場所に隠れていたわたしを見つけてくれた。明るい光の中に連れ出してくれた。わたしは彼にリンゴをあげた……ソーイチくんは次に会ったときに、お礼をすると言った……指切りをして、約束した……」

切れ長の目の端から、いつしか涙があふれ出していた。後半は声が詰まり、何を言っているのかわからなかった。が、そんな中でもいくつか気づいたことがある。

〝ソーイチ〟は〝宗一《むねかず》〟の別読みだ。子供同士で呼び合うときのあだ名だったのだろう。そんな例を、英一自身いくつも知っている。

死んだ子の年を数えるのは、いつも不思議な気がする。考えてみれば、桐谷監督とわずか六歳で殺された橘宗一は同じくらいの年齢だ。桐谷監督は震災後に横浜からドイツに移住したと聞いた。一方大杉夫妻は、アメリカ帰りの橘宗一が身を寄せていた横浜に震災見舞いに行き、その帰りに奇禍にあったという。

「わたしは八歳だった」

桐谷監督は唇を歪めて言った。

「大人にしてみれば、ほんの子供。たったの八歳。けれど、あのときの約束を、わたしはいまもはっきりと覚えている。わたしは彼にリンゴをあげた……ソーイチくんは、次に会ったときにお礼をすると言った……指切りをして、約束した。絶対だよと、そう言った。それを……それなのに、あなたは……。動かないで！」

桐谷監督が拳銃をしっかりと構え直した。

ゆっくりと姿勢を戻した甘粕理事長は、短い沈黙の後、黒い銃口に目をむけたまま低い声で呟いた。

「なるほど、そういうことでしたか。だから、あなたは満映に入ったあとで名前を変えた。そして、作品を通じて真相を確かめようとした……」

何を言っている？　この状況で、甘粕理事長はいったい何を言い出したのだ？

話が見えず、英一は眉を寄せた。

「気づいていましたよ」

甘粕理事長はそう言うと、唇の端を歪め、奇妙な笑みを浮かべた。

「あなたが撮る作品には、かならずあの事件を連想させるシーンが含まれていることはね。前々作のお化け映画では、主義のために虐殺された者たちが恨みを晴らすために化けて出てきた。前作の戦争物では、彼に風貌が似たぎょろ目の俳優を使った。いま撮っている最新作では——まだ観てはいませんが、子供がさらわれるシーンがあるのですね？」

甘粕は丸眼鏡の奥で目を細め、思い出したようすで付け足した。

「去年、満映の全社宅に匿名でリンゴが一籠ずつ配られたのも、さてはあなたの仕業でしたか」

英一は、唖然として目をしばたたくしかなかった。

大杉栄事件は満映内では絶対のタブー。そんな話を聞いた覚えがある。大杉事件を想起させる〝サカエ〟という名前自体禁句であってもおかしくない。だが、もしそれが満映の絶対権力者、甘粕正彦が定めた規則なのだとすれば、満映にはもう一つ例外のない規則が存在する――。

「最初に言ったはずです」

甘粕理事長はかすかに首を振って言った。

「有能であれば決して馘《くび》にはしないと。あなたが自分の映画を使って何をしようと勝手です。映画を観た私の反応をうかがい、子供のころの疑念を晴らすためでも、あるいは作品を使って私を精神的に追い込むつもりでも、いっこうにかまわない。どんな監督名を使おうと、満映社員にリンゴを配ろうと、何でも好きにして下さい。その結果、できあがった作品が面白いものでありさえすればいい。逆に作品がつまらなければ、私は容赦なくあなたを馘にします。それだけの話ですよ。例外はありません」

くっ、と桐谷監督が奥歯をかみしめる音が聞こえた。

「だったら、本当のことを教えて」

桐谷監督がのどの奥から絞り出すように言った。

「あなたがソーイチくんを殺したの？　あなたがソーイチくんを、たった六歳の子供だった橘宗一をその手で殺して、大杉栄、伊藤野枝と一緒に古井戸に投げ込んだの？あなたは本当にその手であの三人を殺して、ごみのように古井戸に投げ捨てて平気な顔をしていたの？　今日、その手でハクを殺したように！」

甘粕理事長は青ざめた顔で、唇を堅く引き結んだ。

「答えて！」

桐谷監督が切羽詰まった声で叫んだ。

甘粕理事長がはじめて銃口から目を上げた。その先にある桐谷監督の顔を見た。両手でしっかりと拳銃を構え、強い視線で睨みつける相手の顔を。涙にまみれた若い女性の顔を。

「いかなる例外も認めません」

甘粕理事長は表情のない平板な声で言った。

「それが私の決めた規則です」

「それじゃ、やっぱり……」

桐谷監督の顔が歪んだ。引き金にかかった指が白くなった。

「だめだ、監督！」

英一はこらえ切れずに声をあげた。

「いま甘粕理事長を撃てば、あの子を助けられない！」

桐谷監督の横顔に、はっとした表情が浮かんだ。

「思い出してください」

英一は懸命に言葉を続けた。

「僕たちは、関東軍防疫給水部の連中に連れて行かれた宋君を助けるために甘粕理事長に会いに来たのです。関東軍と、あの化け物のような石井四郎陸軍少将と交渉できるのは、満州広しと雖《いえど》も甘粕理事長ただ一人なのです。過去に何があったのか知りませんが、いまは彼を――宋君を取り戻すことを優先させてください！」

言いながら英一は、子役のオーディションの際に桐谷監督がいま見せた奇妙な表情を思い出した。ステージを見つめる桐谷監督はまるで恋する少女のように見えた。あの時は、あまりに超現実的な思いつきの気がして、我ながらふきだしそうになったが、直感は間違っていなかったのかもしれない。あのとき桐谷監督は恋をしていた。正確には恋をしていた八歳の少女に戻っていたのだ。桐谷監督は、ステージに現れた宋くんに子供の頃恋をしたソーイチ少年の面影を重ねて見た。二人にはきっとどこか似ているところがあったのだ。迷いながらもずっと真相を追い求めてきた桐谷監督の記憶の蓋が、あの時開いた。とすれば――。

「桐谷監督、彼を助けましょう。ソーイチくんが殺されてもいいんですか！」

明らかな反則技だ。

が、効果はあった。

殺気立っていた桐谷監督の表情がかすかに緩んだ。拳銃を構えた両肩から力が抜け、視線が泳いだ。

いまだ。

英一は素早く桐谷監督に飛びついた。拳銃を取り上げようとした――。

そんな具合に上手くいくのは、映画の中だけだ。

拳銃を握る桐谷監督の手をつかんだものの、小柄な桐谷監督は意外に力があった。簡単に拳銃を取り上げることができず、揉み合いになった。

ドンッ！

と轟音《ごうおん》とともに、銃口が火を吹いた。

英一は思わずワッと悲鳴を上げ、突き飛ばされたようにその場に尻餅をついた。

我に返り、慌てて自分の体を点検した。

大丈夫だ、どこも撃たれていない。横を見ると、桐谷監督がやはり同じような格好で座っていた。茫然としているが、彼女も怪我をしている様子はない。英一はひとまず安堵の息をついた。

そうだ、拳銃は？

目で探すと、畳一枚分隔てた場所に転がっていた。

誰かの足が歩み寄り、拳銃を拾い上げた。そのまま視線を上に辿ると、甘粕理事長だった。考えてみれば、ほかにはいない。

甘粕理事長は拳銃を点検し、安全装置をかけなおして、元のとおり懐に収めた。

「一発目は空包です」

甘粕理事長は、腰を抜かしたように座り込んでいる二人を斜《はす》に見て呟いた。

「いつ弾丸が飛び出すかわからない銃口を前にして長々とお喋りに付き合うほど、私は豪気な人間ではありませんよ。今日のことはなかったことにします。きみたちもそのつもりで」

なかったこと？

英一は呆気に取られた。

仮にも自分の命を狙った相手をそのままにしておくというのか。

踵を返し、背中をむけた甘粕理事長に声をかけた。

「待ってください！」

甘粕理事長が足を止め、肩越しに首だけ振り返った。

「どういう意味です？　僕は……いや、僕たちは馘じゃないんですか？」

「なぜ馘にする必要があるのです？」

甘粕理事長は不思議そうに訊ねた。

「優秀な人材を馘にすることはない。私はいつもそう言っているはずです。それが私が決めた規則です。例外はありません」

桐谷監督に視線を止め、かすかに顎をひいて言った。

「関東軍に連れていかれた子役の少年は、私が責任を持って取り返します。面白い映画になるよう、せいぜい期待していますよ」

甘粕理事長はそう言って部屋を出ていった。入れ違うように、大勢の人間が近づいてくる足音が聞こえた。

「こっちだ！」

「銃声が聞こえたぞ！」

「座敷にまだ誰かいるんじゃないか？」

立ち騒ぐ声が聞こえる。

大変だ。

英一は慌てて立ち上がった。「今日のことはなかったことにします」。甘粕理事長はそう言ったが、どんな理由にせよ拳銃の引き金がひかれたのは事実だ。銃声が聞こえた場所、しかもこの惨状（畳の上はビールだらけだ）で誰かと顔を合わせて、とっさにうまい言い訳を思いつく自信はなかった。

畳の上にぺたんと座り込んでいる桐谷監督に手を貸して立ち上がらせた。頭の中に、以前陳文と見た満映全体の見取り図を思い浮かべた。見取り図の隅に湖西会館の平面図が載っていた。たしか、建物の裏手に出る非常口があったはずだ。

「こっちです。さ、急いで！」

茫然としている桐谷監督の手を引っ張るようにして、座敷を抜け出した。

裏口から外に出ると、辺りはすっかり暗くなっていた。見上げれば、満天の星である。

この後は元のスタジオに戻って、何食わぬ顔で子役の少年が無事に戻るのを待っていればいい。問題は――。

満映の裏門に通じる迂回路を歩みながら、英一は「まいったな」と声に出さず呟いた。英一に手を引かれて歩く桐谷監督は、普段の無口さ加減が嘘のようにずっと独り言を喋っていた。さっきまでの異常な緊張の糸が切れた反動なのだろう、まるで長い間せき止められていた水が一気に流れ出したような具合だった。

「……ソーイチくんが殺されたと聞いた瞬間から、わたしはひとことも話せなくなった。周りの大人たちは地震のショックだと言った。医者にも連れていかれた。本当の原因は誰にもわからなかった。そのうち、両親が商売の関係でドイツに行くことになった。両親に連れられていったドイツで、わたしはふたたび言葉を喋るようになった。最初はドイツ語で。日本語は見ず知らずの外国語として新しく学び直した。外国語としての日本語なら、子供のときの記憶と結びつく心配がなかったから。向こうで映画を学び始めたのは偶然。わたしはたちまち夢中になった。映像で世界を表現する。わたしははじめて本当の意味で自分の言葉を得た気がした。スクリーンを通して、あの日以来ずっと遠くに感じていた世界が身近に感じられるようになった。映画に関わっているときだけ、わたしは自由に息ができた。生きている実感があった。やっと自分の世界を見つけた、これで生きていける。そう思った。けれど、日本に帰ると日本の映画界にわたしの身の置き場はなかった。どこに行っても拒絶された。女だから？　ドイツ帰りだから？　意味がわからなかった。そんなとき、満映の話を聞いた。古い因習にとらわれない新しい映画作りの現場なら、きっと居場所を見つけることができる。そう思って満映に来た。ほかのことは何も考えていなかった」

彼女はそう言って鼻をすすり上げた。すぐにまた、口を開いた。

「到着初日、わたしは息が止まるかと思った。甘粕正彦。あの男が満映理事長？　てっきりまだ日本の刑務所に入っているとばかり思っていたのに……。わたしは混乱した。ひそかにあの男を観察して、もっと混乱した。あの男は弱い者の立場に立って満映を改革した。本気で映画作りに取り組んでいるように見えた。甘粕が本当にソーイチくんを殺したのだろうか。わたしは確信が持てなくなった。事件当時も〝甘粕正彦は日本陸軍の犠牲にされた。犠牲の山羊だ〟という噂があった。あの噂は本当だったのかもしれない。そう思った。そう思おうとした。でも……」

桐谷監督は言葉を詰まらせた。が、もともと英一に聞かせるつもりでも、返事を期待する言葉でもないことは明白だった。英一にできることは、黙って耳を傾け、言葉が尽きるのを待つことだけだ。

「いかなる例外も認めない。あの男はそう言った。やっぱり、あの男がソーイチくんを殺したんだ。あんなにかわいがっていたハクを平気で殺したように……」

英一は振り返らなかった。いま振り返れば、涙でぐしょぐしょになった桐谷監督の子供のような顔があるはずだった。そこにいるのはドイツで映画を学び、才能に恵まれた若き映画監督〝東洋のリーフェンシュタール〟桐谷サカエではない。大好きな友達を大人たちの手で無残に殺された幼い女の子、理不尽な世界を目の当たりにして言葉をなくした少女、友だちから〝さっちゃん〟と呼ばれていた八歳の桐谷咲枝《さきえ》だ。英一が振り返れば、彼女は自分の言葉とともに暗い場所に引きずりこまれる。明るい場所に、二度と戻ってこられなくなる――。

「……みんな嘘」

桐谷監督は捨て鉢のようなため息とともに言った。

「こうして喋っている日本語は、わたしには見知らぬ外国語にすぎない。日本語を話すわたしは嘘。ここにいるわたしは嘘のわたし。でも、その方がいい。本当のわたしは、あの日ソーイチくんと一緒に殺されたのだから。甘粕正彦か、それとも別のどこの誰とも知らない大人たちの手で殺されて、古井戸の底に投げ込まれた。そのまま、ずっと深い井戸の底に沈んでいる。だから、ここにいるわたしは幻。偽物のわたし。嘘の塊……」

「嘘でも、いいじゃないですか」

英一ははじめて口を開いた。桐谷監督の手を引き、前をむいたまま、怒ったように言った。

「偽物でも、幻でも、嘘の塊でもいい。だって桐谷監督、あなたは……あなたが作る映画は、その……なんと言うか……」

ぐうっ、と腹が鳴って、英一は暗がりの中で顔を赤らめた。格好よく決めるつもりだった台詞は、これで台なしだ。朝から何も食べていないとはいえ、いくら何でも夕イミングが悪すぎる。まるで陳文が乗り移ったみたいだ。

「チーハン、チーハン」

英一はやけになって言った。

「ひとまず満映の食堂でなにか食べるとしましょう。難しい話は、その後です」

一瞬間があって、背後でくすりと笑う気配が伝わってきた。

丘の上に出ると、足下に満映の建物が一望された。

この時間、まだいくつものスタジオで作業が行われているらしく、巨大な建物の窓には煌々《こうこう》と明かりが灯り、まるで不夜城のように輝いている。

——満映が地元満州人のあいだでなんて呼ばれているか知っていますか？

陳文の声が耳に甦った。

幻影城市。

それが陳文が教えてくれた答えだ。

映画の都。

幻の城。

陳文の映画好きは本物だった。上海に行っても映画の仕事を続けることができるのだろうか？

「さっき甘粕理事長は〝いかなる例外も認めない〟なんて言っていましたよね」

英一は隣に並んだ桐谷監督の方を見ずに言った。いかなる、の部分は声色を変え、甘粕理事長を真似《まね》た。

目の端で、桐谷監督の肩がびくりと震えた。

「でも、あれ嘘ですよ」

「嘘？」

「だって、無理ですもの」

英一は両手を頭の後ろで組み、のんびりした口調で言った。

「満州《こっち》に来てつくづく感じるのですが、日本人が日本で考えている世界なんて全然世界じゃない。世界はそんなちっぽけなものじゃない。この広くて多様な世界を、誰かが勝手に作った規則で統一するなんて無理ですよ。ましてや、例外のない規則なんてありえません」

「でも、甘粕理事長は……」

「例外がないとしたら、それこそ嘘の楽園です。例えば満映の中だけとかね」

英一はそう言って肩をすくめた。

おそらく、甘粕理事長が例外のない規則とやらを満州全土に適用しようとした瞬間から、彼の楽園はすでに崩壊しはじめているのだ。満州を、甘粕とは別の規則で動かそうとする関東軍とのあいだにきしみが生じている。中国国民党や八路軍、そのほか英一が知るよしもない様々な勢力が、いまこの瞬間にも見えない場所、見えないやり方で満州を巡って激しい権力争いを繰り広げている。そんな話だけではない。

五族協和。王道楽土。大アジア主義。

そんな言葉でこの国の人たちを踊らせることはできない。吃飯吃飯。飯さえ食えればなんとかなる。そう言っている人たちを例外のない規則で動かそうというのは、どだい無理な話なのだ。

「満州は滅びますね」

英一は頭に浮かんだ言葉を、そのまま口に出した。

「うん、きっと滅びる。僕の勘ですけどね。僕の勘って意外に当たるんですよ。さっき甘粕理事長も言っていたでしょう、素人にしては悪くないって。その僕が言うんだから間違いない。満州は滅びる、それも近いうちに滅びる。その時は、もちろん満映も滅びる。甘粕理事長がもくろんでいる例外のない規則の世界も滅びる。満映による この大陸の文化統制とやらも、きっと滅びる」

英一はわざと乱暴にそう言うと、そこで言葉を切った。それから大きく息を吸い、思い切って続けた。

「でも、作品は滅びない。あなたが撮った映画、これから撮るであろう映画は、たとえ満州《このくに》や満映や、あるいは僕や、あなたが滅びたとしても、映画を観た人々の心に残り続ける。僕はそう思う。そう信じている。だから、宋君が帰ってきたら、頑張ってこの映画を完成させましょう」

すぐに返事はなかった。

英一は少し考えて、もうひとこと付け足した。

「それがあなたの生きる道なんでしょう?」

隣で、涙を拭い、顔を上げる気配がした。

声が聞こえた。

「やっぱり、あなたにメロドラマは向いていない。台詞がベタすぎるわ」

英一は肩をすくめ、暗がりに向かって苦笑した。

隣に立っているのはもう、涙にくれる幼い少女ではなかった。あの小憎らしい相手、辛辣《しんらつ》で、口の悪い、愛想なしの、だが映画センスだけは抜群に良いドイツ帰りの若き女性映画監督——桐谷サカエだ。

「そう。だから、わたしは映画を作り続ける。たとえ、何が起ころうとも」

彼女は満天の星に顔を向け、小さな、しかしきっぱりとした声でそう呟いた。

本書は二〇一三年六月に小社より刊行された単行本
『楽園の蝶』を改題、改稿し文庫化したものです。

|著者|柳 広司　1967年生まれ。2001年『黄金の灰』でデビュー。同年『贋作「坊っちゃん」殺人事件』で第12回朝日新人文学賞を受賞。'09年『ジョーカー・ゲーム』で第30回吉川英治文学新人賞と第62回日本推理作家協会賞を受賞。著書に『はじまりの島』『ザビエルの首』『ロマンス』『キング&クイーン』『ナイト&シャドウ』『怪談』『象は忘れない』『風神雷神〔風の章〕〔雷の章〕』などがある。

幻影城市《げんえいじょうし》

柳《やなぎ》 広司《こうじ》

講談社文庫

定価はカバーに
表示してあります

2018年10月16日第1刷発行

発行者――渡瀬昌彦
発行所――株式会社 講談社
東京都文京区音羽2-12-21 〒112-8001
電話 出版 (03) 5395-3510
販売 (03) 5395-5817
業務 (03) 5395-3615

Printed in Japan

デザイン―菊地信義
本文データ制作―講談社デジタル製作
印刷―――豊国印刷株式会社
製本―――株式会社国宝社

ISBN978-4-06-513290-6

講談社文庫刊行の辞

二十一世紀の到来を目睫に望みながら、われわれはいま、人類史上かつて例を見ない巨大な転換期をむかえようとしている。

世界も、日本も、激動の予兆に対する期待とおののきを内に蔵して、未知の時代に歩み入ろうとしている。このときにあたり、創業の人野間清治の「ナショナル・エデュケイター」への志を現代に甦らせようと意図して、われわれはここに古今の文芸作品はいうまでもなく、ひろく人文・社会・自然の諸科学から東西の名著を網羅する、新しい綜合文庫の発刊を決意した。

激動の転換期はまた断絶の時代である。われわれは戦後二十五年間の出版文化のありかたへの深い反省をこめて、この断絶の時代にあえて人間的な持続を求めようとする。いたずらに浮薄な商業主義のあだ花を追い求めることなく、長期にわたって良書に生命をあたえようとつとめるところにしか、今後の出版文化の真の繁栄はあり得ないと信じるからである。

同時にわれわれはこの綜合文庫の刊行を通じて、人文・社会・自然の諸科学が、結局人間の学にほかならないことを立証しようと願っている。かつて知識とは、「汝自身を知る」ことにつきていた。現代社会の瑣末な情報の氾濫のなかから、力強い知識の源泉を掘り起し、技術文明のただなかに、生きた人間の姿を復活させること。それこそわれわれの切なる希求である。

われわれは権威に盲従せず、俗流に媚びることなく、渾然一体となって日本の「草の根」をかたちづくる若く新しい世代の人々に、心をこめてこの新しい綜合文庫をおくり届けたい。それは知識の泉であるとともに感受性のふるさとであり、もっとも有機的に組織され、社会に開かれた万人のための大学をめざしている。大方の支援と協力を衷心より切望してやまない。

一九七一年七月

野間省一